Ron Rash

UNE TERRE D'OMBRE

ROMAN

Traduit de l'anglais
par Isabelle Reinharez

Préface inédite de Franck Bouysse

Éditions du Seuil

TEXTE INTÉGRAL

TITRE ORIGINAL
The Cove
ÉDITEUR ORIGINAL
Ecco (HarperCollins)

ISBN 978-2-7578-8172-9
(ISBN 978-2-01-108918-9, 1re publication)

À ma sœur, Kathy Rash Brewer

« Ses yeux étaient ouverts, mais elle gardait encore
Bien que tout éveillée la vision de ses songes. »

John Keats, « La Veille de la Sainte-Agnès »
(trad. Duchesse de Clermont-Tonnerre)

Préface

> « On a l'impression qu'au fond les hommes ne savent pas très exactement ce qu'ils font. Ils bâtissent avec des pierres et ils ne voient pas que chacun de leurs gestes pour poser la pierre dans le mortier est accompagné d'une ombre de geste qui pose une ombre de pierre dans une ombre de mortier. Et c'est la bâtisse d'ombre qui compte. »
>
> Jean Giono (*Que ma joie demeure*)

J'ai rencontré Ron Rash pour la première fois en posant *Un pied au paradis*. Son univers, sa langue poétique, les thèmes qu'il abordait m'ont immédiatement touché. À l'époque, j'étais loin d'imaginer que nous aurions l'occasion de véritables rencontres, marquées au coin de la simplicité, comme si nous nous connaissions de longue date. La première eut lieu à Limoges, lors d'une conversation mémorable organisée par la librairie *Page et Plume*. Depuis lors, j'ai maintes fois pu constater que nos territoires respectifs ont une même consistance faite de mots et d'émotions, et qu'un océan n'est rien quand il est question de littérature.

Un pied au paradis est ancré dans le territoire où vit l'auteur, un comté perdu au cœur des Appalaches, en

Caroline du Nord, voué à l'effacement, bientôt englouti sous les eaux par la construction d'un barrage. Un homme disparaît. Comme en réponse à cette première publication, *Une terre d'ombre*, cinquième roman de Ron paru aux États-Unis, est une histoire à l'équilibre fragile, comme l'est la frontière des ténèbres et de la lumière. Le livre commence par la découverte d'un squelette au fond d'un puits. Le passé surgit au moment où un vallon perdu s'apprête à disparaître sous les eaux d'un lac. Les grands thèmes de l'œuvre de Rash sont déjà là, ses obsessions : la fin d'un monde, quelques humains sous le joug du destin, la nature omniprésente, et l'eau, qui masque, puis se retire pour révéler sa vérité en une symbolique toute biblique.

Après un court prologue, Ron Rash remonte le temps vers l'origine du drame. Le lecteur n'aura dès lors plus d'autre choix que de s'enfoncer dans ce puits où gît la vérité, même s'il prend bien vite conscience que la lumière s'éteindra au fur et à mesure de la descente. Tout comme les personnages du roman, il ne sera jamais vraiment en équilibre, plongé dans une constante inquiétude au creux de ce vallon des Appalaches aux allures de tombeau, pendant que la Grande Guerre rugit de l'autre côté de l'Atlantique. « Une terre d'ombre et rien d'autre », lui avait dit sa mère, qui soutenait qu'il n'y avait pas d'endroit plus lugubre dans toute la chaîne des Blue Ridge. Un lieu maudit, aussi, pensait la plupart des habitants du comté, maudit bien avant que le père de Laurel n'achète ces terres. Les Cherokees avaient évité ce vallon, et dans la première famille blanche à s'y être installée tout le monde était mort de la varicelle. On racontait des histoires de chasseurs qui étaient entrés là et qu'on n'avait jamais revus, un lieu où erraient fantômes et esprits.

Ce roman, c'est l'histoire du vallon où l'ombre règne et s'étend, comme une gangrène sur un membre amputé de ses espoirs.

C'est l'histoire de Laurel Shelton, une jeune femme marquée du sceau de l'infamie, affublée d'une tâche de naissance qui la fait sorcière et paria aux yeux du reste de la population du comté. Une marque en rappel tragique de ses origines désastreuses, signifiant son impossibilité à s'extraire d'une malédiction ancestrale. Petite Laurel, prisonnière du vallon, enfermée dans sa solitude. « Elle était habituée à ne pas parler, ce qu'elle supportait plutôt bien. C'était de ne pas avoir quelqu'un avec qui partager le silence, comme l'hiver précédent, qui était affreux. »

C'est l'histoire de Hank Shelton, le frère de Laurel, rentré prématurément du front, marqué lui aussi par la guerre, prêt à reprendre la ferme, à assumer son destin. « Laurel étendit la chemise de Hank près de la saillie rocheuse et tira d'abord sur la manche droite, la plus longue, puis sur l'autre. »

C'est l'histoire de Walter, l'étranger, musicien et muet, venu d'on ne sait où, qui attire Laurel au cœur de la forêt grâce à une envoûtante mélodie. Walter, semblable au joueur de flûte du conte de Mérimée, l'homme par qui le bonheur arrive, incarne la ligne fragile qui sépare le Bien et le Mal.

C'est l'histoire des parents Shelton, absents, disparus depuis longtemps, ces invisibles qui hantent encore les mémoires. Leurs ombres, elles aussi, nagent dans le vallon, et même dans les rares flaques de lumière, comme le rappel incessant d'une malédiction.

C'est l'histoire de Chauncey, qui se rêvait un destin guerrier et qui pensait que porter un uniforme ajusté et repassé y suffirait. Chauncey à l'esprit étriqué, engoncé dans ses certitudes, toujours prêt à hurler avec les loups.

C'est l'histoire d'autres hommes, dont la seule ambition était de chercher un coupable à ce lointain chaos, une guerre si grande qu'elle avait attiré de jeunes soldats du comté et les recrachait morts ou incomplets, à jamais marqués dans leur chair et dans leur tête.

C'est l'histoire éternelle des humains, du peu de lumière entrevu durant une vie, de ce qu'il faut endurer, avant de rejoindre les insondables ténèbres.

Ron Rash possède au plus profond de lui le sentiment tragique de la vie. La fatalité règne tout au long du récit. Le fond historique n'est pas étranger à la montée en puissance du drame. L'auteur dénonce pudiquement le carnage, nous le suggère par de puissants retours en terre. Tout comme la folie destructrice, qui jette des hommes innocents contre d'autres hommes innocents depuis la nuit des temps, Ron Rash jette ses personnages en pâture à l'ombre du vallon, et c'est précisément cette ombre qui matérialise la fatalité. Ils essaient parfois de s'en affranchir, mais elle finit par les rattraper inexorablement, les happer. Comme l'écrivait Maurice-Edgar Coindreau à propos de William Faulkner : « Il n'est pas de ceux qui se pincent les lèvres en se voilant la face, mais de ceux qui vont droit au mal et font couler le sang, à la manière des grands inquisiteurs. » À la différence de son illustre prédécesseur, Ron Rash éprouve simplement un peu plus de compassion envers certains de ses personnages, plus d'empathie. Quant à la haine, elle ne demande qu'à s'exprimer, ne cherche qu'à déborder du cœur d'hommes malades d'eux-mêmes, et ces hommes ne sont que des suiveurs hagards, héritiers d'un monde figé dans la peur de l'inconnu, de l'étranger.

Il y a pourtant ce moment durant lequel le lecteur se prend à espérer que la fatalité s'embourbe, lorsque la solitude muette du vallon est traversée d'un filet de musique, pareil à un espoir tendu, qui réveille la forêt au passage et trouble l'âme pure de Laurel. Cet éclat de beauté agit comme un révélateur. Le cœur de Laurel se (re)met en route, un sentiment diffus y niche désormais, grandit, qu'elle cultive en cachette dans sa cabane d'ombre, ce vallon, devenu un court instant l'endroit béni où cacher le plus beau des secrets. Laurel recueille ainsi le feu, l'entretient, un feu qui éclaire enfin les ombres et enflamme son cœur. Cet amour naissant, Laurel n'aurait jamais imaginé le voir passer à sa portée, il lui fait oublier une autre brûlure ensorcelant sa peau. Mais que devient un feu allumé sur la cendre du passé ?

Même si le lecteur se prend aussi à oublier les signes, Ron Rash le maintient en état de veille permanente. Dans toute son œuvre, le drame se devine, recule et se déploie. À l'instar des personnages, comme Laurel et Hank Shelton marqués à jamais, telles des bêtes promises à rejoindre l'autel sacrificiel, le lecteur n'a d'autre issue que celle de se conformer à l'ordre des choses instauré par ce dieu impitoyable nommé destin.

Ce vallon, c'est un monde reclus, métaphore du vaste monde où se débattent de petits humains en perdition, de simples marionnettes essayant en vain de se rebeller contre le grand marionnettiste. Chacun impose sa propre réalité, dont l'issue commune mènera à une seule vérité, celle de l'auteur, marqué lui aussi au fer rouge par cette terre d'ombre à laquelle nul n'échappe. Chez Rash, les révélations ne se font jamais en pleine lumière, mais toujours dans une ombre superposée à une autre ombre, et même l'eau en est une. Car les ombres, ce sont les âmes, les dociles et les égarées, qui s'apprêtent à rejoindre la communauté de ce qui gît dans les entrailles de la terre pour mieux hanter les vivants.

Tout est en place, il est temps désormais, pour le lecteur, de se perdre dans l'enclave du vallon où le temps avait stoppé son écoulement, réunissant passé, présent et avenir en une glace épaisse, de tendre l'oreille pour entendre ces quelques notes provenant d'une flûte en argent, qui feront fondre la glace et relanceront la course incontrôlée du temps. Mais, pour combien de temps, et pour qui ? Ainsi momentanément libéré du passé, le lecteur se prendra à espérer, à oublier les signes annonciateurs de la tragédie, oublier que l'espoir peut s'avérer tout autant destructeur que les pires regrets, puisqu'il pousse les sentiments les plus nobles et les plus purs à disparaître dans un impossible possible.

Franck Bouysse

PROLOGUE

Les plaques d'immatriculation officielles du pick-up les informaient toujours avant même que son accent du Kansas n'en ait eu l'occasion. En dix années au service de la Tennessee Valley Authority, il avait appris qu'en matière d'accueil il ne pouvait espérer mieux qu'un sombre fatalisme. On l'avait maudit, on lui avait craché au visage, on lui avait refusé le gîte et le couvert, on avait crevé ses pneus et brisé son pare-brise. On avait sorti des couteaux et des fusils, brandi des fourches et des haches.

Mais ici, rien de semblable. Il n'y avait personne à expulser, et dès qu'il eut expliqué où s'étendrait le lac, fini les regards noirs et les propos maussades. Jamais vous ne pourrez engloutir ce vallon assez profondément à mon goût, déclara un vieil homme du nom de Parton, et ceux avec qui il partageait le banc devant l'épicerie-bazar opinèrent du chef. Quand il demanda pourquoi, Parton marmonna que c'était un endroit où il n'arrivait que des malheurs. Il quitta les hommes assis sur le banc et retourna à son pick-up. Il avait l'habitude de ces paysans et de leurs superstitions, il en avait même noté quelques-unes à l'intention des autres employés de la TVA.

Il vérifia sa route et sortit de Mars Hill en passant devant l'université, qui portait le même nom insolite que la ville. Une banderole drapée sur le grand portail annonçait : « Bienvenue à la promotion de 1957 ». La route montait puis redescendait en pente douce avant de monter encore. Il se gara là où deux coups de peinture bleue donnaient de l'éclat au tronc d'un chêne servant de poteau indicateur et remonta à pied sur huit cents mètres le long d'une ravine pour atteindre la ferme déserte dont le dernier occupant, si l'on en croyait les registres du tribunal de Marshall, était un certain Slidell Hampton. Une grange s'affaissait non loin de là, à côté d'un cimetière familial situé assez haut pour que les tombes n'aient pas à être déplacées. Le temps et les intempéries avaient effacé les noms et les dates sauf sur deux stèles en marbre. Il sortit son mouchoir et essuya la sueur perlant sur son visage, regretta d'avoir laissé sa gourde dans le pick-up.

Derrière la ferme, un autre arbre marqué de peinture indiquait l'entrée du vallon. Ce qu'il suivit d'abord était davantage le souvenir d'un sentier, où par places de hautes herbes et des arbustes poussaient plutôt que des arbres, mais au fur et à mesure qu'il descendait la falaise granitique se fit plus étroite et un ancien chemin apparut. Là où le terrain s'aplanissait sur quelques mètres, un frêne s'élevait sur la gauche, une grosse branche venant s'appuyer à la paroi rocheuse. Des bouteilles et des fragments de fer-blanc pendaient à cette branche à la manière de carillons éoliens. Des éclats de verre coloré et le sel jauni d'un bloc à lécher pour bovins jonchaient le sol. Il avait vu un collage semblable dans le Tennessee, dont le but, lui avait-on expliqué, était de barrer la route au mal.

Il passa sous la branche et la pente devint très forte. La falaise se dressait menaçante au-dessus de lui, la surface de la piste plus du granit que de la terre. Le terrain s'aplanit une dernière fois et il pénétra dans un bosquet de châtaigniers morts, aux branches brisées, leurs troncs énormes fendus comme si le fléau de la foudre avait balayé le vallon de bout en bout. La maison en rondins tenait encore debout, flanquée de part et d'autre de deux puits, dont un seul était équipé d'une corde et d'une poulie. Des barbelés affaissés traçaient les limites d'un pré où rien d'autre ne poussait que de la bruyère et du barbon. Des planches effondrées recouvraient la base en saillie de la grange. Aucun signe d'une présence humaine récente, ce qui était une très bonne chose. Il n'aurait qu'une recherche rapide à mener pour trouver l'acte de propriété.

Il s'assit sur les marches de la galerie, consulta sa montre puis observa la falaise. La partie supérieure, en surplomb, masquait la moitié du ciel. La crête opposée étant haute elle aussi, le vallon était noyé dans l'ombre alors qu'on était au beau milieu de l'après-midi. Il songea que ces lieux changeraient bien peu une fois sous l'eau. Déjà sombres et silencieux. Un ornithologue affirmait que cette région devait abriter les derniers spécimens au monde de perroquets de Caroline, mais il ne pouvait rien imaginer d'aussi éclatant et coloré ayant jamais vécu ici.

Ses yeux revinrent se poser sur le puits et sa poulie. Le seau était piqué de rouille, la corde un effilochement gris, pourtant cela valait la peine d'essayer, il quitta donc la galerie. La manivelle refusa d'abord de tourner, et il dut s'y prendre à deux mains pour que le verrou de rouille cède et que le seau entame sa descente vacillante. La corde blanchit à mesure qu'elle se déroulait. La poignée et le treuil se dépouillèrent de leurs croûtes de rouille tandis que le seau poursuivait sa chute. Probablement à sec, songea-t-il, mais quand la corde prit du mou et qu'il donna un timide tour de manivelle en sens inverse il sentit le poids de l'eau. Il donna encore quelques tours avant que le seau s'accroche à quelque chose.

Il pensa à une branche que le vent aurait jetée dans le puits, puis à une racine quand l'obstacle s'agrippa obstinément au bord du seau. Il imprima une secousse et le seau recommença à s'élever, à monter, monter, et finit par émerger dans le peu de lumière qui éclairait le vallon. Il détendit la corde, écarta le seau de l'ouverture du puits dans un mouvement de balancier, et le posa à terre. Il y avait davantage d'eau qu'il ne l'avait prévu, le seau était plein aux deux tiers, mais elle était trouble. Laisse-la donc reposer un instant, se dit-il, et puis tu verras bien si tu as tellement soif. Il regarda la falaise et imagina l'eau montant peu à peu, jour après jour, semaine après semaine, mois après mois. Tel le sommet d'un iceberg, une petite partie de la falaise ne serait pas submergée. Et personne ne se douterait qu'elle avait été immense au point de plonger dans l'ombre un vallon tout entier. Il regarda de nouveau dans le seau, l'eau y était encore trouble mais devenait assez claire pour qu'on voie que le fond abritait autre chose. Puis elle s'éclaircit davantage et ce qui gisait là prit une solidité ronde et pâle, à l'exception des trous qui avaient abrité les yeux.

I

UN

Laurel songea d'abord à une fauvette ou à une grive, mais – contrairement à toutes celles qu'elle avait déjà entendues – son chant était plus soutenu, si pur, semblait-il, que nulle respiration n'avait à le porter dans le monde. Elle sortit les mains du ruisseau et se releva. Elle repensa à l'oiseau que Mlle Calicut avait montré à sa classe. Un perroquet de Caroline, avait annoncé l'institutrice, qui avait déplié un foulard révélant le corps vert et la tête jaune et rouge. La plupart des perroquets vivent dans des pays tropicaux comme le Brésil, avait expliqué Mlle Calicut, mais pas celui-ci. Elle avait laissé les élèves se passer l'oiseau de main en main, en leur recommandant de bien le regarder et de ne pas oublier à quoi il ressemblait, car bientôt il n'en resterait plus, non seulement dans ces montagnes mais peut-être dans le monde entier.

Seize ans avaient passé, pourtant Laurel se souvenait de la longue queue et du gros bec, du vert, du rouge et du jaune si éclatants qu'ils semblaient miroiter. Et surtout elle se souvenait que l'oiseau ne pesait rien dans la soie fraîche du foulard, comme si même dans la mort il conservait la légèreté de son vol. Laurel ne se rappelait pas si Mlle Calicut avait décrit le chant du perroquet, mais ce qu'elle entendait lui paraissait concorder, était aussi joli que les oiseaux eux-mêmes.

Tandis qu'elle finissait de rincer sa lessive, le chant se mêla aux rythmes de l'eau et au parfum apaisant de rose et de monarde. Elle tira la chemise d'uniforme de Hank hors de l'eau et se dirigea vers l'endroit où le bloc de granit avançait telle une énorme enclume. Émerger des ombres immenses de la montagne, c'était, comme toujours, sortir de derrière un rideau. Le soleil la fit grimacer, et ses pieds nus éprouvèrent l'étrangeté qu'il y avait à fouler une surface qui n'était pas en pente. Le granit était sec et chaud, sauf tout à fait au bout, là où l'eau coulait, et pourtant le ruisseau ralentissait quand même et s'étrécissait, comme si lui aussi savourait la lumière et renâclait à pénétrer dans l'obscurité du vallon.

Laurel étendit la chemise de Hank près de la saillie rocheuse et tira d'abord sur la manche droite, la plus longue, puis sur l'autre. Elle parcourut du regard le granit pavoisé d'étoffe, sa lessive pareille à des débris échoués après la crue récente du petit cours d'eau. Elle releva le menton et ferma les yeux, non pas pour entendre l'oiseau mais pour laisser le soleil immerger son visage dans un bain chaud à sec. Le seul coin du vallon où cela lui était possible, car ni arbres ni crêtes n'assombrissaient le rocher. Au contraire, le granit captait et retenait le soleil. Ici Laurel pouvait avoir chaud, même en ayant les pieds transis par l'eau du ruisseau. Hank avait installé sur le côté de la maison un étendage dont elle ne se servait pas, même en hiver. Le linge séchait plus vite au soleil, il avait une odeur et un aspect plus propres, pas comme dans les profondeurs du vallon, où les vêtements étendus toute une journée conservaient en eux une humidité moisie.

Ça séchera tout aussi vite si je le surveille pas, se dit Laurel, qui posa le panier d'osier. Elle se rappela que

Betty Dobbins, une fille de commerçant, avait demandé pourquoi l'agriculteur avait tué un oiseau aussi joli. Parce qu'ils te mangeront tes pommes et tes cerises, avait répondu Riley Watkins, du fond de la classe. De toute façon, il n'y avait pas plus stupide que ces piafs, avait ajouté Riley, qui avait alors raconté que son père avait tiré sur une volée de perroquets et que ceux qui n'avaient pas été touchés, plutôt que de s'enfuir à tire-d'aile, avaient continué à tournoyer jusqu'à ce qu'il n'en reste plus un seul en vie. Mlle Calicut avait secoué la tête. Ce n'est pas parce qu'ils sont stupides, Riley.

Laurel remonta le ruisseau, contournant des cascades, des rochers et des arbres abattus quand c'était nécessaire, sinon gardant les pieds dans l'eau, à l'abri des dos de satin ou des vipères cuivrées en maraude. Le terrain se fit plus abrupt et l'eau se troubla, blanchit. Des chênes et des tulipiers obscurcissaient le soleil et des bouquets de rhododendrons venaient se presser contre les rives. Laurel s'arrêta pour écouter, le cri de l'oiseau s'élevait par-dessus le bouillonnement de l'eau. Ils n'abandonnent jamais la volée, leur avait expliqué Mlle Calicut, et Laurel savait qu'il n'en allait jamais autrement. Les quelques fois, maintenant de plus en plus rares, où les perroquets passaient au-dessus du vallon, c'était toujours en vol groupé. Parfois ils s'appelaient les uns les autres, un cri aigu, un « oui oui oui ». Un cri mais pas un chant, car les oiseaux ne chantent pas en volant. Le seul jour où une volée s'était posée dans le verger familial, les perroquets n'avaient pas eu le loisir de chanter.

Pourtant ce perroquet, si c'en était bien un, chantait pour de bon, et chantait seul. Laurel contourna à pas furtifs une autre cascade. Le chant devint plus sonore, plus clair, montant non pas du ruisseau mais d'un point proche de la crête. En faisant aussi peu de bruit que possible, elle sortit de l'eau, passa entre des arbres qu'enlaçait de la clématite sauvage, et se glissa dans un fourré de rhododendrons. Toute proche à présent, l'origine du chant à quelques mètres de là. De l'autre côté du fourré, un rayon de soleil filtrait par une percée dans la voûte des arbres. Laurel s'accroupit et avança, écarta une dernière branche de rhododendron aux feuilles épaisses. L'éclat d'une flamme argentée la renvoya en toute hâte dans le taillis, la brillance palpitant derrière ses paupières.

Le chant ne s'interrompit pas. Elle cligna des yeux jusqu'à ce que la brillance disparaisse, et s'approcha de nouveau, non plus accroupie mais à quatre pattes. Par un trou entre les feuilles, elle aperçut une musette, puis des chaussures et un pantalon. Elle leva les yeux, les paupières plissées pour bloquer l'éclat de lumière.

Un homme était assis adossé à un arbre, les yeux clos, et ses doigts sautillaient sur une flûte en argent. Et tout le long il rentrait les joues puis les gonflait, ses narines se dilatant pour aspirer l'air. Ses cheveux blonds formaient un enchevêtrement graisseux, ses favoris pas encore un collier de barbe, mais assez fournis, comme ses cheveux, pour prendre au piège terre et brindilles. Laurel laissa errer son regard sur une chemise en batiste bleue déchirée, effrangée, à laquelle il manquait des boutons, le pantalon de velours en loques comme la chemise, et des souliers dont la véritable couleur était perdue dans une mousse de boue séchée. Des chaussures du dimanche, pas des brodequins ni des galoches. À part la flûte, tout ce que l'homme pouvait posséder d'autre semblait se trouver dans la musette. Un cercle de terre noire et du bois carbonisé attestaient qu'il était sur la crête depuis au moins une journée.

Le chant s'arrêta et l'homme ouvrit les yeux. Il posa la flûte en travers de son genou relevé et pencha la tête, avec l'air d'attendre une réponse. Une réponse dont il ne se réjouirait peut-être pas, car soudain il parut nerveux. Son regard passa sur Laurel sans la voir, et elle remarqua que nulle patte-d'oie ne plissait ses yeux, le front et les joues griffés par les ronces mais sans rides. Les yeux étaient du même bleu que l'eau profonde d'une rivière, le visage long et mince, aux traits plus taillés que modelés. Laurel ramena la mince cotonnade couvrant son épaule gauche plus près de son cou. Puis l'homme referma les paupières et pressa sa lèvre inférieure contre le métal, joua quelque chose qui ressemblait davantage à une musique humaine.

Sur cette hauteur, les fleurs de rhododendrons n'étaient pas encore tout à fait fanées. Leur parfum capiteux et l'odeur de vanille de la clématite donnèrent le tournis à Laurel tandis que passaient les minutes et qu'un air se mêlait au suivant. Le soleil s'inclina à l'ouest et le peu de lumière qui filtrait par la percée entre les arbres se dissipa. L'argent scintillant de la flûte s'atténua, vira au gris, mais la musique conserva sa brillance vaporeuse.

Il lui sembla ne l'avoir écoutée que quelques minutes, mais quand elle revint au rocher la chemise de Hank était presque sèche. Elle ramassa les chaussettes et les culottes, son autre robe de travail en mousseline de coton et la salopette de Hank. Un papillon pourpre se posa au bord du ruisseau pour y boire. Une jolie couleur, de l'avis de quasi tout le monde, comme on dirait d'un vitrail ou d'un chardon qu'il est joli. Mais pas aussi jolie sur une peau blanche, bien qu'elle n'en ait rien su jusqu'à son entrée à l'école. À huit ans, les sarcasmes étaient devenus si méchants qu'elle avait frotté la tache de naissance au savon à lessive jusqu'à ce que la peau cloque et saigne. Ce souvenir en amena un autre, celui de Jubel Parton. Laurel déposa en dernier dans le panier la chemise d'uniforme à une manchette, son ombre humide persistant sur le granit. En haut sur la crête, la musique s'arrêta.

Qui sait s'il ne descendait pas le long du ruisseau, se dit tout à coup Laurel, et ne l'avait pas aperçue entre les arbres ? Pour la première fois, un frisson de peur la parcourut. Si belle qu'ait été la musique, le visage écorché et les vêtements en loques de l'homme ne présageaient rien de bon, c'était peut-être un rôdeur cherchant une ferme à dévaliser. Ou même à faire pire que voler, songea-t-elle. Elle leva les yeux vers la crête et tendit l'oreille, à l'affût d'un craquement de feuilles. Il n'y avait pas d'autre bruit que le murmure du ruisseau. La musique reprit, venant du même endroit.

Laurel serra le panier d'osier contre son ventre et descendit le sentier. L'air devint froid, humide et sombre, et plus sombre encore quand elle traversa un bosquet de sapins. Des champignons vénéneux et des hamamélis croissaient au bord du chemin, un peu plus bas de la douce-amère, et puis de l'actée rouge, dont les fruits toxiques ressemblent aux yeux d'une poupée. Deux jours de pluie et les bois avaient fait une poussée de champignons. Les gris visqueux comme des limaces étaient inoffensifs, elle le savait, mais ceux qui étaient clairs et de plus grande taille pouvaient vous tuer, tout comme la variété à chapeau brun qui se regroupait sur le bois pourrissant. Sur le bois de châtaigner, parce que c'était ce qui au fil des saisons remplissait de plus en plus les sous-bois. En approchant de la tombe de ses parents, Laurel songea à ce qu'elle avait demandé à Slidell de faire, à ce qu'il avait dit qu'il ferait, en ajoutant tout de même qu'à son âge un vœu pareil c'était comme la neige qui promettrait de survivre au printemps.

Laurel posa le panier et se tint devant les tombes. L'une avait quinze ans, l'autre moins d'un an, mais les noms gravés dans la stéatite avaient été envahis de lichen jusqu'à présenter la même surface gris-vert et lisse. Laurel savait que ceux qui évitaient ce vallon verraient un nouveau présage dans une telle disparition. Mais les barbelés, le poulain et les veaux étaient eux aussi des présages, de bons présages ; le meilleur, malgré tout, c'était que Hank soit rentré vivant de la guerre alors que, pour tout le monde ou presque, ces lieux le promettaient à une mort certaine. Mais Hank n'était pas mort. S'il lui manquait une main, d'autres hommes qui n'étaient pas de ce vallon s'en étaient beaucoup plus mal sortis. Paul Clayton était depuis deux mois dans un hôpital de Washington, Vince Ford et Wesley Ellenburg étaient revenus au pays dans un cercueil recouvert d'un drapeau. Hank allait bientôt se marier, encore une bonne chose.

Il faudrait trouver un accord pour savoir qui se chargerait de la cuisine et qui du ménage, qui passerait le balai ou qui tirerait l'eau au puits. Il y aurait des jours où Carolyn et elle se porteraient peut-être sur les nerfs, mais elles arrangeraient ça. Au bout d'un moment, elles seraient comme deux sœurs. Carolyn aimait lire, avait dit Hank, tout, aussi bien le journal de son père que des livres, elles auraient donc ce goût-là en commun.

Au moment où elle sortait du bois, Laurel aperçut Hank et Slidell qui tendaient des barbelés dans le pré du haut. Soixante et onze ans, mais Slidell tâchait d'aider Hank une heure ou deux chaque jour. Tant d'hommes étaient sous les drapeaux que les journaliers étaient rares, et les quelques-uns aux alentours peu disposés à travailler dans le vallon. Seul Slidell y consentait, et il refusait qu'on le paie, n'acceptait un service en échange que de temps en temps. Elle regarda Hank passer le barbelé entre les dents du pied-de-biche et tirer contre l'entretoise, suffisamment de force engrangée dans ce seul bras et cette seule main pour tendre le brin aussi fort qu'une corde de violon. Son biceps droit était deux fois plus gros que le gauche, l'avant-bras massif et parcouru d'écheveaux de veines bleues qui gonflaient à chaque effort. Il était tellement plus costaud qu'au début, lorsqu'il était rentré d'Europe. Assez costaud pour que, même manchot, personne, pas même Jubel Parton, ne veuille le mettre en colère.

Laurel s'arrêta à la cabane garde-manger que rafraîchissait une source et prit un litre de lait frais et un pain de beurre, qu'elle posa au-dessus des vêtements. Plus que grand temps de préparer le souper, mais une fois sur la galerie elle s'attarda à regarder les hommes travailler. Un quart de la clôture du pré était presque terminé, les barbelés tendus et les poteaux en robinier droits et bien plantés, une preuve de plus pour le père de Carolyn, qui observait parfois depuis l'entrée du défilé, que même avec une seule main Hank serait capable de subvenir aux besoins d'une famille. Comme presque toujours, Hank restait bouche cousue et ne dévoilait pas grand-chose de ses projets, mais le mois précédent Laurel était passée devant sa chambre et l'avait vu, un crayon à la main, plongé dans ce que leur mère appelait le livre des souhaits. Plus tard, elle avait sorti l'épais catalogue de sa commode et trouvé les pages qu'il avait cornées. Des astérisques au crayon signalaient une cuisinière en fonte Provider à six trous, un chiffonnier Golden Oak, et une machine à coudre Franklin. Elle s'apprêtait à refermer le livre des souhaits quand elle avait aperçu une autre pliure. Cette page présentait une bague en diamant de 0,75 carat. À côté des mots « Indiquer la taille de bague », Hank avait inscrit « 6 ».

Laurel entra dans la maison. Elle prit la bassine à pain à son crochet et la posa sur la table de cuisine. Tout en ouvrant le tonneau à farine et en se servant à l'aide de la mesure, elle se demanda si elle allait parler ou non à Hank et à Slidell de l'homme à la flûte, et elle se dit que non.

DEUX

Quand Laurel se réveilla, le samedi, elle s'attela aux tâches du matin, nettoya à fond la grille foyère, alla chercher le lait et le beurre au garde-manger, tira l'eau du puits. La veille au soir Hank avait mis des bûches et du petit bois dans le fourneau, elle y fourra donc une page du livre des souhaits de l'année passée et gratta une allumette sur la fonte. Le feu prit et Laurel referma bruyamment la porte. L'odeur chaude du café emplit la pièce tandis qu'elle préparait des œufs au plat et les faisait glisser sur les assiettes, sortait du pain de maïs de la panetière et le posait sur la table à côté de la confiture de mûres, du beurre et du lait. Le mois précédent, Hank s'était demandé tout haut s'ils devraient acheter un goret et l'élever pour avoir du lard le matin. Il n'avait pas paru étonné quand Laurel s'y était opposée.

Même avant le passage des perroquets dans le vallon, la tâche que Laurel détestait le plus, enfant, c'était nourrir les cochons. Il y en avait eu trois dans l'enclos, dont un goret, mais les deux autres gros et poilus et aussi grands que des veaux. Lorsque Laurel leur donnait à manger, elle s'approchait, les mains tremblantes, se déplaçait sans bruit pour verser la pâtée avant que les porcs ne se jettent sur l'auge. Mais ils savaient. Toujours. Quand elle penchait le seau par-dessus la planche du haut, les cochons couinaient et grognaient, se hissaient dans l'auge en bois et venaient écraser leurs corps boursouflés contre les lattes. Le bois gris ployait, les clous rouillés grinçaient, et Laurel pensait chaque fois que les planches et les clous allaient céder et les porcs la déchiqueter comme une marionnette.

Hank poussa un juron et Laurel devina qu'un bouton ou une pression le mettait en rogne, ou encore un lacet de chaussure. Des choses pour lesquelles il ne lui permettait pas de l'aider. Il apparut vêtu de la chemise qu'elle avait lavée la veille, la manche gauche coupée à hauteur du coude pour qu'il n'ait pas à se donner la peine de l'épingler. Elle servit le café et ils s'assirent pour manger. Ne pas parler de l'homme à la flûte la mettait sur un plan d'égalité, songea-t-elle, car Hank se confiait si peu, surtout pour ce qui était de Carolyn Weatherbee. Il était presque fiancé, sinon fiancé, mais Laurel ne savait rien des projets de mariage.

Son père est un vieil imbécile superstitieux et je dois lui être agréable, puisqu'il met déjà à mon désavantage ma main en moins. Voilà comment Hank expliquait pourquoi il n'invitait jamais Laurel à l'accompagner, le dimanche matin, lorsqu'il empruntait le cheval et le chariot de Slidell pour parcourir les cinq kilomètres les séparant de la ferme des Weatherbee, et faisait à peine attention à elle lors des *victory jubilees*, les fêtes données au profit de l'effort de guerre, dès qu'ils arrivaient. Cela va bientôt changer, se disait-elle. Ce que croyait le vieil homme n'aurait plus d'importance lorsque Carolyn et Hank seraient mariés et vivraient dans le vallon.

Ils n'échangèrent pas un mot jusqu'à ce qu'il ne reste plus dans leurs assiettes que des traînées de confiture.

« Je m'en vais nourrir le poulain et les veaux, annonça alors Hank, en repoussant sa chaise.

– T'as Slidell avec toi, aujourd'hui ?

– Sans doute que non. Je crois bien qu'il a de l'ouvrage plus qu'il en faut chez lui, surtout que ce tantôt on se rend en ville. »

Après le départ de Hank, Laurel lava les tasses, les assiettes et les couverts, remplit de haricots la marmite en émail gris et la posa sur le fourneau pour qu'ils cuisent à feu doux. Elle alla à l'évier, versa un peu de bicarbonate sur sa brosse et se lava les dents avant de ramener ses cheveux en arrière et de les attacher à l'aide d'une épingle à cheveux ondulée. De la rosée trempa ses pieds nus quand elle marcha vers le champ de maïs. Un corbeau lança un croassement et s'envola au-dessus des tiges couronnées de barbes, survola les deux planches clouées et les lambeaux d'une chemise. Il faudrait qu'elle en sorte une autre du tiroir du bas, pose peut-être un chapeau de paille sur la tête en sac à semences. Ce qui les empêchera au moins de s'y percher, songea Laurel.

La falaise la dominait de toute sa hauteur, et elle avait beau avoir les yeux baissés, elle sentait sa présence. Même dans la maison elle la sentait, comme si son ombre était tellement dense qu'elle s'infiltrait dans le bois. Une terre d'ombre et rien d'autre, lui avait dit sa mère, qui soutenait qu'il n'y avait pas d'endroit plus lugubre dans toute la chaîne des Blue Ridge. Un lieu maudit, aussi, pensait la plupart des habitants du comté, maudit bien avant que le père de Laurel n'achète ces terres. Les Cherokee avaient évité ce vallon, et dans la première famille blanche à s'y être installée tout le monde était mort de la varicelle. On racontait des histoires de chasseurs qui étaient entrés là et qu'on n'avait plus jamais revus, un lieu où erraient fantômes et esprits. Mais les parents de Laurel n'en savaient rien le printemps où son père, à la recherche de terres bon marché, avait passé la frontière séparant les comtés de Cocke et de Madison et trouvé cent acres pour le prix de vingt dans le Tennessee.

Laurel avait huit ans quand son père s'était effondré dans son champ. Le docteur Carter lui avait annoncé qu'il n'y avait rien à faire sinon ne pas se fatiguer. Puis la mère de Laurel était morte, et quasi personne d'autre que Slidell n'était plus venu dans le vallon. Même le pasteur Goins, qui avait donné lecture de la Bible sur la tombe de sa mère, avait eu soin de partir avant la nuit. Il n'avait pas pris la main de Laurel, n'avait pas non plus serré Laurel dans ses bras, et elle savait aussi pourquoi. À l'école, ses camarades répétaient ce que croyaient leurs parents – que le cœur de son père avait lâché après qu'il l'avait bercée, la tache de naissance pressée contre sa poitrine, que le membre empoisonné de sa mère avait pris la couleur de la peau tachée de sa fille, que le vallon avait apposé sa marque sur elle pour montrer qu'elle lui appartenait. Les superstitions ne sont qu'une affaire de coïncidences ou d'ignorance. C'était ce qu'expliquait toujours Mlle Calicut à sa classe quand un élève prétendait que le hululement d'un hibou annonçait une mort prochaine, ou que tuer des serpents noirs pouvait mettre fin à la sécheresse. Mais ses arguments n'avaient pas servi à grand-chose, surtout quand les parents avaient protesté que Mlle Calicut devait s'en tenir à la lecture et au calcul – ce qu'une maîtresse d'école était capable de comprendre.

Laurel posa sa binette au bout du rang. Hank était dans le pré du haut, le dos tourné, et plantait un autre poteau de clôture. Je n'irai pas plus loin que là où je fais la lessive, se dit-elle. En passant devant l'écurie, elle aperçut une mante religieuse aussi longue qu'un crayon accrochée à une planche. À l'orée du bois, des baies noires arquaient les tiges de teinturier, et le chanvre d'eau lui arrivait à hauteur des yeux. Autant de preuves que la fin de l'été n'était pas loin.

Laurel suivit le sentier entre des châtaigniers morts dont l'écorce qui s'écaillait dévoilait du bois couleur d'os. Quatre cents dollars tout rond pour conclure l'affaire, et rien que les châtaignes nous feront vivre, s'était vanté son père lorsqu'il avait acheté les terres, mais des taches rouges aussi sinistres que celles qu'on voit sur le dos des veuves noires étaient déjà apparues sur les troncs. Puis, au fur et à mesure que s'écoulait leur premier été, de plus en plus de pans sombres avaient affouillé les crêtes autrefois verdoyantes. Une calamité de plus, car la moisissure bleue avait touché le tabac, et le verger, privé de lumière, n'avait donné que quelques fruits ridés. Son père avait juré qu'un aveugle aurait eu davantage de chance, parce que lui au moins n'aurait pas eu à assister à ce spectacle.

Quand Laurel arriva au rocher, elle s'assit et écouta des sons qui d'habitude n'étaient pas plus perceptibles que sa propre respiration. Mais là elle les entendit : l'eau tourbillonnant autour des rochers, le vent agitant les feuilles, les lointains coups de bec d'un bruant jaune. Tout cela elle l'entendit en premier, parce que ce jour-là la musique était plus calme, un chant mélancolique joué en sourdine.

Coïncidences et ignorance, affirmait Mlle Calicut, mais il y avait eu des moments au cours de la dernière année, surtout après la mort de son père, où Laurel avait eu comme l'impression d'être un fantôme. Un fantôme sait-il au moins qu'il est un fantôme ? Les jours passaient et elle ne voyait pas âme qui vive. Elle ne quittait le vallon que les samedis où Slidell l'emmenait en ville, ou pour les *victory jubilees* mensuels. Dans un cas comme dans l'autre, les gens l'évitaient, traversaient la rue, partaient dans un autre coin de la grange. N'était-ce pas cela un fantôme : un être isolé des vivants ? Ces nuits-là, dans le vallon, Laurel se réveillait en entendant des bruits et des silences jamais remarqués lorsque Hank ou son père étaient présents – le vide d'une pièce sur deux, le grincement de la corde et de la poulie du puits, la maison remettant en place une partie d'elle-même –, les bruits et les silences les plus solitaires au monde. Il y avait eu des matins où en regardant dans le miroir elle s'était demandé si ce qu'elle voyait n'était pas, plutôt qu'un reflet, quelque chose de léger qui flottait dans l'air. Au bout d'un moment, elle avait cessé de tourner la page du mois suivant dans le calendrier Black Draught. Si Slidell arrivait en salopette et en godillots pour l'aider à accomplir les tâches qu'elle ne pouvait faire seule, on était mercredi. S'il portait une chemise blanche et un pantalon de velours, c'était la fin de la semaine. Laurel se souvenait de s'être penchée en avant, un jour, rien que pour voir son souffle se condenser à la surface du miroir.

Un soir, à l'occasion d'un *victory jubilee*, tout en lançant un clin d'œil à ses copains Jubel Parton lui avait demandé de le suivre dehors. Il empestait le whisky et l'avait embrassée sur la bouche comme un goujat. Seulement parce qu'il était ivre, avait pensé Laurel, qui l'avait quand même laissé faire, car si les mains et les lèvres du garçon pouvaient la toucher, elle était donc encore faite de chair et de sang. Le père de Jubel était le propriétaire de Parton's Outdoor Goods, un magasin d'articles de chasse et de pêche, et le samedi suivant, quand elle avait accompagné Slidell à Mars Hill, elle avait parcouru une allée bordée de pièges en acier et de cannes à pêche pour gagner le comptoir. Jubel avait demandé à un autre employé de s'occuper de la caisse et l'avait entraînée à la cave, où ils s'étaient allongés sur des sacs de jute qui lui avaient irrité les bras et les jambes. Elle l'aurait laissé la prendre à ce moment-là, mais après quelques minutes il s'était arrêté. Faut une capote pour pas qu'y ait de petit bâtard, avait dit Jubel, qui avait ajouté qu'il en apporterait une au prochain *jubilee*. Trois semaines plus tard, il l'attendait dehors. Il avait bu au goulot une dernière gorgée de whisky puis tendu la bouteille à Ray Janson, qui avait ricané quand Jubel avait pris Laurel par la main et attrapé un tapis de selle dans un chariot avant de partir vers la lisière du pré. La porte de la grange laissait échapper assez de lumière pour qu'ils risquent d'être vus, et Laurel avait demandé à aller dans les bois. C'est mieux ici, avait répondu Jubel. Quand ç'avait été terminé, il lui avait tendu un mouchoir à carreaux pour essuyer le sang qu'elle avait sur les jambes. Ce n'était qu'en se relevant qu'elle avait aperçu les autres. Jubel s'était avancé vers Ray Janson et avait tendu la main pour recevoir la pièce d'or qu'il avait pariée.

Au moment où la flûte entamait un autre air, Laurel songea que dans six mois ils auraient un cheval assez grand pour tirer leur chariot. Ils pourraient commencer à vendre du lait et des œufs, sinon à Mars Hill du moins à Marshall, et d'année en année il y aurait davantage de bétail. Elle avait même vu les perroquets la semaine d'avant. Une petite volée, pas plus d'une demi-douzaine, mais ils avaient piqué vers le sol assez bas pour montrer leurs têtes rouge et jaune avant de passer la crête en direction de la ferme Ledbetter. Et cette musique, encore une jolie chose qui était arrivée jusque dans le vallon. Laurel plongea la main dans l'eau, et le froid la saisit quand elle en prit au creux de sa paume et but. Monte donc là-haut ou bien retourne chez toi, se dit-elle, tu as trop à faire pour lambiner. Elle entra dans l'eau et suivit le chant de la flûte vers la crête et dans les fourrés de rhododendrons.

L'inconnu était exactement comme la veille, le dos contre l'arbre et les yeux clos, la flûte tenue en équilibre. Qu'il ne bouge pas lui donna le frisson. Devoir manger, boire ou étirer ses jambes était humain. Laurel chercha des yeux des champignons formant un rond de sorcières ou tout autre signe. Tu t'attends au pire sur son compte comme on le fait ici pour toi, se réprimanda-t-elle. Des croûtes et des écorchures prouvaient que l'inconnu saignait. Et mangeait, aussi, car des épis de maïs grignotés traînaient dans les cendres du feu de camp. Laurel se laissa glisser sur le sol. La mélodie avait la mélancolie des ballades que jouaient Slidell et les frères Clayton, sauf que des paroles n'étaient pas nécessaires pour qu'on en ressente la nostalgie. Ce qui rendait la musique d'autant plus triste, car elle ne racontait pas l'histoire d'un amour perdu, d'un enfant ou d'un parent disparus. On aurait dit qu'elle racontait tous les deuils qui avaient jamais existé.

L'homme s'arrêta au milieu de l'air qu'il jouait, scruta la pente, puis parut se détendre. Il rangea la flûte dans l'étui en cuir et resta assis quelques minutes, à réfléchir. Laurel n'aurait su dire si ce à quoi il pensait lui faisait plaisir ou le contrariait, mais soudain elle avait envie de le savoir. Ce serait, comme la musique, quelque chose qu'ils partageraient en secret. L'homme se leva et s'étira, s'avança au bord de la crête et regarda en direction de la ferme Ledbetter. Laurel souleva un rameau de rhododendron pour mieux voir son campement. Une branche en forme de gourdin était posée à côté du grabat de feuilles. L'une des extrémités n'était pas beaucoup plus grosse que ces perches sur lesquelles on suspendait à sécher les feuilles de tabac, mais à l'autre bout un nœud de la taille d'une pelote de fil faisait saillie. Peut-être avait-il vu une vipère cuivrée ou entendu un couguar. Le bâton n'est peut-être pas là pour autre chose, se dit Laurel, qui recula quand même dans le bouquet de rhododendrons.

L'inconnu quitta la crête et sortit une pomme de la musette. Verte et dure, mais il y croqua à belles dents, sa bouche se fronçant sous le coup de l'acidité. Le ventre de Laurel gargouilla, car l'heure du repas de midi approchait pour elle aussi, mais si elle bougeait il l'entendrait. L'homme finit sa pomme et jeta le trognon dans les bois, prit sa flûte. Cette fois les notes étaient hésitantes, ressemblaient davantage à un chant d'oiseau. Il ferma les yeux et elles se fondirent les unes dans les autres, ce n'était pas le chant d'une fauvette ni celui d'un vanneau mais celui d'une grive, de l'espèce tachetée de noir et à la queue roussâtre. Pars, se dit Laurel, avant qu'il ne s'arrête encore.

Quand elle arriva dans la cour, Hank consulta la montre de gousset qu'il avait rapportée de France.

« Faudra pas tarder à se mettre en route, sinon Slidell partira sans nous », dit-il.

Laurel se hâta de préparer à manger et laissa la vaisselle pour plus tard. Hank et elle passèrent entre d'autres châtaigniers morts, en allant vers le défilé. La maladie qui les tuait était d'abord apparue dans la ville de New York, leur avait expliqué Mlle Calicut, mais il y avait des gens qui juraient que, du moins dans ces montagnes, c'était ici, dans le vallon, qu'elle avait commencé. La pente monta et l'ombre de la falaise se fit plus dense. À l'endroit où le sentier se resserrait,

Hank passa devant Laurel. Le chemin serpenta autour de la falaise et le ciel se déploya, vaste et bleu, comme aplati au rouleau à pâtisserie.

Au défilé, un frêne réduisait la largeur du passage. Des bouteilles en verre avaient été attachées à une branche à l'aide de lanières en cuir, suspendues serré pour qu'elles tintent les unes contre les autres et, à même le bois, un X peint en rouge. Des éclats de verre, certains bleus, d'autres transparents, jonchaient le sol comme du sucre candi qu'on aurait renversé.

Mis là en guise d'avertissement. Hank lâcha un juron, repoussa d'un coup de pied les éclats de verre hors du chemin, et ce faisant souleva de minces volutes de sel. Ses épaules se voûtèrent et son poing se serra. Au début, quand il était revenu de la guerre, il arrachait les bouteilles et les boîtes de conserve pendues à la branche, mais elles réapparaissaient sans cesse. Il marqua un temps d'arrêt et Laurel crut qu'il allait une fois de plus dépouiller l'arbre. Mais non, il reprit sa marche et elle le suivit.

« J'espère qu'on t'a pas retardé, lança Hank quand ils entrèrent dans la cour.

– Naaan », répondit Slidell.

Il quitta la marche de la galerie sur laquelle il était assis, ramassa son fusil et s'avança vers l'écurie. Le visage de Slidell était crevassé et profondément ridé, mais il avait la démarche d'un homme beaucoup plus jeune. Dos droit, ventre plat et yeux noisette limpides. Même les cheveux blancs étaient vigoureux, drus et raides. Hank le suivit dans l'écurie pour l'aider à atteler Ginny au chariot. Laurel attendit dans la cour, sur le côté de la maison, près de la ruche. Un bourdonnement endormi montait du bois blanc. Un de ces jours, Slidell enfumerait les abeilles, retirerait la hausse et viderait le miel dans de grands bocaux en verre. Il en apporterait à Hank et à Laurel plus qu'il n'en garderait pour lui. Laurel l'entendrait arriver, les bocaux cliquetant dans un sac de jute jeté sur son épaule.

Elle rejoignit les hommes dans la voiture à cheval et Slidell prit les guides dans ses mains noueuses. Ils descendirent en cahotant un large sentier, passèrent devant le petit cimetière et le pré, autrefois un champ de maïs, où le père de Slidell et son frère avaient été abattus par des hors-la-loi pendant la guerre de Sécession. Les gens passent par chez moi et se tracassent même pas à l'idée qu'on a assassiné un homme et un garçon de seize ans sans en faire plus de cas que si c'étaient deux serpents, lui avait dit un jour Slidell. Ça c'est un endroit qui devrait effrayer les gens, pas un vallon sinistre.

Bientôt le sentier déploya plus largement ses bas-côtés herbeux et se transforma en chemin de terre. Le terrain prit de la pente et les arbres devinrent plus nombreux. Ginny était vieille et ensellée, son allure lente, mesurée. De temps à autre, Slidell donnait aux guides une secousse timide, davantage par habitude que dans l'espoir de voir la jument accélérer le pas.

Hank montra d'un signe de tête le fusil à double canon posé au fond du chariot.

« Ce fichu sanglier recommence à t'embêter ?

– Non, mais la semaine dernière l'était planté là au bout du chemin, brave comme Josaphat. Et à le voir y avait pas de quoi le prendre à la légère, surtout avec les défenses qui pointaient hors de sa gueule comme des faucilles.

– Mais tu ne l'as pas aperçu près du défilé ? demanda Laurel.

– Pas pour l'instant, quand approchera le temps de la moisson, pourtant, je l'imagine bien montant jusqu'à mon carré de choux, comme l'an passé, à moins que mon fusil lui coupe l'appétit une bonne fois pour toutes.

– J'espère que tu le tueras, dit Laurel.

– Aide-moi à faire le guet et peut-être que je nous donnerai satisfaction à tous les deux », répondit Slidell.

Il secoua les guides une fois de plus et se tourna vers Hank.

« T'achètes encore du barbelé, aujourd'hui ?

– Oui, et des entretoises. Peut-être bien que je m'informerai du prix d'une poulie pour le nouveau puits, si jamais j'arrive au bout de ce fichu truc.

– Je voudrais pouvoir t'aider, mais creuser un puits c'est une affaire de jeunes, du moins à la profondeur où te voilà rendu. La guerre sera bientôt terminée et y aura davantage de jeunes hommes par ici. Ils auront vu du pays et seront moins prêts à écouter les âneries et les histoires à dormir debout.

– Va savoir », dit Hank.

Parvenus à l'ancienne route à péage de Marshall, ils tournèrent à gauche. Des traces de roues de chariots et d'automobiles soulignaient d'un galon la poussière et les silex. Les arbres n'étaient plus aussi serrés ni aussi nombreux. Ils passèrent devant quelques petites maisons en rondins et un bâtiment de ferme à deux niveaux dont le toit en tôle miroitait. D'autres habitations apparurent, et moins de champs et de prés. Laurel aperçut l'université, d'abord la tour de l'horloge et puis les bâtiments en bois et en brique. La route franchit une dernière crête, ensuite ils descendirent, passèrent en premier lieu devant l'arche de granit et l'allée en brique menant à l'université, puis entrèrent en ville.

Comme toujours, Laurel sentit son estomac se nouer. C'était samedi, des chariots et des chevaux étaient donc attachés à chaque poteau, et quelques automobiles pointaient leur capot vers les planches du trottoir. Leur chariot avançait par à-coups entre des familles de fermiers et des habitants de la ville, quelques étudiants. Laurel chercha des yeux le chariot de Marcie Bettingfield, dans l'espoir d'avoir des nouvelles de la jeune femme et de son bébé. Ils passèrent devant le coiffeur pour hommes Lusk et la Caisse d'épargne Feith, face à ce qui avait été une boutique de tailleur mais qui portait maintenant peinte sur sa devanture l'inscription « BUREAU DE RECRUTEMENT DES ÉTATS-UNIS ». Chauncey Feith se tenait sur le seuil, vêtu de son uniforme. Laurel jeta un coup d'œil pour voir si Hank le remarquait, mais il regardait droit devant lui, tout comme elle fit lorsqu'ils passèrent devant Parton's Outdoor Goods.

Deux femmes coiffées de bonnets à brides sortirent du bureau de poste. À l'approche du chariot, l'une d'elles poussa l'autre du coude. Elles traversèrent la rue en toute hâte, la tête détournée, les bonnets dissimulant leurs traits. Slidell trouva un poteau d'attache libre devant l'enseigne rotative rouge et blanc du coiffeur.

« Prenez tout votre temps, leur recommanda-t-il lorsqu'ils descendirent du chariot. Une fois mes affaires terminées, je serai au Turkey Trot. Venez me chercher quand vous serez prêts.

– Que te faut-il, à toi, petite sœur ? demanda Hank après le départ de Slidell.

– De quoi tricoter et coudre, et peut-être voir pour du tissu.

– Flâne donc un peu si ça te chante, lui dit Hank au moment où ils s'engageaient sur le trottoir. Quand j'aurai acheté mon barbelé et mes entretoises, j'irai discuter de cette poulie avec Neil Lingefelt. »

Une fermière vêtue d'une robe taillée dans un sac à farine approcha. Lorsqu'elle descendit sur la chaussée pour éviter de passer à côté d'eux, le visage de Hank se crispa.

« Faut que j'y aille, annonça-t-il.

– Je t'aiderai à porter ton matériel jusqu'au chariot avant d'aller au magasin de tissu, proposa Laurel.

– Non, s'empressa de répondre Hank. Le fils d'Erwin m'aidera. »

Elle regarda Hank remonter la rue. Il s'arrêta pour serrer la main à Marvin Alexander, et un couple lui fit un signe de tête et un sourire. Pendant les deux années où ils avaient fréquenté l'école ensemble, cela avait été dur pour tous les deux, mais pire pour Laurel en raison de sa tache de naissance. Pourtant, Hank et elle n'avaient jamais accepté de faire la moindre différence. À l'école, Hank se battait contre des garçons plus âgés et plus grands que lui pour de simples remarques visant Laurel. Lorsqu'une bagarre démarrait, elle le payait de retour, griffant et mordant quiconque s'en prenait à lui. Et puis Ellie Anthony, qui était assise à côté d'eux en classe, avait attrapé la polio. Ses parents avaient alors prétendu que Laurel et Hank en étaient la cause. D'autres parents avaient juré que pour envoyer leurs enfants à l'école ils attendraient que Laurel et Hank n'y soient plus.

Ensuite, lorsqu'ils descendaient en ville, on les avait traités encore plus mal. En plus des rebuffades et des regards noirs auxquels ils avaient fini par s'habituer, certaines personnes crachaient sur leur passage. Un homme avait menacé de donner le fouet à Slidell s'il continuait à les amener, et un samedi Hank et Laurel avaient été bombardés d'œufs pourris. C'était pénible, mais au moins ils l'enduraient ensemble. Or, depuis que

Hank était rentré d'Europe, la plupart des méchancetés étaient réservées à Laurel. Davantage qu'une main était resté là-bas, semblait-on croire.

Laurel traversa la rue pour se rendre au magasin de tissu. Au-dessus de la porte la clochette tinta lorsqu'elle entra. Cordelia, la mère de Becky Dobbins, leva les yeux et fronça les sourcils avant de se remettre à écrire dans un registre. Laurel prit une corbeille et y déposa trois bobines de fil à coudre et une carte de boutons œil-de-poisson. La mousseline de coton dont elle voulait demander le prix était posée à côté du comptoir, mais elle déambula lentement parmi les divers rouleaux d'étoffe, les rouges, les bleus et les jaunes, les tons mélangés et entre deux, toutes les couleurs d'un globe terrestre de salle de classe. Laurel songea aux vêtements miteux de l'inconnu et s'arrêta devant la toile de jean. Elle se demanda si à l'instant même il jouait de la flûte en argent.

Elle s'approcha de la devanture où des coupons de tissu destinés aux robes étaient suspendus à des baguettes comme des drapeaux de couleur vive. Elle s'attarda devant la toile de lin et la serge, le tussor, toujours frais au toucher. Elle prenait le bout des tissus entre le pouce et l'index pour mieux juger de la beauté des carreaux, des rayures et des unis.

« Merci de ne pas toucher à ce tissu-là, lança Mme Dobbins, sauf si vous comptez acheter. »

Laurel paya son fil et ses boutons et ressortit, clignant des paupières le temps que ses yeux s'adaptent à la lumière. Hank avait chargé le dernier rouleau de barbelé hérissé d'aiguillons dans le chariot et bavardait avec Ben Lusk devant sa boutique. Les fois où Laurel était venue en ville, jamais le coiffeur ne s'était adressé à elle ni même ne lui avait fait un signe de tête. Ben rit de quelque chose qu'avait dit Hank et lui tapa sur l'épaule d'un air complice. Elle monta sur le trottoir et attira le regard de Hank.

« Qu'est-ce qu'il y a ? s'enquit-il en venant vers elle.

– Il y a quelque chose que depuis un bout de temps je voulais te raconter.

– Mais bon sang, pourquoi tu m'avais encore rien dit ? » demanda-t-il, bouillant de rage, quand elle eut terminé.

Laurel ne répondit pas, se contenta de regarder les traits de son frère qui semblaient hésiter entre colère et résignation. Slidell arriva, un sac en toile de jute à la main. Il s'apprêtait à le poser dans le chariot quand il aperçut le visage de Hank.

« Qu'est-ce qui se passe ? » demanda-t-il.

Mais Hank descendait déjà du trottoir et filait vers Parton's Outdoor Goods.

Slidell se tourna vers Laurel.

« Qu'est-ce qu'il y a ?

– Il va y avoir de la bagarre.

– Il faut que j'arrête ça », dit Slidell.

Trop tard. Jubel sortit en titubant du magasin, Hank sur ses talons. Les hommes s'empoignèrent, heurtèrent ensemble le trottoir et roulèrent deux fois sur eux-mêmes. Hank se retrouva sur le dessus et flanqua son poing sur la figure de Jubel. Du sang gicla de son nez au moment où Hank ramenait son coude en arrière pour frapper de nouveau. Déjà des badauds les séparaient, en s'assurant avant de les aider à se relever que les deux hommes étaient à bonne distance l'un de l'autre. Jubel passa son avant-bras sur son nez et sa lèvre supérieure, jaugea la quantité de sang qui tachait sa chemise.

« Pour moi, ça vaut toujours sa pièce en or de deux dollars cinquante », lança-t-il.

Hank se dégagea et décocha à Jubel un nouveau coup de poing, qui lui érafla le menton. Slidell et Tillman Estep le forcèrent à s'écarter, et Chauncey Feith s'avança entre les deux adversaires.

« Pas question de nous chamailler alors que nous avons les boches à combattre, leur lança-t-il sur le ton de la réprimande.

– Parce que toi, Feith, tu t'y connais en combat contre les boches ? » répliqua Hank.

Chauncey Feith leva une main et très lentement rajusta le bord de son chapeau d'uniforme, ce qui ne suffit pas à dissimuler son visage empourpré. Le trottoir se peuplait de nouveaux badauds. Une femme que Laurel ne connaissait pas tendit à Jubel un mouchoir mouillé.

« Tu veux que j'envoie chercher le docteur Carter ? demanda Feith.

– Surtout pas, répondit Jubel en désignant sa manche d'un signe de tête. C'est rien.

– Parfait, dit Chauncey Feith, qui se tourna vers les curieux. Cette histoire étant réglée, que chacun retourne à ses affaires. »

On raccompagna Jubel à l'intérieur du magasin.

« Il est temps qu'on parte », annonça Slidell.

Hank et Laurel le suivirent de l'autre côté de la rue pour rejoindre le chariot. Alors qu'ils traversaient la ville, un type en salopette marmonna quelque chose à l'adresse de Laurel et cracha.

« Pourquoi tu m'avais rien dit ? demanda Hank, quand ils eurent dépassé l'université.

– Ça me faisait honte.

– Ouais, je comprends, dit Hank, sans aucune chaleur dans la voix. T'es au courant, Slidell ?

– Non. »

Slidell souleva une rêne pour essuyer sur sa bouche une coulure de tabac, et regarda droit devant lui tout en parlant :

« Mais faudra que vous surmontiez ça, tous les deux.

– J'en ai assez de surmonter, répondit Hank. Je l'ai fait toute ma vie.

– Mais t'es pas le seul dans ce cas.

– J'ai pas oublié ce qui t'est arrivé.

– Je parlais pas de moi. »

Pendant quelques instants on n'entendit que le couinement des ressorts et de l'essieu, le doux claquement des fers à cheval sur la terre du chemin.

« Ça aussi, je le sais », dit Hank, sans plus regarder ni Laurel ni Slidell mais droit devant lui.

TROIS

Chaque soir pendant toute une semaine le vieil homme avait emprunté le sentier pour descendre à la rivière. Un seau à appâts en fer-blanc se balançait dans sa main et une corde à poissons était passée autour de son cou. Le reste de son équipement était dissimulé dans l'herbe haute à proximité de la barque en bois. Il plaçait les rames à l'avant, puis déposait la lampe, les hameçons et la bobine de fil à pêche dans le fond de l'embarcation, qu'il écartait de la berge. Une fois sur la rivière, il vérifiait les lignes qu'il avait suspendues à des branches de saule. À toute vitesse il tirait dessus à la verticale, comme il aurait remonté de l'eau d'un puits. Des truites et des carpes apparaissaient parfois à la surface en se débattant, mais le plus souvent ce qui surgissait c'étaient des poissons à la tête aplatie dont le corps sombre se terminait en queue de comète. Le pêcheur enfilait la corde par une ouïe et serrait bien la boucle avant de replonger sa prise dans l'eau. Ensuite il regarnissait les hameçons et ramait jusqu'à la ligne suivante.

Ce soir-là, comme à son habitude, le vieil homme regagna la rive à la nuit tombante. Il remonta le sentier d'un pas traînant, son corps gîtant vers la droite sous le poids de la corde, la queue des poissons se couvrant de poussière.

Walter guetta jusqu'à ce que le pêcheur ait dépassé la tour de surveillance, puis il se détourna de la clôture et entra dans le baraquement, passa devant des hommes qui jouaient aux cartes, à la manille, d'autres qui fumaient ou écrivaient des lettres. Étendu sur sa couchette, il attendit en repensant à ce qu'avaient dit les gardiens – que le plus facile serait encore d'escalader le grillage. Trouver comment sortir de ces montagnes sauvages, voilà où était le défi. Mais grâce au bateau du pêcheur il ne s'égarerait pas au cœur d'épaisses forêts, il suivrait un courant qui allait précisément là où il avait besoin d'aller, sans que les chiens puissent suivre sa piste.

Il était minuit passé quand Walter franchit la porte du baraquement. Dans sa main droite il y avait une musette contenant l'étui et la flûte, une boîte d'allumettes, le médaillon et la chaîne. Au fond de sa poche, le mot et l'argent. La lumière blanche et compacte des projecteurs tombait sur la palissade, mais nul visage ne regardait du haut de la tour. Il attendit dans l'ombre des baraquements que le gardien en service à l'extérieur soit passé, fila vers le grillage et commença à l'escalader. Au sommet, des barbelés accrochèrent son pantalon. Il déchira l'étoffe pour se dégager et sauta, atteignit le sol et n'osa pas se retourner. Derrière lui, les lumières de la palissade faiblirent, et la lune et les étoiles éclairèrent le bateau. Il l'écarta de la rive et rama de toutes ses forces pour atteindre le milieu de la rivière.

Une fois dans le courant, il pointa la barque vers l'aval en direction d'un endroit qui s'appelait Asheville. La plus grosse agglomération de la région, avaient affirmé les gardiens. Il volerait des vêtements, puis trouverait la gare et achèterait son billet. Dans deux nuits, il pourrait être rentré à New York.

Walter rama rapidement jusqu'à ce que les lumières de la palissade sombrent dans l'obscurité. Haletant, les bras lourds, enfin il ralentit le rythme, s'autorisa à savourer l'immensité de la rivière après tout ce temps passé en détention. Elle décrivit une courbe tranquille, puis devint plus large, moins profonde, des rochers surgirent en son milieu. L'eau sombre glougloutait, battait doucement contre les plus gros obstacles. Ensuite les rives se resserrèrent et le lit du cours d'eau se creusa. Pendant un moment il n'y eut pas de lumière excepté ce qui sourdait du ciel, puis un carré de couleur jaune à la fenêtre d'une ferme, et plus loin la lanterne d'un pêcheur colorant à peine les hauts-fonds. Un chien aboya. Walter dépassa d'autres habitations dont les occupants dormaient, des maisons invisibles, alors qu'il descendait au fil du courant à peine à quelques longueurs de rames de leur porte.

Reposé, il se mit à souquer plus fort. La rivière s'élargit avant de se rétrécir à nouveau. Un panneau noir coulissa sur le ciel, s'immobilisa un instant, puis repartit en glissant, la lune et les étoiles une fois de plus au-dessus de sa tête. Il se retourna et aperçut la silhouette d'un pont, aussi haut et solide que la coque d'un navire. La rivière coula tout droit pendant un long moment sans qu'aucune lanterne brille sur la rive ni à une fenêtre, le monde absent à l'exception de l'eau. Walter était au bord de l'épuisement, mais ne ralentit pas le rythme. La rivière devint moins profonde, davantage de raclements et d'embarras contre les planches. Il se libéra avec peine des obstacles, pointa l'avant dans d'étroits passages et se fraya une voie, en cahotant et en tanguant. Quand il parvint enfin dans des eaux plus profondes, il lâcha les rames et se pencha en avant, la tête sur ses bras croisés posés sur ses genoux. Rien qu'un instant.

Des branches de saule qui l'effleuraient le réveillèrent, l'arrière du bateau échoué sur la rive. Les branches étaient humides de rosée, les étoiles pâlissaient et la lune avait déjà disparu. Il retourna dans le courant à petits coups de rames rapides. La rivière sinuait et il passa sous un nouveau pont, au loin un vacillement de lumières. Des silhouettes surgirent sur le bord – profils d'arbres, cubes trapus de bâtiments et de maisons. Il dépassa un édifice en brique sur lequel un éclairage électrique illuminait les mots « MARSHALL COAL COMPANY ». La chanson murmurante de l'eau s'assourdit dans le cri d'un coq, le toussotement d'un moteur d'automobile. L'aube libéra de hautes branches des entraves de l'obscurité.

Walter scruta la berge en quête d'un drap blanc signalant une corde à linge, en aperçut une, et échoua l'embarcation. Des vêtements, d'enfants pour la plupart, pendaient aux pinces en bois, mais il trouva une chemise d'homme en coton et un pantalon de velours. À l'instant même où il finissait de se changer, dans la maison un chien se mit à aboyer. Des lumières s'allumèrent et un visage se montra à la fenêtre. Si Walter avait pu parler, il aurait proposé de payer les vêtements, mais comme ce n'était pas possible il redescendit tant bien que mal vers la rivière, et s'en allait déjà au fil du courant quand un homme brandissant un fusil surgit sur la berge. Une fumée grise s'épanouit au bout du canon. Walter se baissa vivement et une grêle de balles s'abattit dans le sillage du bateau. La rivière fit une boucle et il perdit l'homme de vue, pour de bon se dit-il. Mais la rivière reprit sa course droite. Un pont de chemin de fer sur chevalets apparut et le type au fusil était dessus. Walter fit virer la barque vers la rive opposée tandis qu'une nouvelle averse de plomb tombait tout près.

Il échoua le bateau et empoigna sa musette, mais la rive n'était rien de plus qu'un talus de boue glissante. Le temps qu'il l'escalade, le type se démenait dans les broussailles. Un solide morceau de bois flotté gisait sur la berge, Walter s'en saisit et frappa l'homme en pleine poitrine lorsqu'il arriva. Le type partit en chancelant vers la gauche, glissa le long de la berge et dans l'eau. Un étroit sentier longeait la rivière, pourtant Walter ramassa la musette et plongea dans un enchevêtrement de ronces, avant de franchir une crête.

Toute la journée il erra sans entendre ni voir une seule fois quoi que ce soit de vivant. Il plut cet après-midi-là, et du brouillard roula au-dessus du sol comme une fumée froide. Les arbres devinrent plus nombreux et les bois aussi désolés que ceux d'un conte de fées sinistre, un lieu où, d'après les gardiens, rôdaient couguars, ours et loups. Toutes sortes de serpents venimeux et de plantes toxiques prospéraient ici et chaque pas était dangereux. D'immenses grottes remplies d'eau s'étendaient juste sous la surface apparemment ferme du sol. Qui pouvait céder et précipiter un homme trente mètres plus bas dans une eau si noire que les truites qui vivaient là étaient aveugles. Walter gâcha trois allumettes en s'efforçant d'enflammer le bois détrempé, but l'eau des flaques, mais n'osa pas manger les baies et les champignons qu'il trouva. La nuit tomba et il trembla de froid à l'abri d'une saillie rocheuse.

Le lendemain après-midi, sur son chemin Walter rencontra un ruisseau et le suivit. Il se sentait fiévreux. Une musique qu'il n'avait jamais entendue montait du cours d'eau. Les notes n'étaient pas que des sons, elles avaient des couleurs, des fils éclatants tissés dans le courant. Un peu de cette eau éblouissante venait éclabousser la berge. Elle était verte et scintillante, il en prit au creux de sa paume et elle se transforma en plume. Le vent fit bruire les branches et il imagina une armada de zeppelins se frottant à la cime des arbres.

Il entendit aboyer un chien et songea que ce pouvait être une nouvelle hallucination, mais il grimpa en titubant sur une crête pour s'en assurer. D'un côté se dressait une ferme entourée de champs et d'un verger. De l'autre, pas de pente mais une paroi grise suspendue au-dessus d'un vallon tel un iceberg, la présence menaçante de la falaise voilant le soleil de l'après-midi. Dans la partie la plus encaissée du vallon, juste sous la falaise, un feston de fumée flottait au-dessus des arbres, mais à bonne distance. Si l'endroit était sinistre, un feu n'y serait ni senti ni vu. Il resta là trois jours et trois nuits, volant tous les matins à l'aube des pommes et du maïs à la ferme, récupérant ses forces et laissant cicatriser ses pieds couverts d'ampoules. Le quatrième matin, il décida de partir une fois le petit déjeuner pris, mais alors qu'il cherchait du petit bois il dérapa sur le terrain en pente et fit la culbute.

Des insectes noir et jaune sortirent du sol dans un bouillonnement. Il ne se débarrassa de l'essaim qu'une fois parvenu sur la crête.

Il était étendu sur son grabat de feuilles, mais le sol se déroba et il partit à la dérive. Un bateau s'avança vers lui, qu'il avait déjà vu quelque part. La femme en robe verte s'appuyait au bastingage, elle regardait au loin avec l'air d'attendre quelque chose. Elle le cherchait des yeux.

QUATRE

Il a dû repartir, songea Laurel.

Elle était restée des heures au bord du ruisseau sans qu'une seule note ne descende de la crête. Sa robe de travail et ses culottes, la chemise et la salopette de Hank avaient séché. Laurel les mit dans le panier mais ne partit pas. Elle s'assit et observa l'eau. Des éphémères jaune vif sortaient de l'œuf là où le courant ralentissait, les insectes apparaissaient à la surface, se débattaient quelques instants, puis gagnaient les airs. Ils montaient et descendaient, heurtant légèrement la surface de l'eau pour pondre leurs œufs. L'un d'eux se posa sur son bras, et elle examina le corps délicat, les ailes aussi fines et transparentes que du mica. Tard dans la saison pour eux, mais jolis à voir. Elle regarda l'éphémère s'élever dans le ciel comme une étincelle, retomber lentement pour se poser sur l'eau.

Laurel regrettait de ne pas être allée au rocher le matin, mais peu après le départ de Hank pour la ferme des Weatherbee, Slidell était arrivé, apportant du lait et quelques légumes fripés, et il était resté manger. À chaque nouvelle minute de silence, l'homme déguenillé à la flûte en argent devenait plus improbable. Elle jeta un coup d'œil au ciel et jugea qu'il devait être quatre heures. Hank serait bientôt de retour, il était peut-être déjà rentré. Il faut que je tâte l'endroit où se trouvait ce feu, songea-t-elle. Si de la cendre me laisse du noir sur la main, au moins je saurai que cet homme était réel, pas quelque chose que ma solitude a inventé.

Elle remonta le ruisseau et pénétra dans les fourrés de rhododendrons, s'accroupit et souleva une branche. L'homme gisait tremblant sur le grabat de feuilles, le visage aussi rouge que de l'épilobe. On aurait à peine dit que c'était le même. Mais c'était bien lui, la barbe en bataille et les cheveux blonds raides et ternes, la même chemise bleue. Laurel s'approcha, assez près pour apercevoir des zébrures distinctes au milieu de l'enflure. Des piqûres de guêpes ou de frelons, plus qu'elle n'en avait jamais vu sur qui que ce soit. Trop malade pour me chicaner même si c'est son idée, se dit-elle.

Elle entra donc dans la clairière et se tint au-dessus de lui.

« Il faut vous emmener à la maison, dit-elle. Si je vous aide à vous lever, pouvez-vous marcher ? »

L'homme ouvrit les yeux, autant que l'enflure le lui permettait. Il parut sur le point de parler, mais se contenta de hocher la tête. Il grimaça et tenta de serrer les dents, mais les frissons les firent claquer.

« Bon, allez », dit Laurel.

Elle le mit sur son séant, s'arrêta pour reprendre son souffle, puis aida l'inconnu à se lever. D'un signe de tête, l'homme montra sa musette.

« Je reviendrai la chercher. Vous remorquer suffira à ma peine. »

Ils suivirent le ruisseau pour descendre jusqu'au sentier, la main de Laurel tenant fermement le coude de l'homme. Elle marchait un peu devant pour mieux le soutenir. Elle repensa à sa lessive, mais tout comme la musette celle-ci pouvait attendre. L'homme ne parlait toujours pas et Laurel se demanda si même l'intérieur de sa bouche était enflé. Il fit reposer davantage de son poids sur elle, sa peau et ses vêtements empestaient.

« C'est plus bien loin », le prévint-elle alors que la petite maison en rondins apparaissait enfin.

Laurel cria le nom de Hank dans l'espoir qu'il soit revenu. Quelques instants après, il sortit de l'écurie. Il commença par marcher vite, puis arriva au pas de course.

« Nom de nom ! s'exclama-t-il quand il fut parvenu près d'eux.

– Aide-moi à l'emmener à la maison », demanda Laurel.

Hank examina l'homme, non pas le visage enflé mais la chemise et le pantalon en loques.

« Il m'a rien l'air que d'un vagabond venu voler quelque chose.

– Oh non, dit Laurel.

– C'est quoi, alors ?

– Je sais pas, mais il est plus que ça. Une sorte de musicien. Il n'est pas loin d'être piqué à mort. »

Hank tira un mouchoir rouge de sa poche revolver. Le tissu recouvrit son visage tandis qu'il s'épongeait le front et les yeux. Quand il l'abaissa, il parut déçu que l'inconnu soit encore là devant lui.

« D'accord, mais il entre pas chez nous avant d'avoir pris un bain. Il pue.

– Attrape-le donc, dit Laurel. Je vais remplir le baquet. »

Hank fit passer le bras de l'homme sur son épaule droite, mit sa main sur le dos de l'inconnu, et Laurel continua d'avancer. Elle posa le baquet sur la galerie et y versa des seaux d'eau jusqu'à ce que le peu de richesses du puits devienne boueux. Elle y mélangea une poignée de Borax avant d'aller chercher un gant de toilette et un pain de savon à lessive. Hank assit l'homme sur les marches de devant et Laurel dénoua ses lacets pendant qu'il l'aidait à retirer sa chemise.

« Qui es-tu ? demanda Hank.

– Je crois que sa gorge est trop enflée pour qu'y parle, remarqua Laurel en tirant sur la seconde chaussette. Aide-le à ôter son pantalon et son caleçon pendant que je prépare un onguent. »

Elle désigna de la tête la poche revolver de Hank.

« Y me faudra un peu de ton tabac.

– C'est tout ce que j'ai jusqu'à ce que Slidell redescende en ville », grommela Hank.

Mais il lui tendit la petite bourse.

Laurel entra dans la pièce de devant et prit le paquet de bicarbonate sur l'évier. Elle en versa deux cuillerées à soupe dans une bassine, puis se fourra une chique dans la bouche et mâcha, en grimaçant tout du long. Elle mélangea le tabac et le bicarbonate jusqu'à obtenir une pâte brune, puis prit la boîte d'herbe aux punaises sur l'étagère de cuisine et prépara un cordial avec de l'eau de la bouilloire. Après avoir été chercher une serviette et un caleçon-combinaison de son père, elle ressortit sur la galerie.

« Crénom, petite sœur ! On le connaît ni d'Ève ni d'Adam et toi t'es aux petits soins comme si c'était le roi d'Angleterre.

– On sait qu'il a mal, répondit Laurel, et on sait qu'y a personne d'autre par ici pour l'aider. »

Elle jeta un coup d'œil vers le baquet, laissa son regard s'attarder quand elle vit que l'homme avait les paupières closes. Les zébrures marquant son cou et sa poitrine indiquaient au moins autant de poison que par une morsure de vipère cuivrée. Simplement, ce n'était pas qu'à un seul endroit, ce qui valait mieux, se dit Laurel. L'eau était devenue grise de crasse, mais l'effort avait emporté toute la vivacité qui restait à l'homme. Le gant reposait avachi dans sa main.

« Va falloir que tu lui savonnes les cheveux.

– Et aussi que je crache sur ses chaussures pour les faire briller ?

– Dépêche-toi. Et puis rhabille-le. Il faut retirer ce poison. »

Quelques minutes plus tard, Hank aida l'homme à entrer dans la maison. Il avait les yeux ouverts quand il le mit au lit. Laurel lui cala la tête contre un oreiller en plumes et tint le gobelet pendant qu'il buvait le cordial à petites gorgées.

« On va remonter la pente », lui promit-elle lorsque le gobelet fut vide.

Laurel prit un peu de la pâte entre le pouce et l'index et recouvrit la première piqûre, en trouva sept autres avant d'atteindre les mains et les poignets. Elle ouvrit les premiers boutons du caleçon-combinaison pour lui enduire le ventre et la poitrine, et enfin le cou et le visage.

« Crénom ! C'est-y pas qu'on croirait un lynx avec toutes ces taches, remarqua Hank quand elle eut terminé.

– Vingt et une piqûres, dit Laurel. Y en a que ça aurait suffi à tuer.

– Et maintenant tu peux parler ? » demanda Hank.

Mais une fois encore l'homme secoua la tête.

« Laisse-le, Hank. Il a besoin de se reposer. »

Malgré le cordial chaud, l'homme tremblait, et Laurel le recouvrit d'une courtepointe.

« Ses habits ont besoin d'être lavés, et il faut que j'aille chercher les nôtres, alors je serai un moment au ruisseau.

– Et moi alors, je dois faire quoi ? Rester ici tout ce temps-là pour qu'il nous barbote pas nos affaires ?

– Il en a pas la force. Et puis moi, j'aurai quelque chose qui lui tient autrement à cœur que tout ce qu'on a.

– Je vais au moins prendre mon fusil. J'aimerais autant pas qu'y retourne son canon contre moi. »

Laurel regarda l'homme. Ses yeux étaient plus vifs à présent, attentifs.

« Si vous faut les cabinets, êtes-vous assez bien pour y aller tout seul ? »

L'inconnu parut ne pas comprendre.

« Vous dites peut-être les latrines ou le chalet », reprit Laurel.

L'homme hocha la tête.

« C'est dehors derrière la maison. »

L'homme hocha de nouveau la tête. Hank prit le fusil là où il était posé dans un coin.

« Faut que je finisse de donner à manger et à boire à mes veaux », annonça-t-il avant de sortir.

Laurel resta un instant près du lit. Le tremblement cessa et les paupières de l'homme se fermèrent. Sa respiration ralentit, s'apaisa, et il s'endormit. Elle examina son visage, mais ne trouva rien qui puisse lui en apprendre davantage. Sa main gauche reposait sur la courtepointe, pas de jointures marquées de cicatrices, pas de doigts déformés ou tordus par d'anciennes fractures. Ni un agriculteur ni un forgeron, voilà au moins qui était certain.

Laurel ramassa les vêtements de l'inconnu et sortit à son tour. Hank se dirigeait vers l'écurie, le fusil à la main et un seau d'eau coincé dans le creux de son coude. En quatre mois, il avait appris à effectuer d'une seule main des choses qu'elle n'aurait pas crues possibles. Il était capable de planter un clou et de se servir d'une tarière, d'attraper un veau au lasso, et de faire presque tout ce qui était nécessaire dans une ferme. Il n'avait pas pleurniché un seul instant quand il était rentré de France, il s'était tenu droit dans ses bottes et avait recommencé à vivre, qu'il s'agisse de travailler aux champs ou de courtiser Carolyn Weatherbee. Hank était capable de s'entêter quand il s'agissait de boutonner une chemise, d'essayer de soulever une citerne ou ce genre-là, mais ça n'allait jamais jusqu'à lui empoisonner l'existence.

Quand elle arriva au rocher, Laurel imprégna la chemise et les chaussettes de savon à lessive aussi doucement qu'elle put, mais le tissu s'en alla tout seul comme s'envolent les aigrettes de pissenlit. Elle lava le pantalon en dernier. En vérifiant les poches revolver, elle trouva trois billets de vingt dollars pliés, et encore dedans un bout de papier de boucherie. Elle hésita, mais se dit qu'elle avait mérité ce droit.

> Le porteur de ce mot se nomme Walter Smith.
> Une maladie infantile l'a rendu incapable de parler.
> Il souhaite prendre un billet de train pour se rendre à New York.

Laurel posa le mot à côté de l'argent avant de plonger le pantalon dans le ruisseau. Au moment où elle le trempait dans l'eau pour le rincer une dernière fois, elle sentit quelque chose dans le gousset. Une pièce de monnaie, commença-t-elle par penser, parce que c'était rond comme une pièce d'un cent, un *wheat penny*. Mais elle en sortit un médaillon suspendu à une mince chaîne. Sur le pourtour du bijou s'étirait un mot, un seul. Laurel étala le pantalon sur le rocher pour qu'il sèche au moins un petit peu. Elle tint le médaillon et sa chaîne au creux de sa paume, le métal lançant un éclat d'or vif alors qu'il captait le soleil de la fin d'après-midi. Comme la flûte en argent, il n'allait pas avec les guenilles. Elle songea à le poser dans le panier à côté du mot et de l'argent, mais la façon dont il était caché lui donnait un caractère plus intime. Laurel remit l'objet en or dans le gousset et remonta le ruisseau.

Arrivée au campement de l'inconnu, elle ouvrit la musette et en sortit l'étui de la flûte. La grosse toile ne renfermait rien de plus qu'une seule plume verte. Laurel la tint quelques instants entre ses doigts, en se demandant où il l'avait trouvée. En tout cas, il avait jugé qu'elle méritait qu'on la garde, ce qui n'était pas ordinaire de la part d'un homme. Laurel remit la plume et l'étui dans la musette et la chargea sur son épaule. Elle jeta un dernier coup d'œil autour d'elle. Rien d'autre que des chaussettes trop trouées pour être raccommodées, quelques pommes qu'il n'avait pas touchées. En redescendant au rocher, elle vit sur la berge du ruisseau des lobélies cardinales écloses. Elle cueillit quelques-unes des fleurs rouges et les tritura entre le pouce et l'index, en frotta l'huile sur son cou. Plus loin, des carottes sauvages étaient épanouies. Dans son for intérieur, Laurel sourit de l'avoir remarqué. Autant s'assurer que cette première fleur fait son effet avant d'avoir besoin de l'autre, se dit-elle.

Malgré l'obscurité qui gagnait petit à petit le vallon en dessous, elle laissa le pantalon sécher quelques minutes de plus. Elle s'assit sur la saillie rocheuse et entoura ses genoux de ses bras. Quand elle avait sept ans, elle avait trouvé cet endroit en cueillant des mûres. Petite, le rocher lui avait semblé une énorme main qui la sortait de la tristesse du vallon. Le pire, c'était la maison. Quelles que soient l'heure du jour ou la saison, quel que soit le nombre de lampes allumées, c'était toujours un lieu sombre qui, d'aussi loin qu'elle s'en souvienne, avait toujours senti la souffrance. Mais ici, en haut, la large saillie de granit captait les rayons du soleil et les retenait, l'enveloppait de clarté. La lumière était comme du miel chaud. Des gouttes de rosée sur une toile d'araignée renfermaient des arcs-en-ciel entiers, et la queue d'un lézard des palissades brillait du même bleu que du verre indigo. L'eau étincelait de particules de mica. Parfois Laurel s'étendait à plat dos sur le rocher pour que le soleil tombe plus largement sur elle, mais la plupart du temps, comme ce jour-là, des deux mains elle serrait ses genoux contre sa poitrine, comme si elle était en train d'attendre quelque chose ou quelqu'un. En train d'attendre. Elle avait attendu, attendu dans la maison tout comme ici que sa vie commence, *sa vie*.

Un cœur qui prend l'eau. C'était l'expression du docteur Carter. Laurel se souvenait de son père bottelant le foin et labourant, de Slidell et lui abattant à la scie à bois un grand chêne blanc. Mais c'était avant le soir où son père n'était pas rentré pour le dîner et où sa mère l'avait trouvé quasi mort dans le champ. Ensuite le docteur Carter était venu une fois par mois, il sortait son stéthoscope de sa sacoche en cuir noir et pressait la cloche en argent sur la maigre poitrine de son père. C'étaient les moments qui effrayaient le plus Laurel, car le docteur marquait toujours une pause lorsqu'il déplaçait cette cloche, comme s'il n'arrivait pas à repérer les battements de cœur de son père.

Chacun avait eu davantage d'ouvrage au fur et à mesure qu'il déclinait. Pendant que leur mère préparait le petit déjeuner, Hank partait nourrir et traire la vache, et Laurel ramassait les œufs et allait chercher l'eau au puits. L'après-midi, ensemble ils labouraient les champs et râtelaient le foin, sortaient le fumier de l'écurie et se chargeaient de tout ce qu'il pouvait y avoir à faire pour que la ferme continue de tourner. Parfois son père se montrait sur la galerie et les observait. Un jour il était venu en clopinant atteler le cheval de trait à une charrue. Au bout de quelques minutes, la mère de Laurel l'avait ramené à grand-peine dans la maison, et tout du long il suffoquait et sanglotait qu'il n'était qu'un fardeau, que le monde ne pouvait pas être plus triste que ça. Mais quand Laurel avait eu douze ans, Hank, son père et elle avaient découvert la tromperie que c'était là.

En fendant du bois pour le feu, sa mère s'était planté une écharde dans la main. Elle l'avait délogée à la pointe d'un canif, ce qui aurait dû remédier à la chose, mais la plaie s'était gonflée de pus. Sa mère avait de nouveau entaillé la peau, plus profondément, puis avait versé de l'essence de térébenthine dans la coupure avant d'envelopper son pouce dans de la toile à beurre. Le lendemain matin, des zébrures rouges remontaient jusqu'à son coude. Hank était parti à Mars Hill chercher le docteur Carter, qui était venu l'après-midi même et avait incisé la paume. Cela avait été affreux de regarder la lame pratiquer une fente dans la chair. Le docteur Carter avait trempé la main malade dans des sels d'Epsom, puis l'avait enveloppée de gaze. Vous autres, vous ne mourez pas si facilement, avait-il dit pour rassurer Laurel et Hank. Je n'aurais pas donné six mois à votre père la première fois que j'ai entendu son cœur s'arrêter et siffler de la sorte, je crois donc que votre maman s'en tirera. Mais il n'en avait rien été. Le père de Laurel s'était écrié que la vie n'était pas censée être si dure, qu'un homme malade comme il l'était ne devrait pas voir sa femme disparaître.

Laurel avait été indignée par ces paroles. Son père avait eu une vie difficile, mais dans cette histoire il n'était pas seul. Elle était devenue celle qui préparait ses repas, vidait son pot de chambre et changeait ses draps sales. Elle lui faisait sa toilette et passait de l'onguent sur ses escarres. Bien des misères aussi étaient retombées sur les épaules de Hank. Slidell l'aidait un peu, mais Hank accomplissait la majeure partie des tâches de la ferme, à neuf ans il abattait tout autant de travail qu'un homme. Leurs parents avaient pu mettre de côté une partie de l'argent que leur avait rapporté la vente de la ferme du Tennessee, une somme qu'ils avaient fragmentée pour acheter ce qu'ils ne pouvaient pas cultiver ou fabriquer eux-mêmes.

Et pourtant Hank et elle s'en étaient sortis, en partie parce qu'ils pouvaient compter l'un sur l'autre. Mais ce n'était pas tout, avait toujours pensé Laurel. Il y avait aussi le fait de savoir que, la vie avait beau être infernale, quelqu'un partageait votre sort. Tant que son frère le supportait, elle aussi, pas simplement le travail dur, mais aussi les regards appuyés et les rebuffades quand ils descendaient à Mars Hill avec Slidell. Le soir, les jours de pluie ou quand la neige tombait à gros flocons, ils jouaient aux cartes, aux dames, ou sortaient le livre des souhaits, prétendaient qu'ils avaient mille dollars et à tour de rôle choisissaient des articles jusqu'à ce qu'ils n'aient plus un sou en poche. Quand ils avaient été plus grands, le soir Hank taillait au couteau un morceau de bois, et Laurel cousait ou lisait des numéros du *Marshall Sentinel* que Slidell leur passait. Parfois elle prenait le livre de géographie que Mlle Calicut lui avait donné, l'ouvrait à une page et tâchait d'imaginer un pays tellement lointain. Mais elle n'y parvenait jamais. Ils étaient trop loin. Pendant ce temps leur père traînait dans la pièce du fond, de plus en plus dépendant d'eux au fil des ans.

Puis Hank avait été appelé sous les drapeaux. Je ne le reverrai jamais, s'était lamenté son père, et il avait eu raison. Un matin Laurel était entrée dans sa chambre et il était étendu mort dans son lit, les yeux ouverts, comme si dans le trépas il continuait à rechercher la pitié. Pourtant Hank était revenu. Elle ne s'était jamais laissée aller à penser qu'il ne reviendrait pas. Le matin où on lui avait tiré dessus, elle s'était réveillée en sachant qu'il avait été blessé, mais en sachant aussi, à mesure que passaient les heures, qu'il était vivant et qu'il reviendrait.

Laurel se leva et tâta les haillons que l'inconnu avait portés, les trouva encore humides. Il ferait bientôt nuit, mais elle allait laisser la chaleur du rocher les sécher encore quelques minutes. Elle se rassit sur le granit et par-delà le vallon regarda les montagnes bleues.

En train d'attendre que sa vie commence. Toujours en train d'attendre un an après la mort de son père. À présent, pourtant, elle sentait que quelque chose allait arriver, était peut-être déjà arrivé, un début dans lequel cet inconnu avait éventuellement sa part. Laurel sortit la flûte de l'étui et la trouva plus lourde qu'elle ne l'avait cru. Il semblait étrange qu'une musique aussi légère et aérienne pût sortir d'un objet au contact aussi dense. Elle porta l'embouchure à ses lèvres. Les lèvres de l'inconnu s'étaient elles aussi posées dessus et cette idée lui plut. Laurel lâcha une bouffée d'air timide dans l'instrument avant de placer ses doigts sur quelques-uns des trous. L'argent et son souffle produisirent une note grave et plaintive.

CINQ

À l'exception de deux allers et retours aux cabinets, l'homme ne quitta pas le lit. Il dormit pendant tout le temps du dîner et ne s'était toujours pas réveillé quand Hank et Laurel allèrent se coucher. Le lendemain matin, Laurel posa devant Hank son assiette et sa tasse, et apporta du café à l'inconnu.

« Peut-être bien que le goût sera pas tout à fait celui que vous connaissez. Y a de la chicorée mélangée au produit du commerce. »

L'homme se redressa contre la tête de lit et prit la tasse. L'enflure avait diminué et il avait retrouvé ses couleurs. Et aussi son énergie. Ses mains ne tremblèrent pas quand il porta la tasse à ses lèvres. D'un signe de tête, Laurel montra les deux piles de vêtements sur la commode, l'argent et le mot posés à côté. La musette était près de la porte et elle la désigna du doigt, elle aussi.

« J'ai lavé vos vêtements de mon mieux, mais y sont bien mal en point, dit-elle. J'ai lu le mot, je sais donc que vous pouvez pas parler. Mais je vois que vous entendez bien, et si c'est votre mot, vous savez lire et écrire. »

L'homme secoua la tête.

« Non ? »

Il secoua de nouveau la tête.

« Quelqu'un d'autre l'a écrit pour vous ? »

Il acquiesça.

« Bon, en tout cas, faut que je vous retire ces barbouillages. Ils ont aspiré tout le poison possible. Et puis, comme dirait Hank, faudrait pas qu'on vous prenne pour un lynx. »

Laurel passa dans la pièce de devant. Pendant qu'elle remplissait d'eau une cuvette, Hank repoussa sa chaise et apporta son assiette et sa tasse à l'évier.

« Ses vêtements sont en loques, je vais lui passer des habits de papa, annonça Laurel. Ils sont trop petits pour toi, autant qu'ils servent à quelqu'un.

– Sacré bon sang, Laurel ! On l'a soigné et on lui a offert un lit pour la nuit. C'est assez donné comme ça. Y a combien de personnes qui se sont mises en peine pour nous ?

– Slidell.

– Ça fait une.

– Et nous, on n'en aide pas plus. Tu as vu le mot, cet homme-là peut même pas parler.

– Bon, mais je prends quand même mon fusil. »

Après le départ de Hank, Laurel s'adoucit l'haleine au moyen d'un bout de racine de réglisse, puis elle emporta la cuvette dans la chambre, la posa sur le lit. L'homme ferma les yeux pendant qu'elle lui frottait le visage et le cou pour en détacher des croûtes de pâte. Le gant de toilette était fin, et elle sentait sa peau sous le bout de ses doigts. Quand elle se pencha pour détacher la pâte de l'autre côté de son cou, de ses cheveux elle lui frôla l'épaule. Elle les ramena derrière son oreille et tira le col de la robe sur sa nuque. Culotté de sa part d'être si près de lui, peut-être même dangereux maintenant qu'il avait un peu récupéré, mais elle n'avait pas peur de lui. Il avait volé, mais poussé par la faim. Et puis, surtout, elle ne croyait pas que quelqu'un qui produisait des sons si beaux pût être dangereux. Elle reposa le gant dans la cuvette.

« Je vais vous laisser enlever ce que vous avez sur les mains et sur le ventre », dit-elle.

Elle sortit du tiroir du bas de la commode une salopette, une chemise de batiste et des chaussettes.

« Quand vous aurez terminé de vous laver, enfilez-les, dit-elle en posant les vêtements sur le lit. Venez dans la pièce de devant et j'aurai là votre petit déjeuner. »

La confiture de mûres, le pain de maïs et le beurre étaient toujours sur la table, elle sortit donc une assiette et un couteau. Elle vida le cendrier du fourneau et remit du petit bois dans le foyer. Elle remplit la cocotte émaillée de haricots verts et de pommes de terre pour le repas de midi. Elle parcourut la pièce des yeux et tâcha de la voir comme l'inconnu la verrait peut-être. Il n'y avait pas grand-chose à remarquer, ni tableaux ni calendrier au mur, ni radio ni boîte à musique. Peut-être la pendule Franklin avec ses aiguilles sur le X et le II comme deux ailes immobiles, ou la petite lampe sur la tablette de la cheminée, aussi, ou encore le poêle à bois et sa porte en fer frappée du mot « RAVEN ». Il remarquerait les deux caisses en bois clouées l'une à l'autre qui contenaient les livres que Mlle Calicut lui avait donnés, et peut-être bien le tonneau à farine et la baratte à beurre à côté de la table de toilette. Mais rien d'aussi brillant et joli que la flûte.

Quand il entra dans la pièce, Laurel vit que la salopette ne lui allait pas si mal. Elle lui resservit du café, s'en versa une tasse et s'assit en sa compagnie. L'homme réagit comme s'il était quasi mort de faim, à voir la vitesse à laquelle il mangea le pain de maïs tartiné, mais sans montrer qu'il en voulait encore tant qu'on ne lui en proposait pas. Quand il fut enfin rassasié, elle remplit leurs tasses une fois de plus.

« Je m'appelle Laurel, bien qu'y ait pas trop de raison pour que je vous dise mon nom, je suppose. C'est pas qu'au besoin vous pourriez le prononcer, mais j'aime autant ça, surtout que maintenant moi je connais votre nom. C'est bien ainsi qu'on vous appelle ? Walter ? »

L'homme hocha la tête.

« Le nom de mon frère, c'est Hank. Peut-être que vous l'avez pas remarqué, hier, mais il a qu'une main. Y se plaint pas mais son sort est d'autant plus dur, du moins de bien des façons. Pas pouvoir parler, ça aussi ça doit être pénible. Je dirais qu'on doit ressentir une solitude infinie. Quand mon père est mort et que mon frère était en France, j'étais ici sans personne et c'était le bagne. Peut-être bien que votre musique vous aide à vous sentir moins seul, mais moi j'ai jamais rien eu de pareil. »

Laurel n'avait pas eu l'intention d'en dire autant. Walter ne bougea pas la tête, ne haussa pas les épaules, mais il écoutait. Elle le voyait à sa façon de la regarder pendant qu'elle parlait. Que quelqu'un croise son regard, c'était aussi agréable que le fait qu'il l'écoute, parce que tant de gens regardaient ailleurs ou au loin comme si elle n'était même pas là. Sa tasse de café était vide et les tâches ne manquaient pas, mais Laurel décida qu'elles pourraient attendre encore quelques minutes.

« Je vous ai entendu jouer de la flûte, l'autre jour. J'étais en bas au ruisseau. J'avais jamais rien entendu d'aussi joli. Des fois, en classe, on chantait, et il y a de la musique aux *victory jubilees*, mais ici y en a jamais eu. Papa et maman n'avaient pas de violon ni de guitare, rien du tout qui fasse de la musique. C'est pas qu'on ait eu beaucoup de raisons de chanter, du moins joyeusement. Mais rien que d'entendre de la musique, même le plus triste des airs, ça vous permet de savoir que vous êtes pas tout ce qu'y a de plus seul au monde, que quelqu'un d'autre, comme vous, a connu quelque chose de semblable. Du moins, ça a été mon impression quand je vous ai entendu jouer. Et vous, ça vous fait pareil ? »

Walter laissa son regard se poser sur la tasse. Il réfléchissait à la question avec sérieux, elle s'en rendait compte, comme s'il y avait déjà pensé. Il leva les yeux et acquiesça d'un petit hochement de tête. Laurel sourit.

« Peut-être bien que ce matin vous vous dites que c'est une chance de pas pouvoir parler, parce qu'y a une tripotée de questions que j'aimerais poser. Si vous saviez écrire, c'est sûr que je vous ferais user jusqu'au bout les deux crayons à papier jaunes, là-bas, sur l'étagère à livres. Bon, y a une chose que je sais, c'est qu'aujourd'hui vous avez vraiment meilleure mine qu'hier. Vous êtes requinqué ? »

Walter acquiesça à nouveau d'un signe de tête, porta la tasse à ses lèvres et finit son café, secoua la tête quand Laurel demanda s'il en voulait encore. Il montra du doigt la fenêtre du fond et se leva. Pendant qu'il s'en allait aux cabinets, Laurel porta la vaisselle et le couteau à l'évier. Quand Walter rentra, il parut ne pas trop savoir que faire et s'attarda près de la porte. Elle regarda ses yeux parcourir la pièce, sans s'arrêter longtemps sur quoi que ce soit avant d'apercevoir la vareuse de Hank suspendue à une patère.

« C'est la veste d'uniforme de Hank. Je suppose qu'on peut pas être soldat si on peut pas parler. »

Walter hocha la tête.

« Vous avez de la chance. Hank, il voulait pas se mêler de ce combat, mais on l'a forcé à y aller. »

Laurel lava la vaisselle et les ustensiles en fer-blanc, les mit à sécher.

« Faut que j'aille ramasser les œufs et donner à manger aux poules. Mettez-vous donc à l'aise où vous voudrez. J'en ai pas pour longtemps. »

Elle accomplit ses tâches aussi vite que possible, en tournant les yeux vers la maison toutes les deux ou trois minutes. À son retour, elle le trouva dans la chambre. Le dessus de la commode était débarrassé, et la musette posée à côté de la porte.

« C'est pas la peine de vous en aller, remarqua Laurel. Je vais bientôt faire à manger. Je me trouverais pas bien accueillante si vous partiez tout de suite comme ça. »

Il ne pencha la tête ni d'un côté ni de l'autre.

« C'est pas un problème », insista-t-elle.

Alors il hocha la tête.

« Vous pouvez venir vous asseoir à table ou bien vous reposer ici. »

Il fit signe qu'il resterait dans la chambre.

Peut-être bien lassé de mon bavardage, songea Laurel, mais elle avait trouvé tellement agréable de parler à quelqu'un. Elle n'avait pas autant causé depuis qu'elle avait vu Marcie au *victory jubilee*, le mois précédent. Slidell, si brave qu'il soit, s'adressait plus facilement à Hank qu'à elle. Quant à Hank, il semblait qu'ils parlaient tous les deux un peu moins chaque jour. Parfois ils mangeaient sans pratiquement échanger un mot. Mais ne jamais pouvoir parler, ça devait être affreux. La musique, c'était peut-être bien la seule chose qui vous donnait une raison de supporter ça, parce qu'elle sortait portée sur votre souffle comme des mots, et qu'on pouvait l'entendre. À sa façon, elle vous répondait.

Il dort, songea Laurel, mais au bout d'un petit moment quelques notes lui parvinrent de la chambre, puis une mélodie. La maison tout entière devint soudain moins lugubre, comme si la musique attirait davantage de lumière par les fenêtres et les fentes des murs. Les mélodies se fondirent les unes aux autres tandis que Laurel sortait les œufs, le lait et la farine de maïs, préparait la pâte à pain, la versait dans le moule et la lissait. Tout en mettant le couvert, elle se dit qu'elle aurait voulu connaître les airs pour pouvoir les fredonner. Elle s'apprêtait à sortir le pain du fourneau quand elle vit Hank sur le seuil, qui écoutait. Elle s'essuya les mains sur son tablier et s'approcha de la porte.

« T'as déjà rien entendu d'aussi joli ? demanda-t-elle à voix basse.

– C'est agréable à l'oreille », admit Hank, à mi-voix lui aussi.

Il entra. Il s'avança d'un pas léger sur le plancher inégal. Laurel sortit le pain du fourneau et referma sans bruit la porte métallique. Elle posa le panier à pain et le saladier en faïence jaune sur la table et versa l'eau de la source dans les gobelets. Quand la mélodie prit fin, mais pas avant, elle alla à la porte de la chambre prévenir Walter que le repas était prêt.

« Tu m'as l'air autrement plus vivant que lorsqu'on t'a traîné jusqu'ici, remarqua Hank quand il les eut rejoints. Alors tu vas reprendre la route, je suppose. »

Walter hocha la tête et Laurel lui passa le saladier.

« Y en a plein, ayez donc pas peur de vous servir comme vous voudrez. Nous avons bien admiré votre musique, tout à l'heure, pas vrai, Hank ?

– C'était pas mal du tout, reconnut Hank.

– C'est ce que vous faites, jouer de la musique ? Enfin, pour gagner votre vie ? » demanda Laurel.

Walter hocha la tête.

« Et vous alliez à New York faire de la musique quand il vous est arrivé un pépin ? »

Walter hocha de nouveau la tête.

« Si on vous avait dévalisé vous auriez pas ces soixante dollars, mais de toute façon vous vous êtes retrouvé perdu là-haut, hein ? »

Walter hocha la tête.

« Je crois que je me suis trompé quand je t'ai pris pour un voleur », reconnut Hank, et pour la première fois Laurel remarqua un changement dans le ton de sa voix. « Y a plein de choses que je me dis que t'es pas capable de faire vu que tu peux pas parler, mais que tu soyes capable de jouer ta musique, ça, ça force le respect. »

Ils parlèrent peu ensuite, Walter, une fois de plus, ne prenant pas d'autre nourriture que celle qu'on lui proposait, une conduite qu'à son tour Hank ne manquait pas de remarquer, nota Laurel. Le repas terminé, Walter s'approcha de l'étagère à livres, désigna les crayons à papier et attendit que Laurel lui fasse signe que c'était d'accord. Il revint à la table, sortit le mot de sa poche et le posa à l'envers.

« Je croyais que vous saviez ni lire ni écrire », dit Laurel.

Walter tira deux traits verticaux, et six barres en travers. Il examina son dessin un instant, retourna le crayon et d'un coup de gomme raccourcit les barres, puis chassa les petits brins de caoutchouc.

« Tu veux savoir où est le chemin de fer ? » demanda Hank.

Walter hocha la tête.

« À Mars Hill. Tu veux aller là-bas pour continuer vers New York, c'est ça ? »

À nouveau Walter hocha la tête.

« C'est à cinq kilomètres d'ici, précisa Laurel. À pied, ça fait sûrement trop loin après ce qui vous est arrivé, mais Slidell y va tous les samedis. Il habite là-haut, au défilé. Il a un cheval et un chariot et ça le gênerait pas de vous emmener.

– Walter veut peut-être pas attendre jusqu'à samedi, remarqua Hank.

– Ça nous gêne pas si vous restez quelques jours, dit Laurel. Vous pourriez aider Hank à installer la clôture, gagner un peu d'argent en plus pour votre voyage.

– Tu crois pas que je pourrais avoir au moins mon mot à dire, coupa Hank.

– Il va se perdre sans personne pour l'accompagner, surtout qu'il sait ni lire ni parler, protesta Laurel. Et puis, c'est bien toi qui es toujours là à dire que c'est honteux qu'un homme de l'âge de Slidell soye ici presque tous les jours à donner un coup de main. Walter et toi vous pourriez avoir quasiment monté cette clôture d'ici samedi.

– Petite sœur, tu sais même pas s'il a déjà travaillé à la ferme.

– Eh ben, demande-lui donc.

– Alors ? » demanda Hank.

Walter marqua un temps, puis hocha la tête.

« Et toutes les piqûres ? lança Hank à Laurel. Tout à l'heure tu te tracassais parce qu'il risquait d'être trop faible pour marcher cinq kilomètres.

– Si y se sent faible, y peut toujours s'arrêter et se reposer. »

Hank la considéra un moment avec attention, comme s'il voyait quelque chose qu'il n'avait pas trop remarqué auparavant. Il leva son bout de poignet et montra à Walter l'endroit où la peau avait été tricotée en un entrecroisement de points.

« Y a des choses que tout seul je peux pas faire, alors je mettrai un dollar par jour dans ta poche si y se trouve que tu connais ton affaire. Ça te fera quatre dollars en plus de ce que t'as déjà, assez pour une chemise neuve et une culotte, des habits de ville qui t'iront. Quatre dollars cinquante si t'as le cœur de commencer aujourd'hui.

– Vous pouvez attendre demain matin », assura Laurel.

Mais Walter hocha de nouveau la tête et se leva de table.

« Je m'en vais chercher le marteau et les clous, annonça Hank quand ils passèrent la porte. Le barbelé est déjà là-haut, mais j'aurai besoin de toi pour monter des piquets de robinier. »

Laurel débarrassa la table, mais avant de faire quoi que ce soit d'autre elle alla jeter un coup d'œil par la fenêtre. Il y avait des femmes qui auraient trouvé des défauts à ses traits anguleux, elle le savait, mais il était beau à sa façon. Hank traversait le pré, à la main un seau contenant des entretoises et un marteau. Walter était près de l'écurie mais ne prenait pas de piquets dans ses bras. Non. Il commença par observer Hank avant de couler un regard vers la maison. Puis il se mit à genoux et glissa quelque chose au creux des fondations en pierre.

Enfin, il jeta un nouveau regard autour de lui et se releva, commença à se charger les bras de piquets de robinier.

Laurel attendit quelques minutes, puis se rendit à l'écurie par un chemin détourné pour que les hommes ne la voient pas. Elle tâtonna dans la fente entre les pierres et trouva la chaîne et le médaillon. On lui sauve la vie, on l'accueille, et y s'imagine qu'on va le voler, songea-t-elle, et elle plongea les doigts plus loin, en s'attendant à y trouver aussi l'argent. Rien d'autre n'était caché là. Elle examina l'unique mot du médaillon, le prononça à mi-voix à la manière dont on le disait peut-être, avant de remettre le bijou en place. Elle retourna dans la maison et ouvrit le dictionnaire, feuilleta les *T* et les *U* avant de s'arrêter à la lettre *V*. Elle posa l'index sur le papier pelure glissant et fit courir son doigt le long d'une page, puis de la suivante. Le mot n'y figurait pas.

II

SIX

Chauncey quitta sa table de travail et s'avança vers la devanture du bureau de recrutement. Son regard s'éleva au-dessus du salon de coiffure pour hommes, du bureau de poste puis de l'étendue d'herbe verte jusqu'à la tour de l'horloge de l'université. Quinze minutes. La plupart des hommes baisseraient les stores et s'en iraient, et personne n'y trouverait à redire, mais Chauncey Feith ne pouvait pas faire une chose pareille. La seule fois où il l'avait fait, Ben Lusk, le coiffeur, avait retroussé sa blouse blanche et consulté sa montre de gousset, puis il l'avait regardé comme s'il venait de saluer un portrait du kaiser Guillaume. Chauncey retourna s'asseoir, souleva le presse-papiers en cuivre et redressa le tas de formulaires de recrutement, reposa le presse-papiers sur les documents remis en pile.

À part la rixe à laquelle il avait mis fin sur le trottoir, la semaine avait encore été calme. Et il fallait s'y attendre. Les hommes qui tenaient vraiment à combattre pour leur pays s'étaient engagés dès que l'Amérique était entrée en lice. À présent, avec les gens qui se disaient que la guerre était presque gagnée, il y avait d'autant plus d'excuses de ne pas s'enrôler, même si cela n'empêchait pas le capitaine Arnold, au quartier général régional, de rejeter la faute sur Chauncey quand il n'atteignait pas son quota de soldats.

Boyce Clayton passa devant la vitrine, et Chauncey le regarda traverser la rue et emprunter le trottoir d'en face pour se rendre au Cercle du Turkey Trot. Quand l'horloge sonnerait l'heure, Chauncey se rendrait à son tour au Turkey Trot et demanderait des nouvelles de Paul, le neveu de Boyce. Ce n'était pas qu'il avait envie de le faire, ni même qu'il était tenu de le faire. D'ailleurs, à cette heure il ne serait plus officiellement en service. Pourtant, il le devait à Paul. Encore une chose que les gens de Mars Hill remarquaient à peine ou, dans le cas contraire, prenaient de travers. Si des gars comme Ben Lusk, ou Marvin Alexander du bureau de poste, voyaient Chauncey entrer au Turkey Trot, ils croiraient tout bonnement que c'était pour se pinter, et non pour s'enquérir d'un soldat blessé.

Idem quand Chauncey se levait un quart d'heure plus tôt le matin pour briquer ses souliers et donner un coup de fer à son uniforme. Il ne sortait jamais de chez lui sans avoir vérifié que le « RS » et le « US » de ses boutons de col étaient alignés, le cordon du chapeau bleu bien centré. C'était pour faire le beau, voilà ce que les gens voulaient penser, sans se rendre compte que lorsque d'éventuelles recrues entraient, surtout les gamins des fermes en salopette et godillots, elles s'imaginaient portant les souliers cirés et l'uniforme fraîchement repassé. Chauncey s'en rendait compte à la façon dont ils l'examinaient de la tête aux pieds, et pas que dans le bureau de recrutement, mais quand il faisait un tour en ville ou se rendait en voiture dans une ferme. Même Paul Clayton avait été comme ça, demandant timidement à coiffer le chapeau de Chauncey pour regarder le résultat dans la glace. Chauncey l'avait laissé faire. Plus tard, quand Paul avait eu dix-huit ans, Boyce et son frère, Ansel, avaient tenté de le dissuader de s'engager, en soutenant à leur neveu que sa mère avait davantage besoin de lui que l'armée.

La cloche finit par sonner et Chauncey baissa les stores. Il procéda à une dernière inspection pour s'assurer qu'il laissait le bureau en ordre avant de sortir. Au moment où il tournait la clé dans la serrure, il aperçut son visage reflété dans la vitrine. La peau était lisse et claire, ce qui n'était pas toujours un bien, car la moindre chose lui donnait l'air chamboulé quand en réalité il ne l'était pas. Mais, comme disait sa mère, il avait le menton énergique, et ça les gens le remarquaient aussi. Le Turkey Trot se trouvait aux abords de la ville, permettant ainsi à la police et aux pasteurs de prétendre que l'établissement ne violait pas la loi de l'État. Les anciens combattants venaient y boire un coup, y compris Tillman Estep, qui avait perdu un œil et dont le visage était maintenant aussi balafré et raboteux qu'une planche à laver. La première fois qu'il l'avait vu après son retour, Chauncey avait fait le salut militaire et Estep n'y avait pas répondu, il lui avait lancé un regard furieux de son œil unique, comme si c'était lui qui avait tiré l'obus de mortier dans sa tranchée. Estep parcourait Mars Hill en répétant à tous ceux qui voulaient l'entendre que la guerre, ce n'était rien d'autre qu'une bande de types qui s'entretuaient pour quelques arpents de gadoue. Raconter des choses pareilles abattait le moral de la nation, quand la situation était déjà assez difficile. Le comté était littéralement infesté d'Allemands. Ils parlaient allemand, se racontant Dieu seul sait quoi, mangeaient des plats allemands, mais parce qu'ils ne portaient pas des uniformes de boches personne ne paraissait se soucier de leur présence.

Dans la rue, Chauncey se dirigea vers le bâtiment en bardeaux percé d'une unique fenêtre. Il franchit les portes battantes, s'arrêta un instant pour s'habituer à la luminosité plus faible. Tillman Estep était assis à la table la plus proche de l'entrée, presque comme s'il avait fait en sorte que Chauncey l'aperçoive en premier. Un gars coiffé d'une casquette d'un bataillon d'outre-mer était lui aussi à cette table. Chauncey ne connaissait pas son nom, mais il avait entendu parler de cet homme et de sa maladie. Fais semblant que tu cherchais quelqu'un et va-t'en, se dit Chauncey, mais maintenant d'autres l'avaient repéré, y compris Boyce Clayton, qui était au comptoir et parlait à Toby Meachum. Trois vieux étaient perchés sur des tabourets tout au bout du bar, bouteilles d'alcool bien en vue. Peut-être qu'en raison de sa clientèle d'anciens combattants, ou de ses pots-de-vin, Meachum en avait fini de prétendre que son « Cercle » était autre chose qu'un saloon. Personne ne parut particulièrement content de voir arriver Chauncey, et Meachum pas davantage, qui se mit à astiquer le comptoir en feignant de ne pas l'avoir remarqué. Il n'a pas tourné le dos quand il a eu besoin de l'argent de la Caisse d'épargne Feith pour acheter ce local, songea Chauncey.

L'air parut soudain plus dense et il eut l'impression que ses côtes étaient des lacets serrés autour de ses poumons, mais il redressa les épaules et s'avança vers le bar, en repensant au conseil de son père le jour où il avait commencé à la banque – Aie l'air plein d'assurance, les gens remarquent cette assurance et s'y attachent. Chauncey posa fermement son soulier gauche sur le rail de cuivre. Boyce, comme Tillman Estep et les trois vieux au bout du comptoir, buvait un petit verre d'un liquide transparent pour faire descendre sa bière. De l'alcool de contrebande, et c'était Boyce et Ansel Clayton qui le fournissaient à Meachum. Ils ne pensaient probablement pas que Chauncey était au courant de ces choses-là, et pourtant cela faisait partie du boulot d'un agent recruteur, en tout cas d'un bon agent, de savoir ce qui se passait à Mars Hill, certes, mais aussi dans tout le comté, d'autant que certains des jeunes patriotes de sa Boys Working Reserve, sa troupe de garçons enrôlés pour le service civique, vivaient aussi loin que Shelton Laurel, au nord, et Moody Knob, au sud.

« Pour moi, Meachum, ce sera la même chose que Boyce, annonça Chauncey en plaquant une pièce de cinq dollars sur le bois vernis, et puis je paie une tournée générale. Tout ce qu'ils voudront, et sers-toi à boire. Nous trinquons à la santé de Paul Clayton, un héros, un vrai. »

Les vieux remercièrent en bafouillant et tapotèrent leurs petits verres pour que Meachum les remplisse. Le barman tira la bière de Chauncey et la posa sur le comptoir, accompagnée d'un petit verre. Il y versa l'alcool de contrebande, puis alla au bout du bar servir les vieux.

« Prends donc une autre bière, Boyce, dit Chauncey, tant que c'est pas une Schlitz ou je ne sais quelle bière boche que Meachum planque là-bas derrière.

– Pour moi ça va, répondit Boyce.

– Sers-toi à boire, Meachum », dit Chauncey.

Le barman hésita, puis se tira une bière et ramassa la pièce en or. La caisse sonna et le tiroir en bois s'ouvrit en douceur. Meachum revint avec quatre dollars en argent, les empila sur le comptoir comme des jetons de poker.

Chauncey leva son petit verre et les vieux poivrots l'imitèrent. Il se tourna vers Meachum et le barman leva sa chope.

« À Paul Clayton, un héros », dit Chauncey.

Il savait qu'on l'observait pour voir s'il boirait à petites gorgées comme une tapette ou avalerait son godet en homme. Chauncey inclina le verre et le vida comme si l'alcool de contrebande n'était rien de plus que de la limonade à la salsepareille. Cela descendit mieux qu'il ne l'aurait cru, une chaleur grasse envahit son ventre. Il brandit le petit verre vide à la vue de tous, puis le reposa d'un geste assez brutal pour qu'il résonne contre le bois.

Une chaise racla le sol et Chauncey jeta un coup d'œil dans la glace. L'homme attablé avec Estep marmonna quelque chose et se leva, la main sur le ventre. Tillman Estep l'aida à atteindre la porte. Court déploiement de lumière vespérale au moment où les portes battirent. L'homme était revenu d'Europe convaincu, alors qu'il n'avait pas été blessé, d'avoir les intestins en charpie. Parce qu'il avait passé un Allemand au fil de sa baïonnette, assurait un médecin d'Asheville. Chauncey savait que ce genre de choses arrivaient, il l'avait lu dans une brochure que lui avait envoyée l'armée. Des tireurs embusqués perdaient parfois la vue, ou un homme qui avait tiré dans la jambe d'un autre devenait estropié. Oui, mais n'importe quel tire-au-flanc pouvait jouer la comédie pour échapper à la guerre.

Chauncey commença à ressentir l'effet de l'alcool. Pas grand-chose, rien qu'un doux bourdonnement au fond de son cerveau. Il avait entendu dire que l'alcool de contrebande était deux fois plus fort que le whisky, mais un jour il avait descendu une demi-bouteille de L & G sans même finir par bredouiller.

« Quelles nouvelles de ton neveu ? demanda-t-il à Boyce. Ils pensent toujours garder Paul là-bas un moment ?

– Encore trois mois », répondit Boyce, les yeux rivés à son verre.

Chauncey but une gorgée de sa bière et tapota son petit verre sur le comptoir. Meachum s'approcha et le remplit.

« Il est fameux, ton alcool, remarqua Chauncey. Quand les docteurs de Washington en auront fini, tout ce qu'il lui faudra à Paul, c'est deux ou trois lampées de ce truc-là et il sera complètement rétabli.

– C'est la vérité vraie, dit l'un des vieux, tandis que Chauncey vidait son verre. Ça soigne presque tout ce qu'on peut attraper. »

Chauncey avala le liquide et une fois de plus reposa son verre d'un geste brutal tandis que l'alcool entamait sa lente descente dans son estomac.

« Oui, ça c'est du whisky de qualité, lança-t-il, avec un clin d'œil à Meachum. Celui qui l'a fabriqué connaît son affaire. Pas vrai, Boyce ?

– J'en sais rien, répondit Boyce.

– Bien sûr que non, dit Chauncey, un petit sourire aux lèvres. Dans le coin, il peut pas y avoir quelqu'un qui a un alambic. Ça doit être un truc distillé par ces bougres de Canadiens. »

Boyce vida son petit verre et avala une grande goulée de bière. Chauncey sentit son visage commencer à le picoter. Ce n'était pas une sensation désagréable, plutôt comme un petit crachin par une chaude journée d'été. Une lueur ambrée inondait maintenant la salle. Il observa son reflet dans la glace, laissa son regard se poser sur ses galons de sergent. Estep et l'autre type avaient été de simples soldats, tous les deux renvoyés chez eux au bout de six mois, mais Chauncey était alors dans l'armée depuis dix mois déjà, et il y était toujours. Ses yeux passèrent lentement de son visage à celui d'Estep. Au cours d'une réunion de secteur, le capitaine Arnold avait raconté qu'avant le combat certains hommes avaient si peur que leurs mamelons donnaient du lait. Tellement lâches qu'ils tentaient de se transformer en femmes, affirmait le capitaine Arnold. Pour ce qu'en savait Chauncey, Estep aurait bien pu être assez trouillard pour ça. Voilà qui ne l'aurait pas le moins du monde étonné.

Boyce finit sa bière et quitta le comptoir.

« Préviens Paul qu'on organisera quelque chose de spécial pour lui quand il rentrera », dit Chauncey.

Boyce hocha la tête de façon imperceptible et sortit.

« C'est promis », ajouta Chauncey.

L'un des vieux grommela son assentiment.

Maintenant Chauncey pouvait partir lui aussi, mais il n'en avait plus envie, du moins pas tout de suite. Cinq mois qu'il évitait Estep, allant parfois jusqu'à changer de trottoir pour ne pas le croiser. Les gens l'avaient remarqué. Chauncey savait qu'ils préféraient penser que c'était plutôt par peur que par mépris à l'égard d'un homme qu'il avait fallu appeler sous les drapeaux pour qu'il se batte, tout comme ils préféraient croire qu'il était devenu agent recruteur parce que son père et le sénateur Zeller se connaissaient. Mais le capitaine Arnold en personne avait déclaré à Chauncey, le jour de sa nomination, que, si Chauncey Feith n'avait pas été l'homme de la situation, il ne l'aurait pas affecté à ce poste même si son père avait été le président Woodrow Wilson.

Chauncey examina, reflété dans la glace, le visage qu'il avait évité trop longtemps, en regarda chaque centimètre, les cicatrices en relief et même la chair affaissée là où s'était trouvé l'œil d'Estep. Meachum astiquait le bar près des vieux, frottant sans arrêt le même endroit comme si c'était une lampe merveilleuse dont il espérait faire sortir un génie. Il aimerait probablement que je m'en aille, songea Chauncey, qui tapa son verre sur le comptoir, pas tant pour obtenir à boire que pour forcer Meachum à cesser de prétendre qu'il n'était pas dans la salle. Celui-ci apporta la bouteille.

« Vraiment ? » demanda le barman, à voix basse mais pas assez pour que les autres ne l'entendent pas.

Les vieux coulèrent un regard de son côté. Estep leva le nez, lui aussi.

« Je ne le demanderais pas si je n'en voulais pas, lança Chauncey. Sers-moi de ce putain de whisky. »

Il saisit le verre, fit cul sec et regarda autour de lui. L'alcool ne descendit pas aussi bien, cette fois.

« Vous alors, vous éclusez, remarqua l'un des vieux en brandissant son petit verre vide. Je boirais bien à vot' santé si j'avais encore un peu de nectar à siroter.

– Ressers-le, Meachum », demanda Chauncey.

Et Meachum versa à boire au type.

« À vot' santé, m'sieur, dit l'homme en levant son verre, et à tous ceux comme vous qu'ont porté l'uniforme. »

Un rire moqueur monta du fond de la salle. Ne lui fais pas le plaisir de le remarquer, se dit Chauncey. Les vieux n'avaient pas paru s'en rendre compte, Meachum non plus, qui s'était remis à astiquer son comptoir. Mais peu importait qu'ils aient entendu, parce que Chauncey Feith se foutait pas mal de ce que Estep et tous les autres pensaient, y compris Hank Shelton et sa remarque de petit malin alors que Chauncey n'avait fait que lui rappeler, ainsi qu'à tous les autres, qui était le véritable ennemi. Il pensa à Estep, qui pouvait se la couler douce du matin au soir dans un saloon sans que personne y trouve à redire, alors que si lui, Chauncey, quittait le bureau un quart d'heure en avance, tout le monde était fou de rage.

L'alcool commença à tourner à l'aigre dans son estomac. Du tord-boyaux, voilà comment certains l'appelaient, et à juste titre. Tout en fixant le miroir des yeux, Chauncey songea qu'un soldat envoyé en Europe pouvait agir comme un imbécile ou un lâche pendant des mois et puis se montrer courageux une fois, peut-être seulement quelques secondes, et du coup toutes ses fautes étaient oubliées. Ou peut-être même pas courageux quelques secondes. D'après ce qu'il en savait, tout ce qu'Estep avait fait, c'était rester dans une tranchée, peut-être même tapi au fond parce qu'il était trop dégonflé pour en sortir. Il en allait de même pour Hank Shelton. Certains trouvaient que c'était un type formidable parce qu'il avait tenté d'apporter de l'eau à un soldat blessé. Ils en oubliaient le vallon et sa sorcière de sœur. Mais Shelton lui-même reconnaissait qu'il avait cru que c'était un soldat britannique, parce que le type réclamait à boire en anglais. Il s'était probablement imaginé qu'il n'y avait pas un seul boche à des kilomètres à la ronde. D'ailleurs, Shelton n'y était pas allé tout seul. Un autre soldat américain l'avait accompagné et c'était lui qui avait le plus trinqué, touché à la poitrine et presque mort. Si Hank Shelton avait su que c'était un tireur embusqué allemand, ou qu'il y en avait un pas loin, il aurait probablement eu peur d'y aller. Et pourtant on les avait tous les deux décorés de la Purple Heart, comme si, tout du long, Shelton et Estep n'avaient rien fait d'autre qu'être des héros. Et maintenant qu'ils étaient revenus, ils se comportaient comme si Chauncey Feith ne leur arrivait pas à la cheville, ils se moquaient même de son prénom, trop ignorants pour savoir que *chauncey* signifiait « chancelier », « dirigeant ».

Ce que faisait Chauncey aussi demandait du courage. Pas le genre où l'on récoltait une cicatrice ou une décoration à exhiber, mais plutôt un courage quotidien pour défendre ses convictions, coûte que coûte. Un héroïsme méconnu, car on ne pouvait pas aller raconter que n'importe qui peut manier un fusil et se tenir dans une tranchée mais que seule une élite est capable de faire ce que font un général, un contre-amiral ou un recruteur. Les soldats de métier avaient besoin de croire que c'étaient eux qui comptaient le plus, et c'était ce à quoi s'appliquait Chauncey avec chaque recrue. Il donnait à chacune la sensation d'être unique, et n'oubliait pas un seul instant que certaines le seraient, de véritables héros, comme Paul Clayton qui avait détruit deux nids de mitrailleuses boches et gagné une Silver Star.

Un autre vieux leva son verre vide.

« Moi aussi, je voudrais bien boire à vot' santé, m'sieur, sauf que j'ai rien pour ça. »

Chauncey poussa un autre dollar en argent vers Meachum et le barman remplit le verre.

« J'ai plaisir à payer un coup à boire à n'importe quel gars présent dans cette salle tant que c'est pas un tire-au-flanc, lança Chauncey, d'une voix forte.

– À vous et à l'uniforme, bredouilla le vieil ivrogne.

– Qui est-ce que tu traites de tire-au-flanc, Feith ? » demanda Estep.

Les vieux cessèrent de parler et Meachum arrêta d'essuyer le bar.

« J'ai dit : qui est-ce que tu traites de tire-au-flanc, Feith ? »

Chauncey regarda dans la glace et vit Estep repousser sa chaise et se lever.

« Je ne parle pas de toi.

– De qui parles-tu, alors, si ce n'est pas de toi ? »

Meachum sortit de derrière le bar et alla se planter devant Estep.

« Ça ne te regarde pas, Meachum, dit Estep.

– Ça me regarde si ça se passe ici », répondit Meachum.

Pendant quelques instants, personne ne parla.

« Ouais, je suppose, surtout que la caisse d'épargne t'a fait crédit », remarqua Estep.

L'ancien combattant tourna les talons et poussa les portes battantes – l'heure était à présent si tardive qu'il n'y eut aucun éclat de lumière venant du dehors. Meachum revint vers le bar en rapportant les verres vides. Il les plongea dans une bassine d'eau grise et les essuya avant de les poser sur un torchon.

« Estep savait que je ne parlais pas de lui », dit Chauncey.

Meachum ne se retourna pas. Chauncey ramassa sa monnaie et pivota sur ses talons pour partir, mais la salle pencha et il attrapa le bord du comptoir. Accorde-toi une minute, se dit-il. Il tenta de se rappeler pourquoi en premier lieu il était venu au Turkey Trot, et s'en souvint. Il lui revint que Paul Clayton n'avait pas attendu d'être appelé sous les drapeaux mais qu'il était entré dans le bureau de recrutement pour s'engager le jour de ses dix-huit ans, malgré sa mère et ses oncles qui lui disaient de ne pas le faire. Et, une fois les papiers signés, Paul avait aussitôt salué Chauncey. C'était tout ce qu'il avait pu faire pour éviter de verser une larme, surtout qu'il avait été l'un des premiers à s'enrôler dans la Boys Working Reserve, la troupe de jeunes patriotes de Chauncey.

Chauncey traversa lentement la salle et franchit les portes battantes. S'il rentrait chez lui cuité son père serait mécontent et sa mère pleurerait, il résolut donc de retourner au bureau. Après quelques tentatives pour trouver le trou de la serrure, il ouvrit, entra et alluma la lumière. Les lettres noires sur le tableau de vision dansèrent quelques instants avant de regagner leur place. Chauncey s'assit à sa table et posa son front sur ses avant-bras, sentant la nausée revenir. Il s'efforça de rester absolument immobile, ses inspirations de simples petites gorgées d'air qui n'allaient pas plus loin que le haut de ses poumons. Il imaginait son ventre telle une écume d'eau croupie qu'il fallait calmer. Cela l'aida, et il commença à se sentir mieux.

Il ouvrit le tiroir du bas de son bureau et en sortit son discours pour le prochain *jubilee*. C'était un discours épatant, que le gouverneur de Caroline du Nord lui-même eût été fier de prononcer.

La cloche de la tour carillonna huit fois avant que Chauncey se sente assez dégrisé pour rentrer chez lui. Un mal de tête prenait forme, pareil à un nuage orageux, mais il n'avait pas encore éclaté quand il lui vint une idée. Il montrerait à Estep et à Meachum, et à tous ceux de Mars Hill, que le sergent Chauncey Feith était capable de mener tout autant par l'exemple que par les mots. Il allait leur montrer qu'il était capable de mener non seulement une troupe de jeunes garçons mais une population tout entière. À sa sortie de l'hôpital, Paul Clayton aurait droit à la plus belle cérémonie de retour au pays de tous les soldats de l'État.

SEPT

Le mercredi matin, quand les hommes furent partis au pré, Laurel se planta devant les livres alignés sur l'étagère de fortune. Elle fit courir son index sur le dos de chacun. Continue à les lire et à les étudier, lui avait recommandé Mlle Calicut en ce lointain mois de septembre, quand l'école avait repris sans eux, tu pourras ainsi rester à flot jusqu'à ce qu'un nombre suffisant de parents se rendent compte de la bêtise de leur attitude. D'ici là, ton père sera peut-être plus vaillant. En dépit de toutes les méchancetés que Laurel y avait endurées de la part des autres élèves, Mlle Calicut avait fait de l'école le plus bel endroit qu'elle ait jamais connu. Partout dans la classe il y avait quelque chose de spécial. Sur le mur du fond, une carte des États-Unis, et autour des photos d'une plage en Floride avec du sable blanc et un océan tout bleu, d'un champ de fleurs sauvages violettes dans le Nebraska, une autre d'immeubles à New York, si hauts qu'on les appelle des gratte-ciel, une autre encore d'un canyon orange au Texas. Il y avait un globe terrestre, et Laurel pouvait le faire tourner et voir défiler devant elle le monde entier, chaque continent d'une couleur différente. Mlle Calicut avait aussi à côté de son bureau une grande table, où s'alignaient des boîtes remplies de jolis cailloux et une vitrine contenant des papillons de jour et des papillons de nuit. De vrais drapeaux, l'un des États-Unis et l'autre de Caroline du Nord, étaient posés près de la porte, à proximité d'un rayonnage sur lequel on pouvait choisir un livre à emprunter pour la fin de semaine. Encore maintenant, seize ans plus tard, Laurel avait davantage découvert le monde dans cette salle de classe que partout ailleurs.

Mlle Calicut avait été jeune et jolie et connaissait toutes sortes de détails intéressants sur d'autres lieux : par exemple, quel genre de vêtements portaient les habitants, ce qu'ils mangeaient, s'il y avait des montagnes ou des déserts, et quel genre d'animaux y vivaient. Quand Mlle Calicut lisait des livres à haute voix – *Anne... La maison aux pignons verts* ou *Les Grandes Espérances* –, elle changeait de voix pour chaque personnage et on avait l'impression de connaître ces gens-là pour de vrai. Mlle Calicut apportait toujours une plante ou un insecte en classe, et même, un jour, un serpent vivant, et en présentait un aspect que vous ne connaissiez pas. Mieux encore, elle donnait toujours à Laurel l'impression de ne pas être comme les autres, en bien, grâce à de petites attentions telles que la serrer dans ses bras tous les matins, lui laisser faire l'appel ou sonner la récréation. Un jour qu'une fille de la ville s'était méchamment moquée d'elle, à cause de sa robe faite à la maison, Mlle Calicut avait soufflé à Laurel que l'autre fille était jalouse parce que sa mère ne savait pas coudre. Chaque fois que Laurel avait la meilleure note à une interrogation écrite, ou gagnait un petit concours d'orthographe, Mlle Calicut se vantait des mérites de son élève et affirmait qu'elle avait l'esprit assez vif pour devenir une excellente institutrice, et elle le disait devant toute la classe. Le dernier jour, Mlle Calicut lui avait offert les manuels de septième et un dictionnaire flambant neuf. « Pour Laurel Shelton, une de mes élèves préférées en qui je place de grandes espérances », avait-elle écrit sur la première page du dictionnaire. Elle avait serré Laurel dans ses bras et l'avait assurée que la situation ne pouvait que s'améliorer. Cela te fera un bon entraînement d'institutrice, lui avait-elle dit, tu seras ta propre élève. Laurel avait étudié tout l'automne, travaillant le calcul, la lecture, s'inventant même des exercices de contrôle. Elle avait aussi un peu fait la classe à Hank, qui avait vite décroché. Mais son père était devenu chaque jour de plus en plus dépendant, et arrivé le nouvel an tous les ouvrages étaient poudrés de poussière.

Laurel ôta son doigt du dernier livre et l'essuya sur sa robe. Elle prit le tablier et la casserole à leurs crochets et le sac de haricots verts dans la niche du mur. Quand elle fut sur la galerie, elle s'assit sur une chaise, le sac à côté d'elle et la casserole à ses pieds. Elle regarda les hommes travailler tout en éboutant les haricots et en les jetant dans la casserole. Walter avait déjà accompli ce genre de travail. Elle l'entendait dans le rapide claquement des coups de marteau et au fait que Hank ne s'arrêtait pas pour lui montrer comment s'y prendre. Étonnant, vu ses mains lisses et la façon dont il gagnait sa vie, en jouant de la flûte.

Tandis que Laurel déposait une autre poignée de haricots sur ses genoux, elle repensa à Walter, qui n'avait pas caché les soixante dollars. Même si c'était de l'or, la chaîne et le médaillon n'iraient pas chercher beaucoup plus loin que deux dollars cinquante, un *quarter eagle*. Et pourquoi ne pas cacher la flûte ? Un homme tout plein de détours. Qui cachait une chose mais pas l'autre, crasseux comme n'importe quel trimardeur mais qui avait des sous, de l'argent et de l'or, ne savait ni parler ni écrire ni lire mais jouait si bien de la flûte que votre cœur émerveillé n'était pas loin d'en éclater, un homme capable de remarquer une plume verte. Tout ce que Laurel savait, c'était qu'elle voulait en apprendre davantage sur lui et qu'elle se réjouissait qu'il ne soit pas parti.

Il ensoleille ma vie. C'était ce que disait Marcie de Robbie, et c'était ce que faisait Walter. Mais ici le soleil ne restait jamais très longtemps. Toute petite, Laurel avait appris que c'était bien vrai. Les perroquets passaient au-dessus du vallon comme un gros nuage vert, mais ils ne s'arrêtaient jamais, ne tournoyaient jamais dans les airs ni ne se posaient jamais. Non, les oiseaux survolaient le vallon comme si c'était un étang profond et glauque. Et puis un jour, en plein midi, les quelques minutes où juste assez de lumière filtrait, permettant aux perroquets d'apercevoir le verger et ses fruits flétris, la volée vira et revint, assez bas pour que Laurel les entende pousser des « oui oui oui » tandis qu'ils se regroupaient au-dessus du verger et commençaient à descendre en tourbillonnant. Un par un les oiseaux habillèrent les branches de vert, d'orange et de jaune. Laurel était dans le champ de maïs avec Hank. Elle aurait dû se précipiter sans attendre dans le verger et les chasser, mais elle était restée là à regarder deux douzaines d'oiseaux qui picoraient, sautillaient et se lissaient les plumes parmi les branches. On aurait dit que leurs corps s'étaient soudés et avaient emporté tout le vallon vers le ciel, en plein soleil. Quand sa mère avait vu les perroquets, elle s'était précipitée dans la maison. Le père de Laurel était sorti en boitillant sur la galerie, sans chemise et pieds nus, le fusil à la main, jurant qu'il ne se laisserait pas dépouiller du peu de fruits qu'ils avaient. Il s'était avancé dans le pré d'une démarche mal assurée, sa femme à ses côtés, armée d'une fourche à foin. Laurel avait essayé de parler, mais pas un mot n'était sorti. C'était Hank qui avait dit : « Fais-leur simplement peur, papa. » C'était ce à quoi s'attendait Laurel, car le fusil tremblotait entre les bras maigres de son père. Quand le coup était parti, la volée s'était épanouie dans les airs. Mais un oiseau avait été touché, et il avait eu beau s'élever à son tour il avait rapidement perdu le peu de prise qu'il avait sur le ciel. Il s'était posé dans le verger, son aile blessée traînant au sol. Les autres oiseaux avaient commencé par voler vers l'ouest pour rejoindre la crête, avaient ensuite tourné tous ensemble et décrit un grand arc de cercle, puis étaient revenus en survolant deux fois l'oiseau blessé avant de descendre dans les arbres. Son père avait refait feu et quatre perroquets étaient tombés des branches. Cette fois, les oiseaux indemnes ne s'étaient pas enfuis aussi loin. L'âcre odeur de la cordite avait envahi le verger tandis qu'un nouveau coup de feu fendait l'air, et seuls cinq perroquets s'étaient envolés. Sa mère passait sous les branches, harponnant les oiseaux blessés du bout de sa fourche. Quand Laurel s'était ruée dans le verger et avait supplié son père de ne plus tirer, elle l'avait attrapée par le bras en disant qu'il le fallait bien. Un dernier coup de feu avait retenti avant que sa mère ouvre la barrière et pousse les cochons vers le verger. Ils avaient grogné et couiné à chaque coup de fourche, en avançant, lentement et de mauvais gré, jusqu'à ce qu'ils voient. L'hiver suivant, son père avait posé le canon entre les yeux du plus gros des cochons et pressé la détente. Laurel avait refusé de manger les saucisses et le jambon, mais sa mère avait mis les os dans la soupe, le lard maigre dans les haricots et le pain de maïs. Si peu qu'il y en ait eu, elle l'avait toujours senti.

Laurel déposa une nouvelle poignée de haricots sur ses genoux et se demanda où Walter avait trouvé sa plume verte. Elle songea au médaillon et à la possibilité que ce soit un cadeau d'une bien-aimée. Peu probable. Le mot ne ressemblait pas à un nom de fille et il n'y avait pas de cœur gravé dessus. Ne pas pouvoir parler était un manque que beaucoup de femmes ne pourraient pas supporter, comme cela s'était trouvé pour la main de Hank, mais Laurel en serait capable. Hank devrait bien reconnaître que Walter était un excellent travailleur, et il y avait largement de quoi faire avant l'arrivée du froid, surtout s'il voulait terminer le puits. Elle était prête à parier qu'il espérait déjà que Walter resterait, qu'il commençait peut-être à se dire que cet homme-là pourrait devenir son ami. Laurel se laissa aller à imaginer que Walter resterait une autre semaine, et puis encore une autre. Peut-être que le philtre d'amour à la lobélie cardinale serait vraiment efficace. Si Walter restait, il viendrait peut-être un moment où ils seraient seuls tous les deux, où il se pencherait pour lui bécoter la joue, et ensuite, au fil des jours, les baisers deviendraient plus longs et elle commencerait à cueillir la carotte sauvage pour préparer un cordial, ou même la clématite de Virginie pour la tresser dans ses cheveux.

Laurel sourit de sa bêtise. C'était comme des années plus tôt, quand elle ouvrait le livre des souhaits et posait son doigt sur tel ou tel article en prétendant que c'était quelque chose qu'elle pourrait avoir pour de vrai. Ce samedi, il sera parti, se dit-elle, et tu ne le reverras jamais plus.

La casserole était presque pleine quand elle vit Slidell sortir du bois. Laurel fit tomber de son tablier les fils des haricots verts et s'avança dans la cour pour aller à sa rencontre.

« Z'avez fini par vous trouver un journalier, à ce que je vois », remarqua Slidell tout en passant les rênes autour d'un cornouiller.

Les coups de marteau avaient cessé et Hank et Walter se dirigeaient vers la maison.

« Du moins pour un petit moment.

– Qui est-ce ?

– Walter Smith, qu'il s'appelle.

– Il est de par ici ?

– Non, de New York. »

Hank et Walter entrèrent dans la cour.

« Je te présente Slidell, dit Hank à Walter. C'est le gars qui habite là-haut, au défilé.

– Enchanté », dit Slidell en tendant la main.

Les deux hommes se serrèrent la main.

« Il s'appelle Walter, précisa Hank. Mais y peut pas plus le dire tout haut que l'épouvantail qu'est là-bas.

– Peut-être bien que c'est dur de pas pouvoir parler, dit Slidell, mais j'crois pas qu'y ait un homme sur terre qui l'a pas souhaité au moins une fois dans sa vie, que ça soye au moment de dire oui, ou, j'en reboirais bien un autre. »

Slidell montra la clôture.

« Y m'a l'air de pas mal manier le marteau.

– C'est vrai, reconnut Hank. Le seul ennui c'est que je l'aurai que jusqu'à vendredi. Walter songe à prendre le train pour New York. Y se peut bien qu'y veuille que tu l'emmènes avec toi en ville, samedi.

– Pas de problème, dit Slidell à Walter. Trouve-toi sur le sentier du défilé quand il fera jour, c'est tout. »

Slidell désigna le treuil d'un mouvement de la tête.

« Dommage qu'y parte si vite. Peut-être bien que t'aurais pu finir ton puits avant l'arrivée de la neige.

– Encore combien de temps, d'après toi, avant que je tombe sur de l'eau ?

– À vous deux, je dirais une bonne semaine de boulot, répondit Slidell, si t'as de la chance et que tu rencontres pas des rochers.

– Ça serait bien de finir ça », dit Laurel.

Le visage de Hank se rembrunit.

« Vaut mieux qu'on s'en tienne à monter la clôture. Pour ce que j'en sais, la chance traîne pas trop dans ce vallon, sauf le genre que personne veut. »

C'est peut-être en train de changer, faillit remarquer Laurel, qui décida que le dire tout haut risquait de leur porter la guigne.

« New York, dit Slidell à Walter. J'aurais pas cru que par là-bas y aurait besoin de tendre des barbelés, sauf si c'est tellement plein de monde qu'il en faut pour empêcher le troupeau de filer dans l'océan.

– C'est un musicien, dit Hank, et il joue de la flûte comme pas un.

– Ah oui ? demanda Slidell. J'aimerais entendre ça. Amène-le donc à la maison demain soir et on verra si cette flûte sait siffler des airs montagnards. Ansel et Boyce m'apportent ma potion, et Boyce vient jamais sans son dulcimer.

– Ta potion, ça fait monter la mise pour ce qui est d'aller chez toi, remarqua Hank.

– Dis-moi, t'as rien contre un coup de whisky de maïs fait maison ? demanda Slidell à Walter.

– Faudrait pas que tu quittes ces collines sans goûter au breuvage que préparent Ansel et Boyce, dit Hank. Ça vous coule dans le gosier comme le lait maternel.

C'est à peine si tu te rendras compte que t'es soûl avant de plus sentir tes jambes.

– J'en ai jamais bu de meilleur, les taxés et cachetés y compris, et j'en ai goûté beaucoup de chaque, assura Slidell. Bon, alors je vous attends tous ?

– On verra si on a assez d'allant pour ça. On s'est pas lâché la bride de tout l'après-midi et demain on en aura pour une bonne journée. Mais si jamais on montait pas, demande donc à Ansel et Boyce comment va Paul. »

D'un signe de tête, Walter désigna les piquets posés à côté de la remise.

« Ouais, il nous en faudra d'autres, dit Hank. Pars devant, j'arrive dans une minute.

– Il a des ampoules aux mains, remarqua Laurel. Laisse-moi d'abord y passer de l'onguent et lui mettre un pansement. »

Laurel fit signe à Walter d'entrer dans la maison. Elle lui demanda de s'asseoir à la table et descendit l'onguent et un bout de tissu de l'étagère. Elle prit la main de Walter dans les siennes et soigna ses ampoules. Hank et Slidell étaient toujours dehors dans la cour. Leurs voix étaient moins fortes, mais elles lui parvenaient par la porte ouverte.

« En tout cas, disait Slidell, cet homme que tu cherches à impressionner, il était là-haut au défilé, tout à l'heure.

– Il m'a bien semblé le voir, répondit Hank. Tout seul ?

– Ouais. J'y ai dit qu'y pouvait descendre avec moi pour y regarder de plus près, mais il a pas voulu. »

Slidell secoua la tête.

« On aurait pu croire qu'un homme comme Weatherbee tolérerait pas des idées aussi bêtes, reprit-il.

– Y sont plus qu'on croit. Il a rien dit d'autre ?

– Il a dit que t'avais mieux arrangé cette ferme qu'y ne t'en croyait capable, alors d'après moi tu as réussi ton audition. »

Pendant quelques instants ni l'un ni l'autre ne parla. Laurel finit de nouer le tissu sur le dos de la main de Walter.

« Tu lui as dis la vérité rapport à tout cet arrangement ? demanda Slidell.

– Ça s'est pas encore présenté. »

Les hommes, toujours en bavardant, s'en allèrent vers le cheval de Slidell, et Laurel ne les entendit plus. Elle lâcha la main de Walter et ils sortirent sur la galerie.

« À jeudi au plus tard ! lança Slidell en quittant la cour à cheval. Viens toi aussi, Laurel.

– Cet homme-là en a vu de dures, expliqua Hank à Walter quand Slidell eut disparu dans les bois. Pour vous, les gars du Nord, c'était normal de porter l'uniforme bleu pendant la guerre de Sécession. Le père de Slidell était pour Lincoln, lui aussi, mais c'était pas si courant dans nos montagnes. Un jour, trois types montent de Marshall, des hors-la-loi mais qui portaient l'uniforme gris pour justifier leur crapulerie. Le frère aîné de Slidell et son papa étaient dans leur champ. Les gars sont carrément entrés dedans à cheval et y les z'ont abattus, même que le frère de Slidell il avait rien que seize ans. Slidell, il était dans l'écurie, à aider sa mère, et tous les deux y se sont cachés dans le fenil. Quand ces salauds ont eu volé tout ce qui z'ont pu dans la maison, y sont allés à l'écurie. Ils ont fait sortir la vache et le cheval de trait. Le meneur avait une allumette. Slidell raconte qu'il a pas vu craquer l'allumette mais qu'il a entendu le grattement. Le bandit était prêt à la lâcher quand un des autres a dit non, qu'il reviendrait avec un chariot chercher le foin.

Slidell et sa mère ont dû creuser les tombes tout seul. Y avait un fusil caché sous un matelas et Slidell l'a sorti de là. Quatorze ans, et il se serait lancé à leurs trousses, sauf que sa mère l'a supplié de pas la laisser là toute seule. Sinon, cette partie-là aurait été jouée jusqu'au bout. Il est bien parti à leur recherche après la guerre, mais ils avaient filé au Texas comme de sales cabots. Slidell dit que jamais il oubliera le craquement de cette allumette ni cette écurie tellement pleine de foin sec qu'elle serait partie en flammes comme un chiffon arrosé de pétrole lampant. Moi non plus, j'crois pas que j'aurais oublié d'avoir entendu craquer cette allumette. »

D'un signe de tête, Hank montra les piquets de robinier.

« Montes-en une brassée et on va s'y remettre. »

Walter hocha la tête et ils quittèrent la cour. Laurel finit d'ébouter ses haricots et partit au champ sarcler le maïs. Elle travaillait pieds nus, ses pieds et ses chevilles bientôt noircis par la terre ameublie. Elle avait attaché ses cheveux dans son dos, et quand elle fit une pause au bout d'un rang elle se redressa et leva les yeux vers le pré.

Hank introduisait le fil dans la mâchoire de la pince à levier et tirait contre l'entretoise pendant que Walter tapait sur les cavaliers et se servait du rouleau à damer pour dérouler le barbelé. Lorsque la sonorité du cavalier métallique pénétrant dans le quatrième piquet devint plus grave, Hank passa au piquet d'angle suivant, plaça son genou gauche contre le bois et tira vers le bas à l'aide de la pince jusqu'à ce que le fil soit tendu. Quand ils entretoisèrent la clôture, Hank ne vérifia pas si Walter émoussait les clous pour éviter de fendre le linteau. Ayant déjà confiance en lui pour bien faire.

Ayant confiance en tous sauf en elle, ne put s'empêcher de penser Laurel. D'après ce que Hank avait répondu à Slidell, il n'avait pas dit à Carolyn qu'il était prêt pour les noces, du moins ce n'était pas une demande en mariage claire. Pourtant, presque tout le monde, même le papa de Carolyn, paraissait au courant. Voilà au moins une chose qu'elles partageaient, toutes les deux. Laurel leva les yeux vers le défilé. La semaine passée elle avait elle-même aperçu le père de Carolyn, là-haut. Une audition, avait dit Slidell. Réjouis-toi qu'il l'ait réussie, songea Laurel. Du coup, ils se marieront plus vite et Carolyn et toi pourrez commencer à vous habituer l'une à l'autre et à devenir amies. Qu'elle soit ici, ça montrera aux gens qu'il peut arriver de bonnes choses dans ce vallon.

HUIT

Quand la mère de Laurel était morte, son père avait voilé le miroir et laissé la pendule Franklin s'arrêter pour figer les aiguilles sur le X et le II, et indiquer l'heure de la mort. Deux mois avaient passé avant qu'il tourne de nouveau la clé métallique. Mais les aiguilles étaient restées si longtemps à la même place qu'elles avaient paru incapables de se débloquer et étaient donc restées sur le X et le II. L'hiver précédent, les journées avaient été si longues que Laurel avait regardé la pendule et presque cru qu'elle marchait encore, que le temps avait à ce point ralenti qu'une minute pouvait donner l'impression d'être une journée. Mais maintenant qu'elle désirait que le temps ralentisse, il passait plus vite que jamais. On était déjà le jeudi soir. Encore un jour et encore une nuit et il serait parti.

« Bien content qu'on ait presque terminé le pré du haut, dit Hank, parce qu'il se peut que demain on ait de la pluie. »

Ils étaient sur la galerie, Hank perché sur la balustrade, Walter et Laurel l'un à côté de l'autre sur les chaises à dos droit. Walter avait les yeux fermés. Il avait travaillé dur toute la semaine, assez pour que Hank dise qu'avec son aide pendant deux ou trois mois encore la ferme serait en parfait état. Mais Laurel se doutait que Walter lui manquerait davantage qu'à Hank, même si elle n'en savait toujours pas très long sur son compte. Il avait levé deux doigts quand elle avait demandé s'il avait des sœurs et pas un seul quand elle avait posé la question pour les frères, cinq quand elle avait demandé combien d'années il avait été musicien. Elle avait découvert encore quelques petites choses, mais bien peu comparé à ce qu'elle aurait voulu savoir. Si une seule personne est en mesure de poser des questions, au bout d'un moment on a l'impression d'être trop curieux. À certaines, de toute façon il ne savait que répondre. Quand Laurel avait demandé comment il était arrivé dans le vallon, il avait haussé les épaules. Quand elle avait demandé d'où venait la plume verte, d'un signe de tête il avait montré la crête, celle où elle l'avait trouvé. De ce côté-ci ? s'était-elle enquise, mais il avait secoué la tête.

Être tout simplement assise à côté de lui à table et sur la galerie était pourtant agréable. Elle était habituée à ne pas parler, ce qu'elle supportait plutôt bien. C'était de ne pas avoir quelqu'un avec qui partager le silence, comme l'hiver précédent, qui était affreux. Laurel se demandait si Walter le comprenait, qu'elle était tout autant que lui habituée au silence. Elle se demandait comment il s'était débrouillé à New York. Montrait-il du doigt ce qu'il voulait acheter ? Ouvrait-il sa porte à tous ceux qui frappaient ? Et ne savoir ni lire ni écrire. Et s'il avait besoin d'acheter quelque chose qu'il ne pouvait pas montrer, ou avait besoin qu'on lui indique comment se rendre quelque part ?

« Est-ce que t'es trop crevé pour monter chez Slidell boire un coup de whisky, Walter ? » demanda Hank.

Walter ouvrit les yeux et hocha la tête.

« Ouais, moi aussi je suis claqué. Encore que j'aurais grand plaisir à prendre un peu de la potion contre le lumbago des deux Clayton.

– Ce serait bien de savoir comment va Paul », intervint Laurel.

Elle se tourna vers Walter.

« C'est le neveu d'Ansel et de Boyce. Il a été gravement blessé à la guerre. »

Ils restèrent silencieux quelques minutes. La lumière qui diminuait ne paraissait pas tant s'écouler du ciel que s'infiltrer dans le sol obscur du vallon. Dans les arbres, les cigales se mirent à striduler. Une brise se leva et Laurel sentit l'humidité dont elle était chargée.

« New York, dit Hank. C'est là que tu as toujours vécu ? »

Walter hocha la tête.

« Mais tu ne peux pas avoir vécu là-bas depuis toujours et savoir comme tu le sais ce qu'on fait pour monter une clôture.

– Tu veux dire l'État de New York ? » demanda Laurel.

Walter ne répondant pas, elle rentra chercher son manuel de géographie. De retour sur la galerie, elle rapprocha sa chaise et les pages s'étalèrent sur leurs genoux, leurs avant-bras se touchèrent tandis qu'elle maintenait le livre en équilibre entre eux. Elle sentit les poils dorés sur le bras de Walter, la chaleur de sa peau. Elle trouva une carte de l'État de New York.

« Montre-moi. »

Walter désigna un endroit au nord de la ville, où les points noirs et les noms en dessous étaient clairsemés.

« Près d'Ithaca ? » demanda Laurel.

Walter hocha la tête.

« Et tu es parti de là-bas pour aller à New York, demanda Hank, et jouer de la musique ?

– Pas étonnant, vu ton talent, dit Laurel quand Walter hocha la tête. Je n'arrive pourtant toujours pas à comprendre comment tu t'es retrouvé ici. Quelle aventure cela a dû être !

– Moi aussi, j'aimerais bien entendre cette histoire, reconnut Hank. Je parie qu'elle remplirait un livre aussi gros que celui que Laurel a dans les mains. »

Les cigales continuèrent leur vacarme dans les arbres. Près de l'écurie une chouette hulula, reçut une réponse venue du fond des bois. Puis il y eut d'autres voix, des voix humaines. Slidell émergea du couvert des arbres monté sur Ginny, derrière lui deux autres hommes à cheval. D'abord Laurel ne devina pas qui c'était, puis elle aperçut les fronts hauts et les épaules carrées, les cheveux roux mêlés de gris. L'étui de guitare de Slidell était fixé à sa selle à l'aide d'une sangle. Ce qu'apportaient les deux frères était plus étrange. En équilibre sur les genoux de Boyce était posée une longue boîte en bois, en forme de cercueil d'enfant. Ansel avait un sac à grain pendu autour du cou, une ficelle cousue au sommet servant de cordon de fermeture. Une paire d'yeux noirs et globuleux pointait hors du sac. Quand les hommes furent plus près, Laurel découvrit que ces yeux appartenaient à un petit chien à oreilles de chauve-souris. Les trois hommes attachèrent leurs chevaux et mirent pied à terre. Ansel délia le sac qu'il portait à son cou et le posa délicatement par terre. Tandis que le chien se dégageait de la toile en frétillant, Laurel vit Ansel plonger une main dans sa poche et en tirer quelque chose qu'il pinçait entre le pouce et l'index. Il dessina une croix rapide sur son cœur et frotta sa main sur sa chemise. Du sel, Laurel le savait, et elle savait aussi la raison de son geste. Comme s'ils craignaient que j'oublie ce qu'on pense de moi, songea-t-elle.

« Tu peux pas t'en aller sans que je te présente Ansel et Boyce, dit Hank quand Walter se leva pour rentrer dans la maison.

– Ouais, dit Slidell, surtout que j'ai raconté à ces gars-là que Hank a un joueur de fifre de première, ici, et qu'y nous vient d'aussi loin que New York, en plus. »

Slidell détacha de sa selle l'étui en piteux état de la guitare. Boyce coinça la boîte oblongue sous un de ses bras et de sa main libre sortit de sa sacoche de selle un cruchon fermé par un bouchon. Ansel tira d'un papier un os de porc encore garni de viande et le posa devant le chien.

« Me suis dit comme ça que si vous veniez pas à nous, nous on viendrait à vous, déclara Slidell. Partager un peu de bon whisky, et peut-être un peu de musique supportable.

– Pour ce qui est du whisky je peux me laisser convaincre, répondit Hank, mais faudra que tu demandes à Walter si pour vous autres il embouchera sa flûte. »

Walter parut hésitant, mais finit par hocher la tête.

« Tu connais Slidell, lui dit Hank. Celui qui a la barbe de Père Noël c'est Ansel, et l'autre, Boyce. Montez donc sur la galerie, messieurs. Walter c'est pas un douanier, et même que ça en serait un y pourrait pas vous dénoncer.

– Là-dessus, je les ai rassurés, dit Slidell en souriant. C'est qu'ils se montrent prudents depuis leur frayeur de la semaine dernière. »

Les hommes gravirent les marches. Laurel proposa d'apporter d'autres chaises, mais seul Slidell accepta. Ansel s'assit sur la balustrade à côté de Hank. Boyce s'accroupit dans un coin, la boîte posée devant lui. Il déboucha le cruchon et le donna à Hank, qui but et tendit le whisky à Walter.

« Tu goûteras jamais rien qui perle mieux, et il est velouté comme une eau de fonte des neiges », lui dit-il.

Walter but une gorgée timide et passa le cruchon à Slidell.

« Ton ratier, là, y m'a l'air de mener la grande vie, dit Hank à Ansel. Viande de porc de premier choix et voyage à cheval.

– Ce chien a bien mérité ça, dit Slidell. C'est toi qui racontes, Ansel, ou tu veux que je le fasse ?

– Vas-y, dit Ansel. J'ai déjà tout raconté par le menu une fois aujourd'hui.

– Nos gars faisaient marcher leur alambic au-dessus de chez Ansel. Z'avaient terminé d'embouteiller une tournée complète quand ils ont entendu des chiens remonter le ruisseau, et, juste derrière, le collecteur d'impôts et le shérif du comté. Y avait carrément pas le temps de tout planquer, alors Ansel laisse Boyce tirer l'alambic et les bocaux dans un fourré pendant qu'il descend le ruisseau avec le ratier, en restant tout le temps dans l'eau. Ansel il enlève sa chemise, il l'attache autour du cou du ratier et il dit "Rentre à la maison", et le chien il part comme le fantôme à César, en traînant tout du long la chemise dans les flaques et les ronces, mais il l'a tout de même gardée. »

Slidell s'arrêta et se tourna vers Ansel.

« C'est ça, hein, elle est restée sur lui tout le temps ?

– La chemise, je lui ai enlevée moi-même en personne, répondit Ansel. Faut croire qu'il avait trouvé tous les ronciers où y pouvait passer avec, et la chemise elle a pas gagné à la balade, mais je préfère encore porter une vieille chemise déchirée qu'une neuve rayée de noir et blanc.

– Ils ont suivi le ratier ? demanda Hank.

– Je veux ! reprit Slidell. Il a conduit ces cabots et ceux qui les suivaient direct chez Ansel. Le shérif du comté et le collecteur, ça les a tellement sidérés qui z'ont pas pris la peine de remonter là-haut. Ils ont trouvé que ça suffisait comme ça et y sont rentrés chez eux.

– Ça a dû être un sacré spectacle, dit Hank. J'aurais volontiers payé pour voir ça.

– En tout cas, pour ce que tu bois là tu peux dire merci au ratier, assura Slidell, et si j'étais toi je le traiterais avec respect.

– La prochaine fois que je descends en ville, moi aussi j'y achèterai un os de jambon de première qualité pour sa bonne action », promit Hank.

Les hommes firent circuler le cruchon, Hank le brandit pour boire à la santé du chien. Quand on proposa une nouvelle fois le whisky à Walter, il refusa. Hank n'en proposa pas à Laurel. Il ne le ferait pas, elle le savait, mais pas parce qu'elle n'était pas un homme. Par crainte, autrement, que Boyce et Ansel ne veuillent plus boire au goulot. Ils buvaient pourtant après Hank, sans même d'abord passer leur manche sur le col du cruchon.

« J'ai du vin de muscadine au cellier, dit Laurel à Walter. Tu aurais meilleur temps de boire ça que ce qui fermente là-dedans, surtout le matin venu. »

Elle rentra, et rapporta la bouteille et deux quarts en fer-blanc. Elle versa du vin dans l'un et but, goûta le rouge intense de la vigne sauvage. Puis elle tendit le quart à Walter.

« Goûtes-en. »

Il avala une gorgée et hocha la tête.

« Vas-y, bois », dit Laurel, qui remplit son propre gobelet à moitié.

Elle prit une autre gorgée et sentit le vin couler lentement dans sa gorge.

« Quelqu'un d'autre en veut ? » demanda-t-elle.

Mais tous les hommes, y compris Hank, secouèrent la tête.

« Tu ne l'as pas goûté, Hank, dit-elle en lui tendant le quart. Je l'ai fait en septembre dernier quand tu n'étais pas là.

– Ce qu'y a dans ce cruchon me va bien, répondit son frère.

– Rien qu'une goutte, dit Laurel, le gobelet toujours tendu.

– Non », dit Hank d'un ton ferme en détournant la tête.

Il faudra combien de temps pour que tu nous laisses, Carolyn et moi, boire à la même louche à eau ? eut envie de demander Laurel.

Hank se tourna vers Ansel.

« Quelles nouvelles de Paul ?

– Le télégramme disait que ses poumons y sont brûlés. Qu'il est aussi blessé aux yeux mais que l'est pas aveugle, et ça c'est une chance parce qu'y en a beaucoup que ça leur serait arrivé. Y sera jamais plus comme avant, pourtant. Faut-y être salaud pour employer des gaz comme ça.

– Même dans une guerre, on pourrait penser que tout est pas permis, dit à son tour Boyce.

– Oui, c'est vrai », reconnut Slidell.

Puis d'une voix plus douce :

« Mais c'est jamais le cas, on dirait. Hank le sait aussi bien que moi.

– Non, ce qui t'est arrivé à toi, c'est pire, remarqua Hank. Moi j'étais un soldat, pas un enfant. »

Pendant quelques instants les hommes demeurèrent silencieux. Walter avait fini son vin, mais il secoua la tête quand Laurel lui en proposa davantage. Elle vida son quart et le posa à son tour près de la bouteille.

« Ils ont déjà dit pour de bon quand Paul doit rentrer ? demanda Slidell.

– Il restera à l'hôpital de Washington jusqu'en novembre, répondit Ansel. Si ça va, alors on le renverra chez lui.

– Feith parle d'un truc en grande pompe pour quand le train de Paul arrivera, dit Boyce, d'engager un orchestre, de faire venir les enfants de l'école, et tout.

– Je parie que Mlle Calicut emmènera ses élèves, dit Laurel.

– Pour leur bien, vaudrait mieux pas, remarqua Hank. Feith risque de les enrôler.

– Ça, c'est bien vrai, reconnut Ansel. Il est champion pour ce qui est de pousser un gars à s'engager et de l'envoyer se battre.

– Sauf si le type, c'est lui, lança Hank.

– Avoir un papa plein aux as, ça a ses avantages quand une guerre commence, dit Boyce. On se retrouve en uniforme sans qu'y ait personne à des milliers de kilomètres à la ronde qui risque de vous tuer à cause de ça.

– Il met toujours les écoliers sur leur trente et un en chemise et culotte de cheval ? demanda Hank.

– Samedi dernier, oui, répondit Boyce. Feith les fait défiler comme des paons, et ils passent leur temps à le saluer et à lui donner du "sergent" long comme le bras. Ça l'occupe quand il n'est pas là à tourmenter ce pauvre professeur d'allemand.

– Feith soutient qu'il est pour les boches, que c'est peut-être même un espion, dit Ansel. Un de ces jours, le sergent Feith et ses troupes vont prendre d'assaut l'université, et tout du long ils esquiveront les tirs de bâtons de craie et de gommes.

– Tout ça fait qu'Ansel et moi on se félicite de pas souvent aller en ville, remarqua Boyce. Déjà qu'y faut entendre de pareilles sottises, alors les voir, merci bien. »

Slidell sortit sa guitare de son étui et se pencha tout contre l'instrument. Il pinça chaque corde, puis tourna les clés en bois jusqu'à ce qu'il soit satisfait.

« Sors donc ton dulcimer, Boyce », demanda-t-il.

Il se tourna vers Hank.

« Les gars ont dit qu'y pouvaient pas rester tard. »

Boyce ouvrit l'étui et posa le dulcimer sur ses genoux, une plume de corbeau dans la main droite. Walter regardait l'instrument d'un air très attentif.

« Tu en as déjà joué ? » demanda Laurel.

Walter secoua la tête.

« Mais tu en as entendu un ? »

Walter hocha la tête.

Slidell et Boyce se mirent à jouer. Tandis que Ansel entonnait « *And there's no sickness, toil, or danger in that bright world to which we go* », Laurel se demanda si Walter croyait à ce que disait cet hymne, qu'il existait un endroit où personne ne tombait malade, où le paralytique marchait et où lui pourrait parler. Et à quoi cela pouvait-il servir dans le moment présent ? Cela donnait un peu d'espoir, supposait-elle, et c'était déjà bien, mais cela ne changeait pas grand-chose au quotidien.

« C'est joli, dit Hank alors que les hommes s'étaient arrêtés et faisaient circuler le cruchon.

– Étonnant comme après deux ou trois coups à boire ma guitare sonne toujours mieux, remarqua Slidell. Faut croire qu'un peu des vapeurs s'infiltrent dans le bois, qu'elles lubrifient les grincements. »

Il se tourna vers Walter.

« Prends donc ton fifre et joue avec nous. »

Walter hésita.

« Je vais te le chercher, lui dit Laurel.

– Jamais vu un fifre comme çui-là, remarqua Slidell quand elle revint avec la flûte. Je peux jeter un coup d'œil ? »

Laurel la lui tendit. Slidell tint la flûte en équilibre dans sa paume, évaluant son poids tout en lisant les mots gravés dessus. Il poussa un petit sifflement et redonna l'instrument.

« Argent massif et fabriqué à Paris. Heureusement que c'est là-bas et pas à Vienne. Sinon le sergent Feith prétendrait que tu passes des messages d'espions dedans. »

Les hommes se lancèrent dans « Shady Grove ». Walter écouta le premier couplet puis porta la flûte à ses lèvres. Il entra dans la chanson tellement en douceur que Laurel n'aurait pas cru qu'il jouait, sauf que ses doigts remuaient et ses lèvres s'arrondissaient. Ce n'était pas tant un son qui s'élevait que quelque chose à la surface de la mélodie, comme une araignée d'eau passant sur un ruisseau.

« Tous les deux, là, vous prenez un chemin que j'arrive pas à suivre », remarqua bientôt Boyce, qui leva les mains, paumes en l'air, comme s'il capitulait.

Ansel cessa de chanter tandis que Walter et Slidell continuaient à jouer. La guitare et la flûte entrelacèrent étroitement leurs sons puis les démêlèrent, à plusieurs reprises, jusqu'à ce que Slidell secoue la tête et que les cordes de la guitare se taisent. Walter joua encore quelques notes. Quand ce fut terminé, il n'y eut plus que le bruit du ratier qui rongeait son os.

« Jamais entendu un truc pareil, finit par dire Boyce. Ça me donne envie d'en faire une raquette, de mon dulcimer.

– Vous deux, vous devriez descendre avec ça à Asheville, remarqua à son tour Ansel. Y a des gens qui donneraient des sous pour de l'aussi belle musique.

– On ressent une grâce de l'avoir entendue, ajouta Laurel, qui toucha l'avant-bras de Walter et y laissa sa main quelques instants.

– C'était plutôt Walter que moi, avoua Slidell. J'étais le fourgon de queue traîné par la locomotive. »

Ils se remirent à jouer. Slidell buvait seul maintenant.

« Attention, Slidell, le prévint Hank. Ce truc-là va t'allumer la tête comme un bâton de dynamite.

– C'est pareil que le venin de serpent, répondit Slidell. Fais-toi mordre souvent et ça te fera pas autant de mal. »

L'obscurité emplissait le vallon, à présent, à part la tache jaune sale de la lanterne. Boyce leva les yeux vers le défilé et reposa le dulcimer dans son étui.

« Il est temps de partir, annonça-t-il à son frère, qui hocha la tête et se leva.

– Encore deux ou trois airs », demanda Slidell.

Mais les frères quittèrent la galerie.

Slidell posa sa guitare et se leva à son tour, en chancelant. Il souleva le cruchon, l'inclina, mais rien ne coula.

« Ah, ça alors, soupira-t-il. Reste rien, qu'un crâne qui explose le matin venu. »

Les trois hommes se mirent en selle et remontèrent le sentier, la lueur de la lanterne s'évanouissant rapidement.

« C'est l'heure d'aller au lit, annonça Hank, pour moi en tout cas. »

Walter s'apprêtait à se lever pour rentrer lui aussi, mais Laurel posa sa main sur son avant-bras.

« Merci d'avoir joué de la flûte. »

Elle chercha autre chose à dire, mais les mots étaient restés enfermés en elle trop longtemps. Ils seraient entendus par un homme qu'elle ne connaissait pas, un homme qui, même s'il comprenait ce qu'elle cherchait à exprimer, ne pourrait pas le lui dire.

« Je crois qu'on ferait mieux de rentrer, reprit-elle. Je sais que tu es fatigué. »

Ce fut Walter qui se leva le premier, mais pas avant d'avoir à son tour posé sa main quelques instants sur celle de Laurel, comme s'il avait une vague idée, songea-t-elle, de ce qui était resté informulé.

NEUF

Un crachin brumeux tomba toute la matinée. Du brouillard sortit en longues vrilles des bois, lentes volutes s'entremêlant et se déployant dans le fond du vallon. Au fil de la journée, le brouillard s'épaissit. Les coups réguliers du marteau résonnèrent de plus en plus loin. Quand Laurel alla chercher du lait au garde-manger, Hank et Walter étaient plongés dans la blancheur. Tout ce qu'elle apercevait c'était l'épouvantail, les bras levés au-dessus du brouillard tourbillonnant comme si de l'eau montait autour de lui. Elle l'avait revêtu de la chemise et du pantalon en loques que Walter portait en arrivant. Les coups de marteau s'arrêtèrent, probablement pour mesurer les brins destinés à la section suivante, mais les yeux toujours fixés sur l'épouvantail Laurel eut l'impression que, la trame du temps s'étant plus ou moins défaite, elle était revenue à l'automne précédent. Hank était toujours en Europe, et Walter n'était rien d'autre qu'une invention à laquelle sa solitude avait donné vie en partant d'une croix de bois et d'un bout de tissu déchiré. Elle songea à la flûte en argent, qu'elle avait tenue dans sa main, plus solide que n'importe quel rêve. Les coups de marteau reprirent, mais de retour dans la maison elle ouvrit l'étui et pressa deux doigts bien fort sur le métal. Demain, pourtant, elle ne sera plus là, se dit-elle.

Laurel sortit un bocal de mûres du cellier, prit la cannelle et le sucre sur l'étagère où elle rangeait ses pots, prépara une tourte et la mit au four. Le baquet était sur la galerie et elle l'emporta dans sa chambre, y versa de l'eau de la bouilloire et du puits. Elle se déshabilla et se tassa dedans. Comme toujours, prendre un bain était une occupation apaisante, elle s'attarda donc un peu, sentit l'eau ruisseler de ses cheveux et le long de son dos, s'imprégna de l'odeur propre et nette du savon sur sa peau. Après s'être séchée à l'aide d'une serviette, elle sortit de l'armoire la robe en mousseline bleu et blanc, les épaules amples du vêtement encore élargies pour mieux dissimuler la tache violette. Elle s'était cousu cette robe l'automne précédent, pour le soir où elle devait retrouver Jubel dans la grange des Ledford. Elle noua le ruban bleu dans ses cheveux et s'adoucit la peau et l'haleine à la racine de lilas et de réglisse, puis se frotta le cou avec des pétales de lobélie cardinale, bien que jusque-là cela n'ait pas paru très efficace.

Elle se tourna vers le miroir et ce fut comme se voir pour la première fois depuis bien longtemps, parce qu'elle se regardait tout entière, pas uniquement le visage ou les cheveux, mais chaque partie de son corps, en descendant sans hâte vers sa taille. La tache de naissance étant recouverte, elle aurait presque pu croire que quelqu'un pouvait la trouver jolie. Elle se contempla dans la glace encore quelques instants puis emporta le baquet sur la galerie, le vida, revint à l'intérieur et finit de préparer le dîner.

Au bout d'un moment elle entendit Hank et Walter sur la galerie et leur apporta des serviettes. Ils ôtèrent leurs godillots et détachèrent les bretelles de leur salopette, partagèrent un seau d'eau épaissie de borax, puis se servirent du peigne de poche de Hank pour se faire un cran en ramenant en arrière leurs cheveux trempés. Ils se plantèrent pieds nus devant l'âtre et se séchèrent le visage à petits coups de serviette.

« Bon sang de bonsoir, j'ai l'impression d'avoir flotté sur l'eau toute la journée ! s'écria Hank. Ce genre de crachin ça vous trempe un homme davantage qu'une grosse pluie, mais on a terminé le bout d'en haut. »

Il jeta une poignée de petit bois dans l'âtre et le feu bondit comme s'il avait pris peur.

« C'est par un jour chagrin dans le genre de celui-ci qu'en rentrant on apprécie de trouver un bon feu et un bon dîner bien chauds, remarqua-t-il. Et regarde un peu la petite sœur, toute pomponnée dans sa jolie robe. Y a pire pour un gars, comme fin de journée, pas vrai, Walter ? »

Le visage de Laurel s'empourpra, alors qu'elle aurait dû s'être habituée, songea-t-elle. Hank n'avait cessé de raconter ce genre de choses les deux derniers jours, lui adressant devant Walter toutes sortes de compliments, qui allaient de ses talents de couturière jusqu'à la beauté de ses cheveux. Et puis, la veille au soir, il était allé se coucher tôt, les laissant tous les deux seuls sur la galerie. Ayant tellement besoin de l'aide de Walter qu'il tentait même de jouer les Cupidon pour qu'il reste. Mais ce n'est peut-être pas tout, songea Laurel. Peut-être Hank voulait-il pour elle ce qu'il avait avec Carolyn et se disait-il qu'un homme comme Walter risquait d'être sa seule chance de l'obtenir.

Elle posa la corbeille à pain sur la table, les hommes et elle prirent place. Pendant qu'ils mangeaient, Laurel entendit le tic-tac de la montre de gousset de Hank, un son qu'auparavant elle remarquait à peine. Mais à présent elle l'entendait, elle ne pouvait s'empêcher de l'entendre tandis que Hank parlait de toutes les améliorations qu'il fallait encore apporter à la ferme. Chaque seconde était une seconde de moins où Walter était là.

« J'aurais bien voulu que tu partes pas, dit Hank au moment où Laurel servait le dessert. C'est bien d'avoir une aide régulière. Si tu pouvais rester encore deux ou trois mois, on pourrait clore le pré et creuser le puits. J'irais même jusqu'à relever ta paie à un dollar cinquante par jour. Et puis je parie que Laurel continuerait à préparer des tourtes. Elle n'en fait jamais quand y a que moi ici. »

Laurel rougit.

« Je t'en ai fait beaucoup, des tourtes.

– Pas d'aussi bonnes, pourtant, dit Hank, qui en brandit un morceau au bout d'une fourchette. Alors, tu crois qu'on pourrait te faire changer d'avis ? »

Walter esquissa un sourire, mais secoua la tête.

« C'est ce que je craignais, dit Hank. Je suppose que la vie à New York est un peu plus animée que celle qu'on a dans un trou perdu.

– Tu voudrais bien jouer de la flûte pour nous, ce soir ? demanda Laurel tandis qu'ils se levaient de table. Y a pas beaucoup de chance qu'on entende encore une si jolie musique dans ce vallon.

– Ça serait bien », reconnut Hank.

Ils sortirent sur la galerie et Laurel s'assit à côté de Walter. Il porta la flûte à ses lèvres. D'abord Laurel crut qu'il s'entraînait, car les mêmes quelques notes par lesquelles il avait commencé ne cessaient de se répéter en dépit de changements minimes. Puis il devint clair que c'était un chant, le chant le plus désolé qui existait au monde parce que les notes changeaient si peu, on aurait dit un oiseau lançant un appel et attendant qu'un autre lui réponde. C'était un son désolé comme elle n'en avait jamais entendu. Enfin, Walter détacha la flûte de ses lèvres, la tint devant lui comme pour montrer que, libérée de son souffle, elle était aussi silencieuse que lui. Laurel tira un mouchoir de la poche de sa robe et se tamponna les yeux. Hank aussi semblait remué. La tristesse envahit son visage et il baissa les yeux. Walter enferma la flûte dans l'étui.

« Si tout le monde pouvait produire des sons aussi beaux, jamais on n'aurait envie de parler, remarqua Laurel. On pourrait simplement s'appeler, se dire ainsi qu'on n'est pas tout seul.

– C'est une jolie pensée, petite sœur, reconnut Hank, mais je suppose qu'ils seraient encore nombreux à préférer se servir de cet objet en argent pour défoncer le crâne du voisin. »

Hank sauta de la balustrade et s'étira.

« On dirait bien que t'as pris ta décision, mais si tu changeais d'avis on serait très heureux que tu restes, même si c'était rien qu'une semaine de plus.

– Tu pourrais rester davantage, dit Laurel quand Hank fut dans la maison, mais je suppose qu'il faut que tu retournes à New York. Y a-t-il des gens qui t'attendent, à part ceux avec qui tu joues de la musique ? Je veux dire, de la famille, ou une petite amie ? »

Walter secoua la tête.

« Moi, j'ai toujours eu envie de m'en aller d'ici. Ma maîtresse d'école, Mlle Calicut, soutenait que j'étais assez douée pour partir dans un endroit comme Asheville ou Raleigh et être institutrice, secrétaire, ou plus ou moins tout ce qui me plairait. Mais papa était malade et je n'ai pas eu d'autre choix que de rester. On dirait que je n'ai jamais eu le moindre choix, dans la vie. La plupart des gens ont droit au moins à quelques choix, non ? »

Walter hocha la tête. Hank avait beau être rentré, c'était comme si elle continuait d'entendre la montre marquer chaque instant qui passait.

« Ce serait bien si tu pouvais parler, mais c'est déjà tellement bon d'avoir quelqu'un qui écoute. Ce que tu dis avec tes hochements de tête, ça me suffit. » La voix de Laurel se fit plus douce. « Je n'en voudrais jamais davantage. »

Des paroles culottées, songea-t-elle, mais au moins tu n'auras pas gardé ça pour toi. Tu n'y repenseras pas quand il sera parti en te demandant s'il y aurait eu la moindre petite chance de l'influencer. S'il se lève et rentre tout de suite, sans écouter un mot de plus, ce sera quand même mieux que de n'avoir rien dit.

«Y a des gens qui mettraient pas les pieds dans ce vallon. Ils pensent que rien de bon peut arriver ici. J'avais fini par les croire. Mais tu es venu, et ça a été bon. Il y a eu un peu de bon là-dedans pour toi aussi, non ? »

Quand Walter hocha la tête, Laurel quitta sa chaise. Elle se campa devant lui et lui tendit ses mains.

« Veux-tu bien me serrer contre toi un instant ? Pour m'aider à me souvenir que tu étais vrai, parce qu'une fois que tu seras parti, ce sera trop facile de croire le contraire. »

Laurel trembla lorsqu'elle posa sa tête sur la poitrine de Walter et de ses bras lui enserra la taille. Elle resta ainsi, avec à l'oreille le bruit de son cœur qui battait. Il leva une main qu'il mit sur son épaule. Elle lui tendit ses lèvres, sans trop savoir s'il se laisserait embrasser. Mais les lèvres de Walter rencontrèrent les siennes. Puis il lui lâcha l'épaule et recula. Laurel, la lanterne à la main, passa devant jusqu'à la porte de Walter. N'en demandons pas plus, se dit-elle. Il fut un temps où tu n'aurais même pas cru que tu pourrais en avoir autant.

DIX

Alors que derrière la fenêtre de la petite maison en rondins le noir devenait moins profond et virait au gris, il songea à ce qu'avait dit Goritz sur la nécessité de souffrir. Plus facile de ne pas revoir Laurel, avait-il décidé, aussi il s'habilla en silence et partit vers la porte à pas hésitants et à tâtons, la musette sur l'épaule. Dehors, il y eut peu de clarté jusqu'à ce que le sentier s'enroule autour de la falaise et que le ciel se déploie en une aube vaste nivelant tout. Au défilé, il passa sous des pendeloques de verre attachées à une branche d'arbre. Il repensa au pendu.

Slidell le trouva sur sa galerie.

« Je t'attendais pas si tôt. Faut que je mange, et puis on pourra y aller. Entre donc, je te préparerai aussi quelque chose. »

Walter secoua la tête.

« D'accord. J'arrive dans un instant. »

En attendant sur les marches, il songea qu'il était surprenant que trois ans se soient écoulés à New York avant que lui et les autres ne se fassent ramasser. Jusque-là ils avaient pu quitter le port de jour comme de nuit et aller où bon leur semblait. L'été ils se baignaient dans l'Hudson, et l'automne ils faisaient du patin dans Central Park. L'équipage continuant à être payé, ils pouvaient assister à des concerts et à des opéras, bien manger et bien boire. Certains de ses collègues musiciens passaient leurs soirées à River Street et jouaient des airs patriotiques entre deux discours enflammant les foules. Il y avait beaucoup de temps à consacrer à ces activités, car pour ce qui était des musiciens ils ne jouaient que de temps à autre, en vue de collecter des fonds. Pendant ces trois années, le bateau et son équipage avaient été aussi tranquilles que n'importe où dans le monde. « AU PARADIS », avait proclamé une banderole déployée à bord un soir d'octobre.

Maintenant ce serait différent, mais à coup sûr Goritz serait encore là et prêt à l'aider.

Slidell sortit, ils montèrent en voiture et partirent. Le chariot quitta la cour en cahotant et ballottant et s'engagea sur un sentier à peine plus large que l'écartement des roues. Les bois s'épaissirent et le ciel bleu disparut. Walter fouilla dans sa poche pour s'assurer qu'il avait toujours le mot destiné au chef de gare, et ne s'aperçut qu'à ce moment-là qu'il avait laissé le médaillon. Mieux valait ne pas l'avoir sur lui, de toute façon.

Ils sortaient d'un bois profond quand Slidell prit la parole :

« Ceux chez qui t'étais sont de braves gens, la façon qu'on les a calomniés, surtout cette jeune fille, c'est un odieux péché, et une fois Hank marié, ça sera d'autant plus dur. J'aimerais bien que, comme lui, elle se trouve quelqu'un. Les gars devraient se bousculer quand on pense à tout ce qu'elle a à leur offrir, et elle est jolie avec ça, mais les gens lui font croire que non à cause de cette tache de naissance. Tu ne la trouves pas jolie, toi ? »

Walter hocha la tête parce qu'il était censé le faire, mais aussi parce que c'était vrai.

Slidell secoua les guides et regarda droit devant lui.

« Pardonne à un vieil homme de livrer le fond de sa pensée, mais j'ai bien vu l'autre soir qu'elle s'était amourachée de toi, et y semblait que toi aussi tu t'étais un peu amouraché d'elle. J'espérais que vous deux vous auriez commencé à vous fréquenter et que ça t'aurait fait changer d'avis pour ce qui était de partir. »

Partir. Ce serait son tour cette fois, songea-t-il en repensant au paquebot anglais qui avait mouillé à quelques mètres à peine de son bateau. Il y avait eu un sacré remue-ménage lorsque le navire avait quitté le port. Toute la matinée, des automobiles et des voitures à cheval avaient déposé des passagers et des malles cabine sur le quai. Quand la pluie avait diminué, Walter était descendu à terre et s'était assis sur la jetée pendant que les dockers dénouaient les cordages retenant le navire au rivage. Des remorqueurs étaient arrivés pour le pousser dans l'Hudson alors que les derniers passagers montaient à bord et que la foule massée sur la jetée agitait des mouchoirs et lançait des confettis. Il avait pris sa flûte mais n'en avait pas joué jusqu'à ce qu'une jeune femme en robe de soie verte, ombrelle assortie à la main, s'arrête sur la passerelle et tourne les yeux vers lui. Elle avait montré l'instrument d'un signe de tête, articulé silencieusement le mot « Brahms ». Il avait porté l'objet en argent à ses lèvres et s'était lancé dans le dernier mouvement de la Symphonie n° 1. Les notes s'étaient élevées au-dessus du tapage qui les environnait. De sa main libre, la femme avait saisi la rampe et laissé l'ombrelle reposer sur son épaule. Elle était jeune, probablement pas plus de vingt ans, grande et mince, ses longs cheveux noirs rehaussant l'ivoire de sa peau. Elle avait eu un petit hochement de tête complice au moment où la mélodie atteignait son point culminant, puis s'éteignait. Le dernier voyageur avait remonté la passerelle, passant d'abord devant la jeune femme puis devant un steward qui cochait les noms. Celui-ci s'était avancé pour accompagner la demoiselle sur le pont mais elle n'avait pas bougé, comme si par ses cajoleries la musique pouvait encore la ramener à terre.

La mélodie avait pris fin, la femme avait souri et parlé, mais sa voix s'était une fois de plus perdue dans le brouhaha des autres voix. Walter avait porté une main à son oreille et s'était avancé, sans quitter des yeux la jeune femme qui le désignait au steward et disait quelque chose. Elle avait continué à remonter la passerelle tandis que le steward la descendait. Walter s'était frayé un chemin parmi la foule tapageuse jusqu'à ce que le steward et lui se retrouvent face à face. « La jeune dame dit qu'elle espère que vous jouerez encore pour elle, peut-être quand le bateau rentrera au port le mois prochain. » Puis le steward avait regagné le pont au moment où la sirène à vapeur du paquebot annonçait que la traversée avait commencé. Walter était retourné dans la foule et avait cherché la jeune femme au milieu des passagers lançant leurs adieux. Tandis qu'entre eux l'eau s'élargissait, il avait aperçu le rond vert de l'ombrelle au milieu des toques à plumes d'autruche et des hauts-de-forme. Il avait regardé jusqu'à ce que l'ombrelle ne soit plus qu'un point, et puis même plus cela. Le lendemain, il s'était rendu aux bureaux de la Cunard Line pour vérifier la date de retour du navire. C'était une semaine plus tard qu'il avait vu la une du journal : « LE *Lusitania* COULÉ PAR LES BOCHES ».

Ils débouchèrent sur une route mieux entretenue, Slidell tira sur la rêne gauche et le cheval tourna de ce côté-là. Le ciel bleu reparut, plus vaste et plus radieux que Walter ne l'avait vu en deux semaines. Après si longtemps, son immensité était déconcertante. Ils passèrent devant des baraques en bois et des maisons, et bien vite il aperçut une tour d'horloge et des bâtiments en brique et en bois blottis les uns contre les autres au sommet d'une colline.

« C'est l'université. Qui s'appelle aussi Mars Hill. C'est pas très grand, alors je suis pas certain que t'en aies déjà entendu parler. »

Walter en avait entendu parler, mais il ne hocha pas la tête. La route cessa de monter puis entama sa descente vers la ville. Slidell attacha le cheval à un poteau face à un café et du doigt montra le haut de la rue.

« Là, c'est la gare. Je passe à la quincaillerie et pis je serai là-bas, au Turkey Trot, signala-t-il en désignant un bâtiment bas situé plus loin que la gare. Si tu changes d'avis, je serai en ville au moins jusqu'à midi. »

Walter hocha la tête et prit le trottoir. Il passa devant le café et un magasin de vêtements, puis un salon de coiffure pour hommes, le coiffeur en blouse blanche dehors sur un banc, le visage masqué par un journal.

Le coiffeur abaissa son journal.

« Je vous coupe les cheveux ? »

Walter secoua la tête et poursuivit son chemin. Le trottoir prit fin et les rails bordèrent la route ; dessus, à l'arrêt, un train de marchandises dont on remplissait le tender de charbon. Sur le quai, deux vieillards sur un banc contemplaient un échiquier. Le porteur, coiffé de sa casquette rouge et adossé à un poteau, se curait les ongles de la pointe d'un canif. Walter entra pour prendre son billet. Une femme accompagnée d'un enfant qui n'avait pas plus de quatre ou cinq ans était au guichet, le chef de gare lui indiquait l'heure d'arrivée d'un train. L'enfant aperçut Walter et lâcha la main de sa mère, s'approcha d'un avis de recherche punaisé sur le mur du fond. Pendant quelques instants, Walter fixa du regard le dessin de son visage. On n'y voyait pas de barbe en bataille, mais sa tête était nettement reconnaissable. Ce ne fut pas une contraction qu'il ressentit dans la poitrine mais une sensation de vide, comme si son cœur s'était tout bonnement évaporé. L'enfant se précipita vers sa mère et la tira par la main. La femme s'adressa à l'enfant d'un ton brusque, puis se retourna vers le chef de gare.

Tête baissée, Walter ressortit. Il descendit du quai et partit sur le côté du bâtiment, où il se retrouva seul. Il n'avait pas de difficulté à sentir son cœur, à présent. Celui-ci battait avec frénésie tandis qu'il s'efforçait de contenir sa peur, suffisamment pour décider que faire. La benne à charbon était presque pleine, le train partirait donc bientôt. Vers quelle destination, il n'en avait pas la moindre idée, mais certainement assez loin pour que son visage ne soit pas sur le mur de la gare. Il longea tête baissée les wagons de marchandises attelés, jusqu'à ce qu'il en trouve un dont la porte latérale était ouverte. Il s'apprêtait à plonger à l'intérieur lorsqu'un agent Pinkerton sortit de derrière le fourgon de queue, une matraque à la main. L'agent sourit et se tapota la paume à petits coups de bâton.

Le Pinkerton ne le suivit pas, au moins il n'avait pas été reconnu. Walter reprit le trottoir à la hâte, en luttant contre l'envie de se mettre à courir. Il ne levait la tête que pour lancer des coups d'œil furtifs, à l'affût de regards appuyés et soupçonneux, d'autres avis de recherche, n'en vit pas. Il dépassa la dernière devanture de magasin et s'arrêta derrière l'arche en granit de l'université. Les rails du train miroitaient dans la lumière d'avant midi. Une trentaine de mètres au plus, mais totalement à découvert. Le Pinkerton pouvait être n'importe où, à la gare, marchant derrière le fourgon de queue, ou même dans le train. Walter regarda autour de lui, en quête d'une barre de fer ou d'un gros bâton, ne vit rien.

Le train lança deux brefs coups de sifflet et les roues en acier fraisé effectuèrent leurs premiers tours hésitants. Reste où tu es et tu seras bientôt pendu à cette arche, se dit-il en tapotant la musette pour s'assurer que l'étui de la flûte s'y trouvait. Une pile de traverses de chemin de fer s'élevait à mi-chemin entre l'arche et la voie ferrée. S'il parvenait jusque-là sans être vu, le sprint vers un wagon de marchandises ouvert ne prendrait que deux ou trois secondes. Walter arrondit le dos et courut, se jeta derrière les traverses. Ses halètements semblaient tellement bruyants qu'il ferma la bouche et respira par le nez, inhalant l'âcre odeur de la créosote. Il jeta un coup d'œil vers la gare, mais ne vit pas trace du Pinkerton. Il regarda par-dessus les traverses et vit le chasse-pierres et puis le mécanicien, le coude à la fenêtre. Quand le tender passa, il jeta un dernier coup d'œil à la gare et se leva, chercha du regard un wagon ouvert le long de la voie.

Il aperçut le Pinkerton avant que celui-ci ne l'aperçoive. L'agent était debout dans le wagon ouvert, une main sur la porte métallique et l'autre brandissant la matraque. Au moment où il se mettait à courir, Walter entendit un cri menaçant mais n'osa pas regarder en arrière. Il dépassa l'entrée de l'université et au pas de course remonta la route sortant de la ville, franchit le sommet de la colline avant de ralentir et d'adopter une marche rapide. Une automobile arriva bientôt derrière lui. Trop essoufflé pour se remettre à courir, il garda la tête baissée, attendit de savoir si elle stoppait et si un flot d'hommes en sortait pour assener le premier coup. Mais l'auto ne s'arrêta pas. La route décrivit un virage et des bois apparurent sur la droite. Il y entra deux fois de suite pour s'y cacher avant de voir apparaître le tournant, qu'il prit. Au bout d'un moment il arriva chez Slidell, puis suivit le sentier qui descendait le long de la falaise jusque dans le vallon.

III

ONZE

Tandis qu'ils approchaient de l'écurie de Doak Ellenburg, des trous creusés par les perpétuelles allées et venues des vaches laitières secouèrent les roues cerclées de fer du chariot, firent tanguer la voiture à cheval que Hank et Laurel partageaient avec Slidell. Doak Ellenburg et sa femme Hester avaient cultivé ces terres avant d'ouvrir leur écurie de louage à Mars Hill. Wesley, leur seul enfant, avait été le premier soldat du comté de Madison à être tué. Il n'y avait pas eu de corps réexpédié depuis la France, pas de dernière lettre non envoyée, ni montre ni portefeuille.

« On dirait qu'y a une flopée de monde ce soir, remarqua Slidell après avoir tiré le frein et noué les guides.

– J'aurais bien aimé qu'on décide Walter à venir, dit Hank. Toi, t'aurais pu apporter ta guitare et les gens y z'auraient entendu quelque chose de pas banal.

– Il est timide quand y a de la compagnie parce qu'il ne peut pas parler, dit Laurel.

– Ça fait deux mois qu'il est là, répondit Hank. Ça risque pas de s'arranger s'il essaie pas.

– Laisse-lui donc le temps, intervint Slidell. Être timide, y a pire pour un homme, qu'il parle ou non. »

Slidell et Hank soulevèrent les sacs de jute rebondis et passèrent devant d'autres chariots et boguets, deux

Model T. Près de l'entrée, un genre d'énorme marionnette était affalé sur le sol envahi de mauvaises herbes. La chemise et le pantalon étaient bourrés de paille, une citrouille pourrissante posée sur le col de la chemise. Des dents acérées sous une moustache et un monocle étaient dessinées dessus. Une fourche plantée dans la poitrine, comme si l'effigie risquait de chercher à s'enfuir en rampant. « KAISER BILL », annonçait une pancarte.

À l'intérieur, des banderoles rouge, blanc et bleu tombaient des chevrons, les bat-flancs étaient parés d'affiches de *Liberty Bonds*, des emprunts de guerre, où l'on voyait des soldats américains partant de chez eux, des Allemands massifs coiffés de casques à pointe, la statue de la Liberté le drapeau à la main. Mais l'affiche qui retint le regard de Laurel fut celle d'une énorme empreinte de main rouge sang, et en dessous ces mots :

LE BOCHE – SA MARQUE, SON MARK
EFFACEZ-LES
GRÂCE AUX
LIBERTY BONDS

La main de Hank, songea Laurel, ensanglantée et sans corps, toujours quelque part là-bas en France. Elle se demanda si c'était l'affiche que Hank avait remarquée en premier, et s'il avait vu sa main planer tel un fantôme devant lui.

Laurel rassembla leurs manteaux et les drapa sur la porte d'une stalle. Quand elle revint, Doak répartissait dans des caisses marquées « FERRAILLE » et « CAOUTCHOUC » ce que Slidell et Hank lui avaient donné. Le chagrin est capable de faire vieillir un corps plus vite que le temps, lui avait un jour confié sa mère, elle en voyait la preuve, et pas que sur le visage de Doak Ellenburg. Il avait les épaules creuses, le dos voûté. Slidell avait raconté que l'arrivée du télégramme jaunâtre de la Western Union avait causé un tel chagrin à l'épouse de Doak qu'elle ne sortait pratiquement plus de chez elle, même pour les *jubilees*.

« Vous, les jeunes, allez donc vous mêler aux autres, suggéra Slidell. J'ai aperçu les chevaux d'Ansel et de Boyce et je suppose qu'on doit lever le coude derrière l'écurie.

– Possible que je vienne y goûter un peu plus tard, répondit Hank. Si on a plus les yeux en face des trous, Laurel nous entassera à l'arrière du chariot et nous ramènera chez nous.

– On dirait que les Weatherbee ne sont pas encore là, remarqua Laurel après le départ de Slidell.

– T'as déjà vu le contraire ? maugréa Hank. Ce vieux-là a horreur qu'on fasse la bringue, même quand c'est pour une bonne cause. À peine arrivé, il est prêt à s'en retourner. Mais on le changera pas. Je le sais, maintenant. »

Laurel chercha du regard Marcie Bettingfield, mais aperçut Jubel Parton discutant avec ses amis. Jubel vit Laurel et baissa les yeux en vitesse. Il parla un instant à l'un de ses camarades, puis sortit de l'écurie. Laurel comprit qu'il ne reviendrait pas. Il avait peur que Hank ne lui flanque une autre raclée, et peut-être aussi avait-il peur d'elle. Le soir où Jubel avait gagné son pari, elle avait essuyé le sang sur ses cuisses avant de retourner dans l'écurie prévenir Slidell qu'elle était malade et qu'elle avait besoin de rentrer. Tandis qu'elle le cherchait, elle avait vu Jubel regarder dans sa direction. Elle s'était alors passé la main devant le visage, puis avait pointé son index sur lui en décrivant un cercle.

Rien d'autre qu'une fausse malédiction inventée, mais Jubel avait pâli. Laurel y avait pris un certain plaisir, ne serait-ce que d'avoir effacé le petit sourire narquois qu'il avait sur la figure. Il peut se réjouir que je ne sois pas une sorcière, avait-elle songé ce soir-là, sinon je lui infligerais des souffrances comme il n'en a jamais connu. Mais Hank avait fait payer Jubel.

« Je continue à penser que l'aurait dû venir, Walter, dit Hank. Elle lui passera pas, sa nervosité, s'il voit pas du monde.

– Je veux lui apprendre à lire et à écrire, annonça Laurel. Ça pourrait le rassurer. »

Ezra Davenport s'approcha de Hank. Son visage ratatiné était grave. D'un signe de tête, il montra le fond de l'écurie.

« T'as vu ce que ces salauds de boches y z'y ont fait à mon p'tit gars ?

– Je savais pas qu'il était rentré, dit Hank.

– L'est arrivé d'hier, précisa Ezra. Ces charognes, y l'ont gazé. »

Laurel suivit Hank là où plusieurs hommes étaient rassemblés autour de Michael Davenport, enrôlé la même semaine que lui. Des caches noirs couvraient ses yeux, le tissu soyeux maintenu en place par un cordon noué à l'arrière du crâne. Des cicatrices de brûlures lui zébraient le visage et le cou, et des mucosités engorgeaient chaque respiration. Une canne blanche était posée contre une latte de l'écurie.

Hank prit la main du jeune homme dans la sienne et se pencha tout près, parla si doucement que personne à part Michael ne l'entendit. Mais seuls les mots étaient doux. Hank n'avait jamais dit s'il avait tué des hommes en France, pourtant Laurel voyait maintenant assez de haine sur son visage pour croire que c'était possible.

Les frères de Michael, le visage aussi grave que celui de leur père, encadraient leur cadet. Tandis que Hank leur serrait la main, la tête de Michael tourna lentement de gauche à droite, comme s'il regardait la foule. Il réagissait peut-être aux bruits, songea Laurel, mais son corps, semblait-il, n'avait pas encore compris que sa vue avait été éteinte pour toujours. Michael se mit à tousser et ses frères le saisirent par les bras pendant qu'Ezra récupérait la canne blanche.

« Il faut qu'on le ramène à la maison, annonça-t-il. Le gaz lui a pourri les poumons et c'est à peine s'il peut avaler ou respirer. »

De petits groupes se séparèrent pour permettre aux frères de passer à trois de front. Michael traînait les pieds, et sa tête continuait de tourner à gauche et à droite alors qu'on le guidait vers la sortie.

« Qu'est-ce que tu as raconté à Michael ? demanda Laurel.

– Que si on me laissait retourner dans l'armée je tuerais une douzaine de boches à cause de ce qu'ils lui ont fait. Boyce a raison, y a des choses que les gens devraient pas se faire, même à la guerre. Quand j'étais là-bas, j'ai entendu des histoires horribles, de bébés tués à coups de baïonnette, d'un général boche qui avait une baignoire pleine d'yeux. J'ai jamais rien vu de pareil et je pensais que c'était des histoires à dormir debout. Même ce qui m'est arrivé, je me disais que c'était l'affaire d'un petit salaud. Mais maintenant… »

Hank secoua la tête.

« Je vais m'envoyer un bon coup de gnôle avant que les Weatherbee arrivent. Ça m'aidera peut-être à décolérer. »

Il sortit au moment où Ansel et Boyce Clayton montaient sur la scène de fortune. Un guitariste et Lee Ellen, la femme de Boyce, les accompagnaient, la voix de Lee Ellen se fondant à celle de son mari :

Comme l'éclair la nouvelle s'est propagée
Bientôt nos garçons seront de retour
Le gris des cieux a fait place à la clarté
Des cœurs autrefois tristes sont emplis de gaieté
Et tous nous serons là pour crier
Oh bienvenue, bienvenue, vous êtes les bienvenus.

Alors que la chanson prenait fin, une fillette qui courait devant sa mère vint se cogner à Laurel. Laurel s'apprêtait à l'aider à se relever quand la mère saisit le bras de l'enfant pour qu'elle ne puisse pas la toucher. Et, lançant un regard furieux, elle entraîna sa fille plus loin. Les Clayton interprétèrent deux autres chansons avant que Marcie n'entre dans l'écurie, son bébé au creux du bras. Elle agita la main et serra l'enfant un peu plus contre elle tandis que Laurel et elle s'avançaient l'une vers l'autre. Même de loin, Laurel vit à quel point avoir mis un bébé au monde avait transformé Marcie, la poitrine et les hanches plus lourdes, mais une maigreur marquant son visage. Laurel repensa combien elle avait été jolie dans la robe de mariée en batiste de coton. Ses sœurs avaient orné ses cheveux bruns de clématite sauvage, et lorsqu'elle avait descendu l'allée centrale de l'église ses tresses étaient brillantes et jolies comme les étoiles d'un ciel d'hiver. Laurel avait été là pour le voir, car Marcie avait signifié à Robbie qu'il n'y aurait de mariage que si Laurel y était invitée. Il lui avait fallu beaucoup de cran pour agir ainsi, mais Marcie avait toujours eu énormément de cran.

Elles se rejoignirent au pied de la scène et prirent appui l'une sur l'autre en une demi-étreinte.

« Où est Robbie ?

– Dehors, à discuter avec quelques-uns de ses copains. Et peut-être bien aussi à se taper un coup de gnôle. Mais je lui passerai ça, il a rentré du tabac au séchoir dès le point du jour. »

Le bébé geignit et Marcie lui donna de petites tapes, posa la tête de l'enfant sur son épaule.

« Tu viens d'avoir une bonne tétée, mon garçon. Ce petit-là, Laurel, on peut pas le contenter. Un de ces jours, avec tout ce qu'il ingurgite, je me mettrai une clarine au cou. Et Robbie qui en veut déjà un autre. Mais c'est pas lui qui a un petit gars pendu à son téton toute la journée.

– Tu continues de prendre la potion à la carotte sauvage ?

– Oui, et ça marche, dit Marcie en souriant, parce qu'on ne s'est pas privés de l'expérimenter. »

La chanson se termina et Chauncey Feith monta sur la scène quand les Clayton la quittèrent. Il portait son uniforme en drap, malgré la chaleur régnant dans l'écurie. Un revolver était glissé dans un étui fixé à sa ceinture, comme si à tout moment des Allemands risquaient de débouler au pas de charge. Laurel regarda six garçons se ranger derrière lui, les bras le long du corps. Ils étaient décrassés de frais, les cheveux propres et bien peignés, et Chauncey les avait fait mettre sur leur trente et un, en pantalon kaki et chemise de toile bleue, fine ceinture noire et chaussettes noires. Pourtant, les brodequins éculés, plusieurs paires transmises par de plus grands pieds, révélaient que c'étaient de petits paysans. Ils s'efforçaient de jouer les adultes, mais des sourires ne cessaient d'épanouir leurs lèvres serrées. Laurel aperçut Hank près de l'entrée, les yeux tournés vers la scène, lui aussi.

Chauncey Feith leva les bras et le silence se fit dans l'écurie. Un des garçons lui tendit des feuilles de papier et Chauncey commença à lire :

« Cela fait plaisir de vous voir tous ici, et je rends hommage à votre continuel soutien aux titres d'emprunt de guerre et à la campagne pour récupérer la ferraille et le caoutchouc. Comme le dit la chanson, j'espère moi aussi que nos braves soldats seront bientôt de retour. De bonnes nouvelles nous arrivent d'Europe à tout moment et certains affirment que cette guerre pourrait se terminer sous peu, mais nous l'avons déjà entendu dire. Quelles que soient les annonces de victoire que nous entendrons ou que nous lirons, nous n'aurons pas de repos tant que le kaiser ne pendra pas au bout d'une corde dans son luxueux palais. Nous devons toujours rester vigilants, car le boche est plus que jamais sournois et prêt à tout, de l'autre côté de l'Atlantique, certes, mais aussi ici dans le comté de Madison, où ces temps derniers nous avons tous été envahis par ce genre d'agents impériaux. Je propose donc ce qui suit. »

Chauncey leva les yeux et remua ses papiers.

« Au président Lange et au conseil d'administration. Nous, soussignés, demandons le renvoi immédiat du docteur Horatio Mayer de son poste de professeur de langues à l'université de Mars Hill. En outre, nous demandons qu'il ne soit pas autorisé à pénétrer sur le campus à quelque titre que ce soit, en particulier pour être en contact avec les étudiants. Nous avons la certitude que le professeur Mayer s'est entretenu avec des hommes dont nous savons qu'ils sont des espions à la solde de l'ennemi, une affaire qui vous a déjà été exposée. Des informations qui lui ont été communiquées pourraient coûter des vies américaines. Le professeur Mayer doit être renvoyé sur-le-champ. Nous avons assez entendu défendre à grands cris la liberté de parole, les universités qui devraient épouser n'importe quelle liberté de pensée. Le professeur Mayer n'a pas le droit de parler librement alors que ses allégeances ne sont pas les nôtres ni, nous l'espérons bien, celles de l'université qu'il représente. Qu'il reste en poste serait un éternel déshonneur pour Mars Hill. De plus, Mlle Dorothea Yount devrait, tout au moins, être sévèrement réprimandée pour avoir autorisé la présence de livres potentiellement subversifs à la bibliothèque du campus. Il est à noter qu'un certain nombre de membres de votre faculté a déjà accepté de signer cette pétition. Ce qui est un acte de vrai courage. Que le renvoi du professeur Mayer marque donc la première étape visant à rendre son honneur et sa bonne réputation à Mars Hill. »

Chauncey leva les yeux.

« Les garçons ont déjà déposé des exemplaires de cette pétition sur la table de Doak. Si vous croyez à la liberté, signez-la. Merci d'être venus ce soir et merci de toutes vos contributions en faveur de nos courageux soldats. »

Chauncey exécuta un bref salut, les garçons à la queue leu leu derrière lui tandis que les Clayton remontaient sur scène et entamaient « The False Knight », une ballade que Laurel avait toujours aimée. Si Walter était venu, il aurait pu la lui rejouer, bien que la raison principale pour laquelle elle aurait voulu qu'il soit présent était simplement qu'il lui manquait. Comment pouvait-il en être autrement alors que depuis deux mois ils étaient tous les jours ensemble dans le vallon, tous les soirs seuls sur la galerie pendant au moins quelques minutes, à se tenir par la main et échanger de courts baisers ?

« Les Weatherbie sont là », annonça Marcie en montrant d'un signe de tête l'entrée de l'écurie, où les parents de Carolyn parlaient à un couple âgé.

Hank se tenait à côté de Carolyn, qui s'était faite toute belle dans une robe de coton bleu à grand col rond. L'acné avait bosselé son visage mais ses yeux bleus et ses cheveux cuivrés avaient du charme. Et vive comme un écureuil, assurait Hank. Pas bien difficile de voir pourquoi il en pinçait pour elle. Les Clayton jouèrent un air plus lent et Hank prit la main de Carolyn, lui passa dans le dos son avant-bras et le moignon de son poignet, puis l'attira contre lui. Elle posa la tête sur sa poitrine et ils rejoignirent les autres couples sur la piste de danse de fortune. Laurel s'apprêtait à parler de Walter à Marcie, mais celle-ci prit la parole en premier.

« Ne pas épouser Carolyn avant d'avoir remis la ferme en état pour toi, c'est louable, dit-elle. C'est bien de la part de Carolyn aussi, surtout que son père leur donne sa terre de Balsam. Il y a plus d'une femme qui voudrait que son fiancé s'occupe de sa maison, pas de celle de sa sœur. »

Je ne saisis pas bien, faillit répondre Laurel, et puis elle saisit, et le plus étonnant fut qu'elle n'ait pas compris avant. Les Clayton continuèrent à jouer, mais, tout autant que les conversations des adultes, les braillements des bébés et les cris des enfants, la musique paraissait lointaine, comme si le monde s'éloignait d'elle. Marcie soupira tandis que le bébé collait son nez contre son sein.

« Je ferais mieux d'aller lui donner la tétée, parce que ça sera autrement plus facile ici que dans un chariot brinquebalant. Et puis, peut-être qu'il dormira un peu. Comme ça je pourrai le fourrer dans un coin et nous donner l'occasion de danser sur un ou deux airs,

Robbie et moi. Ça fait si longtemps que ça ne nous est pas arrivé. »

Laurel hocha la tête et Marcie s'en alla. Quand Hank avait-il prévu de lui parler ? Lorsque les meubles arriveraient à la gare et seraient embarqués au nord à Balsam et pas dans le vallon ? Remettre la ferme en état pour elle, avait dit Marcie, mais pour Hank c'était aussi une façon de prouver à Carolyn et à son père que, même avec une seule main, il était capable d'accomplir le travail nécessaire pour subvenir aux besoins d'une femme et d'une famille. Il avait utilisé pour cela une partie de l'argent qu'il avait mis de côté à l'armée, mais aussi ce qui restait de la somme laissée par leurs parents. Elle songea à la nouvelle clôture aux fils tendus et aux piquants métalliques, et à Slidell qui avait noté le coût du fil de fer barbelé comparé à celui du bois refendu. Hank avait dit que les barbelés duraient beaucoup plus longtemps. Un peu suffoquée, Laurel prit conscience d'autre chose – que Hank signifiait sans détour qu'il ne lui demanderait pas de venir vivre auprès d'eux. On la laisserait là, et il l'avait décidé depuis des mois.

Il était possible qu'un muet prenne une femme dont personne d'autre ne voulait, un homme qui ne savait pas ce que les autres pensaient de Laurel. Je t'aide autant que je peux, petite sœur, devait se dire Hank chaque fois qu'il les laissait seuls le soir sur la galerie, Walter et elle, ou qu'il vantait ses talents de cuisinière ou de couturière, espérant être débarrassé de ce qu'une trop grande honte l'empêchait de lui avouer. Il y avait eu des filles avant la guerre qui ne voulaient pas fréquenter Hank parce que, pensaient-elles, même s'il n'était pas marqué par la tache violette, il l'était par le mauvais sort du vallon. Ensuite il avait perdu une main, et il y avait eu des femmes qui ne voulaient pas de lui à cause de ça. Il en avait pourtant trouvé une prête à partager sa vie, pourvu que cette vie se passe hors du vallon. Il avait eu le choix, peut-être pour la seule fois de son existence, devait-il se dire, et il avait choisi. Choisis Walter, ou choisis d'être seule. Elle prenait la potion à la carotte sauvage depuis maintenant un mois, et avait noté les dates de ses règles sur le calendrier du magasin de M. Shuler. Là aussi il y avait un choix, et un espoir. Mais Walter la choisirait-il ?

Les Weatherbee étaient partis. Hank et Slidell peuvent tout autant être à boire dans le chariot que derrière une écurie, songea Laurel. Elle ramassa donc tous les manteaux et sortit, trouva les hommes adossés aux planches grises, assis les jambes largement écartées. Un grand bocal vide était posé à côté d'eux.

« Laurel, je crois que je viens de voir une deuxième lune, remarqua Slidell.

– Je crois que moi aussi j'en vois plus d'une, reconnut Hank.

– Il faut y aller », dit Laurel.

Hank extirpa la montre de sa poche, l'inclina pour capter le peu de lumière filtrant à l'oblique entre les planches de l'écurie.

« L'est même pas encore dix heures, petite sœur. »

D'un signe de tête, Laurel montra le bocal.

« Vous l'avez vidé, je vois pas de raison de rester davantage. »

Slidell souleva le bocal, s'avisa qu'en effet il était vide.

« Je suppose qu'il est temps », reconnut-il.

Hank l'aida à se lever. Le vieil homme s'appuya d'une épaule à l'écurie, une main posée à plat sur les planches.

« Cette écurie tourne comme une girouette, remarqua-t-il.

– Maintiens-le debout, demanda Laurel à Hank. Je ramène le chariot. »

Ce n'était pas la première fois qu'elle les raccompagnait après ce genre de fête, Ginny fut donc en confiance quand Laurel prit les guides et mena le chariot là où les hommes attendaient. Laurel étala des tapis de selle en laine sur les planches du plateau, et Hank et elle soulevèrent Slidell pour le poser dessus. Hank poussa jusqu'à ce que les genoux du vieil homme plient suffisamment pour accrocher l'abattant.

« T'as pas trop bu pour rester devant, ou faut que tu te glisses là-dedans avec lui ? demanda Laurel.

– Je peux rester devant. »

Laurel alluma la lanterne et remonta le col de son manteau. Pas la nuit la plus froide qu'ils aient eue cet automne, mais tout de même plutôt froide. Elle secoua les guides et le chariot s'éloigna de la musique et des voix. Bientôt les seuls bruits furent le grincement du bois secoué par les cahots et les gémissements de Slidell quand le chariot butait contre des trous laissés par les allées et venues des vaches laitières. Une lune croissante saupoudrait tout d'une lumière argentée. C'est toujours si joli, songea Laurel, pas seulement la lune mais aussi la vaste prairie d'étoiles qui faisait que le ciel était tellement plus grand que dans le vallon.

Laurel ne parla qu'une fois arrivée à l'ancienne route à péage :

« Marcie m'a appris que vous irez vous installer à Balsam, Carolyn et toi.

– Le père de Carolyn n'acceptera pas qu'elle vive dans le vallon, répondit Hank au bout de quelques instants. C'est pour ça qu'il nous donne les vingt arpents.

– On dirait que presque tout le monde était au courant, sauf moi.

– J'allais te l'annoncer. Mais je trouvais jamais le bon moment. »

Elle en aurait encore eu long à dire, et sur un ton accusateur, mais elle se sentit soudain trop fatiguée pour se donner cette peine.

« Si t'étais à ma place, tu ferais pas pareil ? finit par lui demander Hank.

– Je n'ai jamais eu cette chance, non ?

– Tu l'as maintenant.

– Comment sais-tu qu'il voudrait bien de moi ?

– Parce que j'ai peut-être pas deux mains, mais j'ai deux yeux. Tu sais aussi bien que moi qu'il est revenu à cause de toi.

– Je n'en suis pas sûre. Comment le savoir, s'il ne peut pas le dire ?

– Nom d'un chien, Laurel ! Alors pourquoi ? Pour se casser le cul toute la semaine et toucher ce qu'y doit peut-être gagner en une soirée à souffler dans un fifre ? Parce que ça lui plaît d'être dans un vallon sinistre ? »

Quand ils arrivèrent chez Slidell, Laurel dételа Ginny et l'emmena à l'écurie pendant que Hank aidait le vieil homme à entrer dans la maison. Il revint, tenant la lanterne qu'ils avaient laissée là pour repartir chez eux à pied. Il la suspendit à son avant-bras, gratta une allumette et alluma la mèche avant de la tendre à Laurel.

« Ce soir, je reste ici. »

Laurel sortit de la cour, la lanterne à bout de bras devant elle. Bientôt la lune et les étoiles disparurent, le chemin entama sa descente. Laurel compta les jours depuis ses dernières époques parce que ça ne serait pas comme Jubel et son préservatif. La date paraissait sans risque, surtout qu'elle avait pris la potion. Il y avait des femmes qui auraient espéré ne pas rester en jachère. Qui auraient pensé que porter son enfant piégerait Walter, l'obligerait à rester, mais Laurel avait entendu parler d'hommes qui avaient semé la graine d'un petiot et puis qui avaient filé. Ils avaient quitté leur famille et leur travail, parfois même des fermes, bien davantage que ce que quitterait Walter. Tu mets peut-être la charrue avant les bœufs, se dit-elle en repensant que les autres fois où Hank s'était absenté Walter et elle étaient si nerveux qu'ils ne s'étaient même pas embrassés. Le chemin plongea à pic et Laurel balança la lanterne au ras du sol pour voir où elle mettait les pieds. Au bout d'un moment, le chemin s'aplanit et les bois s'épaissirent.

Pas une lueur ne provenait de la galerie, mais au fur et à mesure que Laurel approchait le son de la flûte filtra à travers les arbres comme pour la guider. Elle la laissa faire, sans plus regarder son chemin. Comme elle entrait dans la cour, la mélodie devint celle que Walter avait jouée le vendredi soir, huit semaines plus tôt. Un chant d'adieu alors, mais qui à présent lui souhaitait la bienvenue. Même s'il ne peut jamais prononcer un mot, même s'il n'y a personne à qui parler pendant des semaines d'affilée, il peut me jouer de la musique. Ce sera suffisant, se jura Laurel. Je n'en voudrai jamais davantage, et sinon je me forcerai à repenser comment c'était ici toute seule. Elle ne savait pas trop à qui elle prêtait ce serment – à elle, à Dieu ou à Walter, peut-être même au vallon. Lorsque son pied rencontra la marche de la galerie, la mélodie s'interrompit, mais pas avant. Walter était assis sur une chaise, il portait un manteau que Hank lui avait donné. Il posa la flûte dans son étui et referma le couvercle. Son visage apparut vaguement dans la clarté de la lanterne.

« Hank reste chez Slidell, ce soir. »

Laurel posa la lanterne sur la balustrade et s'assit. Elle songea à prendre la main de Walter, mais n'en fit rien. N'attends pas, pensa-t-elle, sinon tu ne le diras pas.

« J'ai quelque chose à te dire. » Elle inspira, puis souffla lentement. « J'ai des sentiments pour toi, de tendres sentiments. J'ai besoin de savoir si tu ressens la même chose pour moi. »

Walter parut d'abord ne pas avoir entendu. Puis il hocha la tête, presque à contrecœur, sembla-t-il, mais sa main vint se poser sur celle de Laurel. Elle la retourna et leurs paumes entrèrent en contact. Leurs mains étaient aussi froides l'une que l'autre. Laurel sentit des callosités qui, comme les muscles plus développés dans les bras et sur la poitrine de Walter, n'étaient pas là en août.

« Alors tu ressens la même chose pour moi ? »

Walter hocha la tête.

Quelques minutes s'écoulèrent, tous deux semblaient craindre de faire le moindre geste, comme si entre leurs mains nouées il y avait un papillon de nuit ou un éphémère, quelque chose de tellement fragile qu'y toucher risquait de l'abîmer. Walter se pencha et embrassa doucement Laurel sur la bouche, lui lâcha la main. Il se leva et pénétra dans la maison.

Laurel prit la lanterne et alla aux cabinets, puis rentra à son tour. Lorsqu'elle passa devant la porte de Walter, l'éclat de la lanterne laissa voir qu'elle était à moitié ouverte, ce qui voulait dire aussi à moitié fermée. Laurel s'en fut dans sa chambre et posa la lampe sur la table de chevet, ôta sa robe et ses chaussures, enfila sa chemise de nuit. Elle s'assit sur le lit, les yeux fixés sur le mur pas plus épais qu'un doigt. Si près, un mètre de vide et deux ou trois planches de bois. Elle faillit se lever pour poser la main sur la cloison. Elle pourrait ainsi imaginer Walter faisant de même.

Au lieu de cela, Laurel moucha la lanterne. Alors qu'elle était glacée et que les courtepointes l'auraient réchauffée, elle ne s'allongea pas mais resta assise sur le lit. Elle frissonna, sans trop savoir si c'était simplement de froid. Quelques minutes plus tard, elle entendit le craquement des glumes de maïs. Walter s'était couché, ou relevé. Sa porte grinça et Laurel attendit. Les pas s'arrêtèrent devant sa porte ouverte. Cherchant à s'orienter, sans trop savoir ce qu'il y avait dans la chambre, car pour autant qu'elle le sache il n'y était jamais entré. Ça, ou pas encore décidé.

« Je suis là », souffla Laurel, qui rabattit les couvertures, s'allongea, et fit de la place.

DOUZE

Hank s'en était allé chez les Weatherbee tôt le dimanche matin. Y se peut bien que je sois pas de retour avant la nuit, avait-il annoncé à Laurel, lui faisant bien comprendre que, comme le vendredi soir, Walter et elle seraient seuls un grand moment. Hank parti, Walter était venu dans sa chambre. Après, Laurel n'avait pas remis sa chemise de nuit. Non, elle s'était blottie tout contre Walter, les genoux repliés, son dos collé contre sa poitrine, le bras de Walter passé par-dessus sa hanche. La courtepointe ne les recouvrait que jusqu'à la taille et Laurel l'avait laissée ainsi, le corps de Walter dégageant une chaleur plus apaisante.

Dehors, il se mit à pleuvoir, d'abord quelques gouttes lentes tambourinant sur le toit de tôle, un son assez semblable à celui de la veille, quand Hank et Walter clouaient des planches pour condamner les fenêtres. Laurel avait été heureuse d'entendre les coups de marteau réguliers, parce qu'ils signalaient la présence de Walter. C'était si différent de l'automne précédent, quand son père venait de mourir et que Hank était encore en Europe. Chaque après-midi l'obscurité totale arrivait plus tôt, laissant croire que le vallon était une main qui se refermait lentement. Le pire avait été les jours de pluie interminables, l'écurie, la remise et les bois se dissolvant dans cette grisaille. La pluie étouffait tous les autres bruits, il n'y avait donc même pas le cri d'un cardinal ou le babil d'un écureuil pour que Laurel sache qu'elle était toujours de ce monde. Slidell avait creusé la tombe, puis rappelé à Laurel de voiler d'un tissu sombre l'unique miroir de la maison, comme on l'avait fait lorsque sa mère était morte. Quand assez de temps s'était écoulé et qu'elle aurait pu découvrir le miroir, elle s'en était pourtant gardée, incapable de chasser la crainte qu'elle avait d'y plonger le regard et de ne pas y apercevoir de reflet. Peu après l'enterrement, Slidell était arrivé un matin et avait condamné les fenêtres. Elle avait eu l'impression d'être clouée pour toujours à l'intérieur de la petite maison en rondins.

Le souffle régulier de Walter lui réchauffait la nuque et elle repensa au moment où, plus tôt ce matin-là, elle avait imaginé qu'elle entendait prononcer son nom. La voix avait été tellement réelle que Laurel avait ouvert les yeux et s'était enroulée dans une courtepointe pour voir s'il y avait quelqu'un dehors. Elle s'était rendormie et avait rêvé qu'elle avait appris à Walter à prononcer un mot, son nom.

Quand elle se réveilla de nouveau, la pluie avait cessé. Walter était debout et habillé. Pour les convenances, au cas où Hank rentrerait tôt. Dans peu de temps Hank serait auprès de Carolyn, et Walter pourrait venir partager le lit de Laurel n'importe quand. Cette pensée lui fit plaisir, mais son plaisir se figea quand elle comprit pourquoi, et aussi se rappela que tout le monde ou presque, jusqu'à Slidell, elle s'en rendait compte à présent, avait connu avant elle les projets de Hank. D'ici là, Walter et elle seraient peut-être fiancés. C'était possible, pas seulement une idée fantaisiste. Tout en s'habillant, Laurel imagina comment Walter pourrait lui faire sa demande – en les dessinant tous les deux à l'église se tenant par la main, en façonnant une alliance dans un petit morceau d'or, ou même en mettant un genou en terre, la main sur le cœur, comme elle l'avait lu un jour dans un livre. Il trouverait bien une façon.

Maintenant que la moisson était terminée et qu'elle avait cueilli les tout derniers haricots et le maïs, ramassé les dernières pommes de terre, elle pourrait apprendre à lire et à écrire à Walter. Tout annonçait un hiver rigoureux. Des nids d'écureuils s'accrochaient aux branches basses et les chenilles du papillon vitrail se hérissaient. La mousse plus épaisse sur les troncs d'arbres, aussi. Il y aurait une belle abondance de journées de neige, qu'ils pourraient passer devant la cheminée, les traits et les courbes au crayon noir devenant petit à petit des lettres puis des mots. Elle se servirait des ouvrages que Mlle Calicut lui avait donnés, emprunterait peut-être quelques livres de lecture comme ceux dans lesquels elle avait appris. Mlle Calicut pourrait lui indiquer où acheter une ardoise et du papier réglé. Elle serait institutrice, finalement. Laurel sourit à cette pensée, mais alors il lui en vint une autre – que sachant lire et écrire Walter serait moins démuni, qu'il changerait peut-être d'avis lorsqu'il s'agirait de porter son choix sur elle. C'est égoïste de penser une chose pareille, auraient dit beaucoup de gens, et c'était peut-être vrai, mais elle ne pouvait s'en empêcher. Pense aux mots qu'il t'écrira, songea Laurel, et comment ces mots nous rapprocheront, lui donneront peut-être la confiance d'aller en ville où cela vaudra la peine de braver les rebuffades et les regards appuyés pour manger une glace tous les deux, ou bien qu'il se choisisse du tissu pour une chemise, peut-être même qu'il la fasse danser à un *victory jubilee*.

Quand Laurel alla aux cabinets, la fumée de la cheminée s'enroula vers le bas. C'était du froid pour bientôt, toutefois pas avant la fin de l'après-midi. Le chemin menant au rocher serait boueux, mais la pierre serait sèche. Elle rentra dans la maison.

« Je nous prépare un pique-nique. Il y a un endroit que je veux te montrer. »

Laurel glissa une courtepointe pliée dans le panier à linge, y ajouta un pain de maïs dans une boîte en fer, un pot de confiture de mûres, et enfin une bouteille de vin de muscadine. Walter empoigna le panier et ils entrèrent dans les bois. Quand ils arrivèrent aux deux dalles couvertes de lichen, Laurel s'arrêta.

« C'est là que reposent mes parents. »

Walter et elle s'enfoncèrent au cœur des bois. La pluie et le vent avaient abattu un autre châtaignier mort, et ils contournèrent un tronc si gros que ni l'un ni l'autre ne pouvait voir par-dessus.

« Une maladie les tue, expliqua Laurel. On dit que d'ici peu il n'y aura plus un seul châtaignier vivant dans ces montagnes. »

Walter hocha la tête, mais cela signifiait-il qu'il était déjà au courant, elle n'en avait aucune idée. Quand il saurait lire et écrire, il pourrait lui en raconter tellement plus, toute sa vie. Ce serait comme lire des chapitres d'un livre, écrit rien que pour elle. Le sentier menant au rocher était glissant, ils avançaient donc à petits pas. Loin au-dessus d'eux, les derniers nuages noirs disparaissaient lentement à la lisière du ciel. Le sol s'aplanit et ils parvinrent au trou à lessive. Elle mit le vin à refroidir dans l'eau.

« Tu ferais mieux de regarder par terre. La clarté est presque aveuglante, au début. »

Ils s'avancèrent dans la lumière, tête baissée. D'une main Laurel s'abrita les yeux et Walter l'imita lorsqu'il eut posé le panier. Quand les yeux de Laurel se furent habitués, elle sortit la courtepointe et l'étala près de la saillie rocheuse. Ils s'allongèrent sur le dos et laissèrent la chaleur emmagasinée par la pierre pénétrer le tissu et les réchauffer, l'unique son celui de l'eau coulant sur le rocher puis s'écrasant dans le bassin en dessous. Amener Walter ici risquait d'être une erreur, craignit soudain Laurel, cela montrait combien le vallon était morne et sombre. Tu ne peux pas nouer un « mieux ne vaut pas » à chaque petite chose que tu fais avec lui, se réprimanda-t-elle. Et pourtant, comment une femme enfermée toute sa vie dans un vallon pouvait-elle savoir ce qu'un homme comme Walter pensait, surtout qu'il ne pouvait pas parler ? Laurel prit appui sur une épaule, leurs visages se touchaient presque.

« Dis, tu ne partirais pas sans me prévenir ? »

Walter ouvrit les yeux et secoua la tête.

Laurel se rapprocha de lui, posa sa joue sur sa poitrine et sentit le mouvement ondulant de sa respiration, celui plus profond de son cœur. Au bout d'un moment, elle alla chercher le vin de muscadine. Une truite dodelinait au centre du trou d'eau, les nageoires aussi orange que du feu, ses flancs mouchetés de rouge et d'or. Les couleurs du frai, mais le frai était maintenant terminé. Laurel le voyait à la nageoire caudale du poisson, effilochée à force de ramener du sable sur ses œufs pour les recouvrir. Au moment où elle sortait la bouteille de l'eau, la truite fila sous la berge.

Laurel retourna au rocher et ouvrit la boîte à pain de maïs et le pot de confiture. Elle déboucha la bouteille et remplit les gobelets. Walter but une gorgée de vin, elle aussi. Sa fraîcheur était agréable, environnée par la chaleur du rocher. Ils mangèrent le pain et la confiture, puis reprirent du vin. Après son second gobelet, le monde semblait à Laurel enrobé de coton. Elle se redressa sur les coudes et contempla la crête lointaine. À part les cicatrices sombres des châtaigniers morts, les feuillus y formaient une mosaïque de rouge, de jaune et d'orange, quelques feuilles pourpres de copalme, aussi.

« Ça, dit Laurel en tirant sur la robe pour mieux montrer la tache de naissance, ça te dérange de la regarder ? »

Walter secoua la tête.

« Certains disent que c'est pour montrer que je suis maudite. »

Walter s'approcha, repoussa le tissu suffisamment pour poser ses lèvres sur la tache et l'embrasser. Ils se rallongèrent. Voilà comment ce sera, songea Laurel, pendant des heures et des heures je ne dirai pas grand-chose et il ne dira rien, mais grâce à ses yeux et à ses caresses il peut me montrer qu'il m'aime. Il jouera de la musique qui est plus jolie que n'importe quel mot qu'il pourrait prononcer, et quand je lui aurai appris nous pourrons nous écrire des lettres d'amour. Laurel accrocha son index à l'un des passants de ceinture de Walter et ferma les yeux.

Quand elle se réveilla, le rocher était à demi plongé dans l'ombre, l'air froid. Walter était là où il était quand elle s'était endormie, sauf qu'à présent il avait les mains nouées derrière la tête, les yeux ouverts. Laurel avait toujours le doigt accroché au passant de sa ceinture, et elle s'en réjouit. Elle se retourna et l'embrassa, un long baiser qui prenait son temps ; elle sentit le goût du vin dans son haleine, laissa sa main se poser sur sa joue.

« Il est temps d'y aller. »

Sur le chemin du retour, les bois étaient silencieux et immobiles, les écureuils blottis dans leurs nids, les corbeaux faisaient le dos rond perchés sur des branches. Comme le ciel qui s'était rapidement dégagé, tout annonçait une gelée, peut-être quelques flocons de neige.

Hank revint au crépuscule, en sifflant pour s'annoncer. Il retira sa vareuse militaire et la suspendit à une patère. Il sortit de sa poche un exemplaire du *Marshall Sentinel* et posa le journal près de l'âtre.

« Le numéro de cette semaine. M. Weatherbee me l'a donné.

– Oh, tant mieux ! Il y a tellement longtemps que je n'en ai pas lu un, dit Laurel. Je ne comprends toujours pas pourquoi Slidell a cessé de nous apporter le sien toutes les semaines.

– Bah, je suppose qu'arrivé à son âge on a bien le droit d'oublier une ou deux choses.

– Oui, dit Laurel, qui tendit la cafetière à Walter. Tu peux remplir les tasses pendant que Hank va faire un brin de toilette ? Et puis nous mangerons. »

Ensuite Laurel ajouta des bûches de pommier dans le feu, et tous trois tirèrent des chaises près du foyer. Hank et elle se partagèrent les deux parties du journal, Hank étalant la sienne sur ses genoux pour tourner les pages plus aisément. Laurel était heureuse de les avoir entre les mains, pas seulement pour les nouvelles, tout autant pour le plaisir de lire. Elle abaissa le journal et se tourna vers Walter.

« Je veux t'apprendre à lire. Nous aurons tout notre temps quand les grands froids seront là. »

Walter hocha la tête et Laurel porta son regard sur la photographie d'une citrouille de cinquante livres, le fermier l'enlaçant comme un ventre énorme. Elle lut toutes les recettes de cuisine, toutes les réclames et tous les avis de décès. Hank demanda à Laurel le sens de quelques mots avant qu'ils fassent l'échange. Sur la première page il y avait une photo de Paul Clayton en uniforme, en dessous un article sur la fête organisée pour marquer son retour le 8 novembre. Sous la pliure on voyait la photo d'un navire de guerre américain, le *Leviathan*. Laurel montra les images à Walter et lut les légendes, puis elle tourna la page et lut un article sur un gratte-ciel de New York haut de vingt étages. Elle aurait voulu qu'il y ait une photo pour demander à Walter s'il le reconnaissait.

À la dernière page se trouvait la pétition de Chauncey Feith, au-dessus d'une longue liste de noms.

« Tu l'as signée, remarqua Laurel.

– Feith a peut-être raison sur un point. Ce professeur n'aurait pas dû parler à ces boches. Il a de la chance qu'ils ne l'aient pas bouclé, en plus. »

Laurel vit d'autres noms qu'elle connaissait, y compris ceux d'Ansel et de Boyce Clayton. En bas, séparés par un saut à la ligne, il y avait les mots « Soutiens à cette pétition, Faculté de Mars Hill ». Quinze noms suivaient, tous précédés du mot « professeur » ou « docteur ».

« Slidell n'a pas signé.

– Il fait sa mauvaise tête, c'est tout. »

Laurel posa les pages à côté de l'âtre.

« Ils disent que la guerre sera bientôt finie.

– Ils le disaient déjà quand j'étais en France, lança Hank, moqueur. “Encore un mois et promis nous serons chez nous”, et puis c'était pour Noël, et ensuite pour Pâques. C'est peut-être presque terminé, mais qui peut le savoir ? Ça n'a jamais autant bardé. Il y a une chose que je sais, pourtant : si ce prof est un espion, moi je verserai pas une larme s'ils le pendent à la tour de l'horloge. »

Quand Laurel se tourna vers Walter, il regardait la photo du navire de guerre, et les mots en dessous, aussi. Tâchant déjà de commencer à apprendre, songea Laurel, qui alla chercher sa corbeille à couture. Elle étala la mousseline sur ses genoux et guida le fil de coton dans le chas de l'aiguille.

« Il s'appelle le *Leviathan*, expliqua-t-elle à Walter. Il paraît que c'est le plus grand bateau du monde. Tu crois que c'est vrai, toi ? »

Walter leva les yeux, mais ne donna aucun signe indiquant s'il le croyait ou non.

« Ça ne m'étonnerait pas, intervint Hank. Ce foutu machin fait 54 282 tonneaux. Ce bateau-là, il remplirait le vallon tout entier. »

Hank alla chercher son rasoir et prit la pierre à aiguiser sur le dessus de la cheminée. Il plaça la pierre au creux de son coude gauche, la lame grinçant tandis que son bras valide allait et venait dans un mouvement de scie pareil à celui d'un joueur de violon.

« Aurais-tu envie de jouer un peu, Walter ? demanda Laurel. Ça fait bientôt une semaine et ça me manque. »

Walter hocha la tête et bientôt la musique de la flûte emplit la pièce, le grincement de l'acier sur la pierre perçu dans les silences. Le bois de pommier brûlait, ajoutant des langues bleues et vertes aux flammes jaunes. L'aiguille de Laurel captait l'éclat du feu et diverses couleurs passaient sur le métal qui plongeait puis remontait, la chaleur du feu tenait le froid à distance. Le Baume de Gilead. C'était le motif de patchwork qu'elle avait reproduit à l'aide du bleu de lessive, en se servant du couvre-lit de sa mère comme sa mère l'avait fait autrefois avec celui de la sienne. Ce serait son cadeau de mariage pour Hank et Carolyn. Laurel s'arrêta et passa une autre aiguillée de fil sur la cire d'abeille, piqua ensuite l'aiguille dans la mousseline pour commencer un autre nœud. Une bûche du dessous poudrée de cendres ploya, projeta des étincelles orange, et revint en place. Laurel prit conscience, mais seulement à ce moment-là, que Walter avait cessé de jouer. C'était comme si le feu et la musique s'étaient tellement mêlés que l'une s'était perdue dans l'autre. Laurel tendit le bras et pressa la main de Walter. Il posa son autre main sur leurs mains réunies et Laurel vit les jointures écorchées et les ongles cassés, une main de paysan.

Hank rapportait toujours du petit bois avant d'aller se coucher, mais Laurel se leva pour le faire. Elle sortit sur la galerie et s'en remplit les bras. La nuit la prit dans son étreinte et pour une fois elle eut envie d'être dans le froid et l'obscurité, parce que ce serait d'autant mieux lorsqu'elle rentrerait et que la chaleur du feu et la lumière l'envelopperaient à nouveau. Quelques flocons descendirent en une chute lente, sans vent, aussi blancs et doux que des pétales de cornouiller. Une larme roula sur la joue de Laurel, puis une autre, et une autre encore, et malgré ses efforts pour les refouler en battant des paupières elle ne réussit pas à battre des paupières assez vite, elle reposa alors la brassée de petit bois et s'essuya les yeux. L'élan du cœur qu'elle avait ressenti sur le rocher, elle le ressentit encore, et ce n'était pas que de l'amour. Elle avait déjà éprouvé de l'amour, et connu ses profondeurs quand sa mère était morte.

Là, c'était quelque chose de plus rare. Le bonheur, songea-t-elle, ce doit être ça. Elle ramassa le petit bois et rentra. Walter, Hank et elle restèrent au coin du feu jusque passé minuit, personne ne parla et personne ne parut vouloir parler, comme si le moindre propos risquait de rompre le sortilège bienfaisant qui avait été jeté sur la petite maison.

TREIZE

« Où c'qu'on va maintenant, sergent ? » demanda Wilber, le petit frère.

Chauncey désigna un bâtiment doté d'un large perron et de colonnes de marbre.

« Y a-t-il un autre professeur que nous devons interroger, sergent ? s'enquit Jack.

– Non, il suffit que nous allions voir quels livres allemands se trouvent à la bibliothèque.

– Et puis là aussi il faudra écrire tous les noms ? geignit Wilber.

– Les garçons, si vous voulez que je vous libère, dites-le tout de suite et je vous ramènerai chez vous, siffla Chauncey. Ce ne serait pas le genre de Paul Clayton, mais peut-être que vous autres n'avez pas une âme de soldat, comme Paul.

– Mais si, sergent, protesta Jack en lançant un regard furieux à Wilber.

– Bon, très bien, dit Chauncey, mais d'abord il faut que nous passions à la voiture.

– Le prof tremblait comme un chien mouillé, remarqua Jack tandis qu'ils traversaient le campus. Et il avait de quoi, surtout après qu'il a avoué avoir parlé à ces Allemands sans personne d'autre autour qui les comprenne.

– Je parie qu'ils lui ont demandé de passer des messages en douce au kaiser Guillaume, dit Wilber. Peut-être bien qu'il les a cachés dans le truc métallique qu'est sur sa tête.

– Ben, il le fera pus, promit Jack. On lui a mis les points sur les i, à ce prof. Il y retournera pas, là-bas. Je parie qu'il dépassera même plus le bout de son ombre. »

Chauncey ne put empêcher un sourire de relever les coins de sa bouche. Le professeur Mayer avait eu peur. C'était sûr. De la sueur avait perlé au front du vieil imbécile avant même qu'il prétende s'être tout d'abord rendu à Hot Springs parce qu'on l'avait prié de lire des lettres d'Allemands. Mais, là, Chauncey s'était montré plus malin que lui en demandant pourquoi il était retourné là-bas si souvent pour fréquenter une bande de boches. Les yeux du professeur s'étaient emplis de larmes et il s'était mis à bredouiller que c'était une occasion pour lui de pratiquer la langue. Pendant tout le temps le professeur avait eu son appareil auditif collé à la tête, des fils sortant dans tous les sens, et lui qui tripotait le bouton, ce qui lui donnait l'air encore plus ridicule.

Quand ils arrivèrent à la Model T, Chauncey tendit le registre et le stylo-plume à Jack et ôta son ceinturon et son étui de pistolet.

« Pourquoi vous faites ça, sergent ? demanda Wilber.

– Parce que dans les bibliothèques il y a surtout des femmes, et que les vrais soldats respectent les femmes. La vue d'un pistolet risquerait de les faire tomber en pâmoison. »

Quand ils parvinrent devant le bâtiment abritant la bibliothèque, Chauncey s'arrêta pour examiner les lettres ciselées au-dessus des grosses portes en chêne. Du latin ou du grec, il le savait, et il songea que, même pendant une guerre, l'anglais n'était pas assez bien pour l'université. Il fit un signe de tête aux garçons et tous trois traversèrent le hall et pénétrèrent dans l'aile de la bibliothèque. Au mur était accroché un tableau représentant un vieillard qui ressemblait assez au professeur Mayer, sauf qu'il n'avait pas sur la tête le fourbi pour entendre. Face aux rayonnages s'alignaient des tables en bois et des chaises. Certaines étaient occupées par des étudiants, leurs livres et leurs bloc-notes étalés devant eux, ils tournaient lentement les pages ou plongeaient leur porte-plume dans un encrier et écrivaient. Le grand bureau se trouvait sur la droite. Ils s'avancèrent vers le centre de la salle, les garçons ouvrirent des yeux ronds en découvrant la hauteur des plafonds et les rangées innombrables de rayonnages pleins. Un étudiant se présenta à l'accueil, un livre à la main, un petit claquement sec lorsque la bibliothécaire apposa le tampon à l'intérieur de la couverture. Ce n'était pas Mlle Yount mais une assistante. Une jolie étudiante, encore une raison de se réjouir que Mlle Yount ne soit pas là. Quand, en sortant, l'étudiant passa devant eux, il ne croisa pas le regard de Chauncey. Trop gêné, savait Chauncey, parce qu'il se planquait dans une université quand les vrais hommes se battaient à la guerre. Chauncey regarda au-delà des tables et des chaises, là où les livres étaient alignés rangée après rangée, comme prêts à donner l'assaut.

« Venez », dit-il aux garçons.

Quand il passa devant le bureau des bibliothécaires, Chauncey vit que l'étudiante était encore plus jolie qu'il ne l'avait cru tout d'abord, les joues délicatement colorées et les yeux d'un bleu profond. Son parfum embaumait la rose. Elle lui sourit et il fut tenté de lui rendre son sourire, mais une attitude grave convenait mieux. Pourtant, Chauncey avait visiblement fait bonne impression. Il reviendrait un autre jour, sans les garçons. Ils s'approchèrent des rayonnages et commencèrent à examiner le dos des livres. Chauncey passa en revue cinq étagères avant de repérer des lettres qui n'étaient pas anglaises, mais les ouvrages étaient dans d'autres langues que l'allemand. Ils les ont cachés, songea-t-il. Il y avait cependant d'autres livres étrangers sur le rayonnage suivant. Il en trouva un qui semblait prometteur et le compara au volume confisqué au professeur Mayer. Il examina d'abord la page du livre de bibliothèque :

Das war ein Vorspiel nur, dort wo man Bücher
Verbrennt, verbrennt man auch am Ende Menschen.

Puis il consulta le livre du professeur :

Widerspreche ich mich ?
Na gut… ich widerspreche mich
Ich bin geraümig… ich enthalte Massen.

Rechercher des mots identiques, c'était comme déchiffrer un code secret. Il alla plus loin et en trouva un, puis un autre, et encore un troisième. Il tendit le livre de bibliothèque à Jack, et puis d'autres jusqu'à ce que les garçons en aient plein les bras.

« Allez les poser sur une table libre », ordonna-t-il.

Il y en avait trente-sept. Chauncey ouvrit son registre et sortit le stylo-plume dont il se servait à la caisse d'épargne. Les clients remarquaient le capuchon et les bandes en or du stylo, mais, mieux encore, ils voyaient combien il était robuste et solide, et, par là, la maison elle-même. Quand Chauncey rédigeait un paiement ou un prêt, il n'avait pas à plonger sans cesse la plume dans un encrier, comme une poule qui picore du maïs. Ses mots coulaient avec une assurance tranquille. Il écrivit « Bibliothèque de Mars Hill » sur la seconde page du registre, sauta une ligne et entreprit de copier les titres. La langue avait l'air sinistre, surtout les deux points qui ressemblaient à une morsure de serpent à sonnette. Les mots pouvaient signifier n'importe quoi.

Il jeta un coup d'œil vers l'accueil. La jolie étudiante était toujours là, mais à présent Mlle Yount l'avait rejointe. On aurait dit que cette vieille sorcière était à Mars Hill depuis toujours et que tout le monde courbait l'échine devant elle. Elle avait la langue acérée et ne se gênait pas pour s'en servir contre tout un chacun, aussi bien un enfant impertinent que le pasteur Wilkenson. Et puis Mlle Yount était grande, surtout avec ses cheveux ramenés en pelote au sommet de sa tête. Jack tendit le dernier livre à Chauncey, qui en inscrivit le titre. La table était couverte d'ouvrages et Chauncey songea qu'il aurait rendu un fier service à Mars Hill et au pays tout entier s'il avait pris une allumette et l'avait laissée tomber dessus. Vieux et poussiéreux comme ils l'étaient, ils auraient brûlé aussi vite qu'une grange à foin.

« Nous avons accompli une tâche importante, aujourd'hui, déclara-t-il en replaçant le capuchon de son stylo. Ce n'est peut-être pas très exaltant, mais dans l'armée c'est bien souvent le cas. Même au front, on consacre davantage de temps à attendre qu'à tirer sur l'ennemi ou à le passer au fil de sa baïonnette. »

Ils se dirigeaient vers la porte quand Mlle Yount sortit de derrière son bureau et leur coupa la route.

« Que faites-vous ? »

Chauncey n'aimait pas que Mlle Yount soit si près. Elle sentait le marrube et le talc, et ses cheveux planaient au-dessus de lui tel un boulet de canon. Les lunettes à monture d'acier lui faisaient de gros yeux globuleux.

« Je vérifiais s'il y avait des livres qui auraient pu être écrits pour aider l'ennemi.

– Et vous en avez trouvé ? demanda Mlle Yount. Dans ce cas, il faut que je les retire des romans et de la poésie et que je les range dans la section rhétorique. »

Chauncey jeta un coup d'œil vers le bureau d'accueil et vit que la jeune bibliothécaire écoutait.

« Je ne le saurai pas avant d'avoir envoyé les titres à Washington, répondit-il, en mettant lui aussi un certain sarcasme dans sa voix.

– Quoi qu'il en soit, lança Mlle Yount, vous ne quitterez pas cette bibliothèque tant que ces ouvrages ne seront pas à leur place, et dans le bon ordre. »

Chauncey croisa son regard, sachant bien qu'elle imaginait qu'il se recroquevillerait comme un sale petit morveux ou un larbin de l'épicerie-bazar. Il continua de la regarder droit dans les yeux, sans ciller.

« Je ne suis pas un étudiant, mademoiselle Yount. Je suis un soldat.

– Un soldat ! Alors pourquoi n'êtes-vous pas en Europe ? »

Chauncey sut qu'il rougissait, mais il n'allait pas regarder par terre, ni sur le côté, ni nulle part ailleurs que dans ses vieux et vilains yeux à besicles.

« Ces garçons doivent rentrer chez eux, dit-il. Leurs tâches du soir les attendent.

– Vous n'aurez pas besoin d'eux », promit Mlle Yount.

Chauncey songea à la contourner, mais il savait qu'elle lui bloquerait le passage et que cela ne ferait qu'aggraver les choses. Il remarqua que la jeune bibliothécaire souriait toujours, mais ce n'était pas un joli sourire comme avant.

« Allez m'attendre dehors, lança-t-il aux garçons. J'ai besoin de parler à Mlle Yount en privé.

– Ouais », répondit Jack d'une voix maussade.

Chauncey attendit que les garçons soient sortis.

« Ce n'est pas dans mes habitudes, mais pour une fois je vais le faire. »

Il ne regarda pas la jeune bibliothécaire en passant devant le bureau d'accueil. Il songea à siffloter pour montrer que remettre les livres en place ne l'embêtait pas du tout. Mais quand il les posa sur le rayonnage il lui vint une meilleure idée. Il tourna le dos pour que Mlle Yount ne le voie pas et sortit son stylo. Sur la première page d'un livre, il inscrivit : « Mlle Yount est une ». Il s'interrompit. C'était un mot qu'il n'avait entendu que deux ou trois fois et jamais vu écrit noir sur blanc. De toute façon, elle saura ce que ça signifie, se dit-il, et il écrivit « putte à boches ». Il remit le volume en place et glissa aussi le livre du professeur Mayer sur l'étagère.

Arrivé devant le bureau d'accueil, il s'arrêta.

« Un étudiant a écrit quelque chose de vraiment méchant sur vous dans un des livres allemands, mademoiselle Yount », lâcha-t-il, assez fort pour que tout le monde, de la jolie étudiante jusqu'au vieux schnock du tableau, l'entende.

Les garçons attendaient sur les marches. Ils se levèrent quand Chauncey sortit, mais il y avait dans leur attitude un laisser-aller insolent.

« Est-ce qu'on va se trouver pouvoir rentrer chez nous maintenant ? » demanda Jack.

« Est-ce qu'on va se trouver pouvoir rentrer chez nous maintenant, *sergent* ? » dit Chauncey d'un ton sec.

QUATORZE

Pendant que les hommes s'attardaient devant leur café du matin, Laurel termina la tourte à la citrouille qu'ils mangeraient au dessert le soir venu. Elle pinça les bords de la pâte tout autour du moule, la piqua à l'aide d'une fourchette en ajoutant le sucre.

« Tu veux bien me passer la cannelle en poudre, Hank ? »

Hank s'apprêtait à se lever, mais Walter lui fit signe de rester assis. Il prit le pot de cannelle en poudre sur l'étagère et le tendit à Laurel. Elle en saupoudra la pâte et posa le pot à côté d'elle. Ce ne fut que lorsque les hommes furent partis et qu'elle le remit en place qu'elle prit conscience de ce qui s'était passé.

Elle s'assit à la table et chercha à se rappeler une autre occasion où elle s'était servie de la cannelle pendant que Walter l'observait. Aucune ne lui revint à l'esprit, et, même s'il en avait été autrement, sur l'étagère s'alignaient une douzaine de pots de taille et de forme identiques. Laurel se demanda si entendre un mot de cette longueur avait aidé Walter, mais il avait su aussitôt que ce n'était pas un pot étiqueté « sassafras » ou « petite consoude ». Elle se leva et se tint devant l'étagère. Tandis qu'elle cherchait une différence qui pourrait tout expliquer, d'autres détails vinrent se nicher dans sa tête – Walter scrutant les mots du journal, et la fois où au lit elle avait entendu son nom et cru que c'était un rêve, ou encore la façon dont il avait utilisé un crayon avec tant d'aisance, et même que les mots « cannelle » et « *Vaterland* » n'étaient peut-être pas si différents.

Tu as peut-être tout simplement oublié qu'un jour il t'a vue l'employer, se dit Laurel. D'ailleurs, pourquoi simulerait-il des choses qui ne font que lui compliquer la vie ? Elle finit la tourte et la mit au four. Son parfum emplit bientôt la petite maison, ce qui d'habitude était apaisant, mais pas ce jour-là.

Quand ils eurent fini de déjeuner, Laurel prévint Hank qu'elle s'en allait astiquer la maison de Slidell.

« Si vous avez faim avant que je rentre, il y a des haricots et des pommes de terre », les informa-t-elle.

Puis elle attendit que les hommes soient presque à la porte pour dire à Walter qu'elle avait besoin de lui une minute.

« On se retrouve dehors », dit Hank.

Laurel désigna le tonneau à farine, qui devait bien peser ses cinquante kilos.

« Je voudrais que tu le rapproches du cellier. »

Quand il souleva le tonneau, Walter poussa un petit grognement. Un grognement, pas de l'air expulsé. Laurel n'osa pas croiser son regard, et tourna plutôt la tête vers la porte. Des semaines auparavant, Hank avait de nouveau rangé le fusil près de l'entrée. Le cœur de Laurel cogna dans sa poitrine quand Walter traversa la pièce et passa à la portée de l'arme.

Elle attendit d'entendre les hommes travailler avant de casser le fusil et d'en extraire la cartouche. Elle la glissa sous son oreiller, ainsi que la réserve remisée dans le placard de Hank, et s'en alla. Slidell était dans son champ à couper des choux, mais Laurel ne s'arrêta ni pour bavarder ni pour demander d'emprunter le chariot. Elle avait besoin de marcher, d'avoir quelque chose d'autre à faire que se tracasser. Les feuilles bruissaient et les glands éclataient sous ses pieds tandis qu'elle descendait vers l'ancienne route à péage. Toute cette histoire était un nœud qu'elle n'arrivait pas à défaire, mais quand il se déferait, qu'adviendrait-il ? Laurel repensa à une anecdote que Slidell avait racontée à son père. Un jour d'hiver, Ginny et lui avaient arraché une énorme souche de chêne dans son pré, et en dessous se trouvaient une bonne cinquantaine de serpents à sonnette et de vipères cuivrées, noués en une grosse boule. Le sol était couvert de neige et Slidell avait expliqué que les corps sombres s'étaient séparés et mis à ramper sur cette blancheur, et qu'on aurait dit qu'il avait ouvert une faille dans l'enfer lui-même.

Quand Laurel arriva à Mars Hill, elle se rendit tout droit à l'école et attendit sur un banc dans le couloir. Elle sentait l'odeur de poussière de craie et d'huile de lin. Même aveugle, elle aurait su dire où elle était. Mais il y avait eu quelques changements. Des fils électriques grimpaient aux murs et une autre salle de classe avait été installée à l'arrière du bâtiment. Laurel écouta les deux institutrices interroger les élèves et répondre à leurs questions. Au fur et à mesure qu'on approchait de quatorze heures, ils gigotaient sur leur siège et chuchotaient à l'oreille les uns des autres, aussi agités que des abeilles dans une ruche.

La cloche de l'université sonna deux fois et les écoliers se répandirent dans les couloirs, leur cartable en bandoulière, les garçons et les filles de la ville portant à la main leur sac en papier kraft et leur boîte à sandwichs, les enfants de la campagne leur pot à lait.

Une institutrice que Laurel n'avait jamais vue se tenait devant sa porte et demandait aux élèves de ne pas courir. Quand le dernier enfant eut quitté la classe de Mlle Calicut, Laurel s'avança sur le seuil. Mlle Calicut nettoyait le tableau noir. Laurel se souvint qu'il lui était arrivé de sortir après la classe pour taper les brosses l'une contre l'autre, en les tenant comme des cymbales et en soulevant des nuages jaunes qui l'avaient fait tousser. Elle parcourut la salle du regard et vit le même globe coloré près du bureau de Mlle Calicut, et la même grande carte des États-Unis. Mais à présent il y avait aussi une affiche sur laquelle on lisait « ACHETEZ DES TITRES D'EMPRUNT DE GUERRE », et à côté une peinture d'un perroquet de Caroline, une vraie peinture, pas une reproduction. Le plus gros changement tenait au fait que les pupitres et la classe étaient beaucoup plus petits. Laurel se rappela que même la dernière année ses pieds touchaient à peine le sol.

« Il est difficile de croire que tu as pu un jour te caser dans un de ces pupitres, non ? »

Laurel leva les yeux et vit que Mlle Calicut s'était retournée.

« Oui, mademoiselle. C'est vrai.

– Et probablement encore plus difficile d'imaginer qu'une vieille femme comme moi ait pu être aussi petite.

– Vous n'avez pas l'air vieille. »

Mlle Calicut sourit.

« Tu es gentille, Laurel. C'est l'un des grands avantages de l'enseignement. Vivre parmi les enfants fait qu'une partie de moi continue à se sentir jeune, malgré mes cheveux gris. Mais dis donc, tu es jolie comme un cœur ! »

Laurel rougit.

« C'est la vérité, Laurel Shelton, tu as toujours été jolie, et intelligente par-dessus le marché, et quel courage, toi et ton frère ! À propos, j'ai entendu dire que Hank est revenu de la guerre. Ce doit être un soulagement pour toi.

– Oui, mademoiselle. Carolyn Weatherbee et lui vont bientôt se marier.

– Ils seront bien assortis, remarqua Mlle Calicut. Carolyn était bonne élève, quoique pas autant que toi. Quelles nouvelles de Marcie Bettingfield ? Tu la vois souvent ?

– Seulement aux *victory jubilees*.

– C'était une bonne amie, je m'en souviens.

– Oui, mademoiselle.

– Bon, je bavarde, je bavarde, et je t'ai à peine laissé l'occasion de parler. Y a-t-il quelque chose que je puisse faire pour toi, ou es-tu simplement venue égayer ma journée par ta visite ?

– J'ai besoin de vous poser une question sur un mot, sur son sens.

– Quel mot ?

– Je ne sais pas trop comment le prononcer. »

Mlle Calicut tendit à Laurel un crayon et un bout de papier.

« *Vaterland*, prononça Mlle Calicut. Je n'ai encore jamais rencontré ce mot-là. L'as-tu cherché dans le dictionnaire que je t'ai donné ?

– Il n'y était pas.

– Regardons dans le mien. »

Mlle Calicut prit un dictionnaire sur l'étagère en bois placée au-dessus de l'âtre. Elle alla à la lettre *V* et fit glisser son index le long de la page.

« Il n'est pas dans le mien non plus. Où as-tu vu ce mot ?

– Sur une sorte de médaille.

– Pas d'autre mot dessus ?

– Non.

– Il était écrit en majuscules ? C'est peut-être un nom de famille, ou de lieu.

– Je ne sais pas. Les lettres paraissaient toutes de la même taille.

– C'est peut-être un mot étranger, mais à première vue ce n'est ni du latin ni du français. As-tu besoin d'être vite rentrée chez toi ?

– Non, mademoiselle.

– Si nous arrivons à le trouver, je crois connaître quelqu'un qui pourra nous renseigner. Laisse-moi simplement une minute, le temps de ranger. »

Laurel traversa la pièce pour mieux voir le perroquet.

« Un étudiant aux beaux-arts l'a peint pour moi, dit Mlle Calicut. Je trouvais que mes élèves devaient savoir qu'un oiseau aussi joli avait autrefois vécu dans ces montagnes.

– J'en ai vu quelques-uns, l'hiver dernier.

– L'hiver dernier ? Un article est passé dans le journal d'Asheville signalant qu'il n'en restait plus.

– Il devait y en avoir cinq ou six.

– Tant mieux. Quelque chose d'aussi joli doit exister dans le monde, tu ne crois pas ? »

Laurel acquiesça et Mlle Calicut sortit de derrière sa table de travail.

« Je suis prête, annonça-t-elle. Nous allons d'abord essayer de le trouver dans son bureau de la faculté. »

Elles longèrent Main Street, passèrent ensuite sous l'arche et gravirent la colline. Mlle Calicut avait un jour emmené la classe de Laurel en sortie éducative à l'université, et si tout comme les chaises de la salle de classe le campus était plus petit que dans son souvenir, l'université restait un émerveillement, avec sa vaste pelouse verte, sa tour de l'horloge, et des bâtiments entiers où l'on passait tout son temps à apprendre des choses. Si cela n'avait été qu'une question de cervelle bien faite, j'aurais pu aller en cours ici, se dit Laurel, et une amertume qu'elle n'avait plus éprouvée depuis des années l'envahit.

« C'est là, dit Mlle Calicut en montrant un bâtiment en brique sur le pignon duquel était gravé "LETTRES ET SCIENCES". Je ne sais pas si le professeur Mayer est dans son bureau, mais nous pouvons au moins aller voir. »

Elles entrèrent dans le bâtiment et longèrent le couloir, les sols tout juste cirés luisaient faiblement. Elles passèrent devant plusieurs bureaux, dont un sur la porte duquel était inscrit un nom que Laurel reconnut pour l'avoir vu sur la pétition. Mlle Calicut plaqua sa main sur sa bouche quand elles furent devant la dernière porte, sa vitre en verre dépoli fracassée. En dessous, sur le panneau de bois le mot « BOCHE » était écrit en majuscules, à grands coups de peinture rouge.

« Je ne savais pas que cela allait aussi mal pour lui, remarqua-t-elle.

– Comment ça ?

– Le professeur Mayer enseigne les langues étrangères, dont l'allemand, et des rumeurs ont couru qu'il est une sorte d'espion. C'est stupide, bien entendu. Le pauvre homme a soixante-dix ans passés. Il est gentil et généreux et pas plus espion que moi. »

La porte d'un bureau s'ouvrit au bout du couloir, et un homme en veste et cravate les dévisagea.

« Viens, dit Mlle Calicut à Laurel. Je sais où il habite. »

Elles retournèrent en ville et prirent Lee Street, passèrent devant la pension où vivait Mlle Calicut, parcoururent encore un pâté de maisons.

« Être traité aussi mal à cause de quelques imbéciles, soupira Mlle Calicut. Mais tu as bien connu cela, toi.

– Oui, mademoiselle. »

Elles arrivèrent devant une petite maison blanche dont les fenêtres étaient garnies de rideaux. Mlle Calicut frappa à la porte.

« Il entend mal, dit-elle avant de taper plus fort sur le bois. Professeur Mayer ? »

Une main écarta le bord d'un rideau, mais la porte demeura fermée.

« Qui est là ? demanda une voix étouffée.

– Amanda Calicut.

– Qui ça ?

– Amanda Calicut. Vous m'avez appris le latin, il y a des années. J'enseigne à l'école primaire. »

Le bouton en cuivre tourna et la porte s'ouvrit lentement. Un homme en costume froissé et nœud papillon se tenait devant elles, la main sur la poignée comme s'il était déjà prêt à refermer le battant. Pas plus grand que Laurel, il avait les joues roses et les cheveux blancs. Autour de la tête il portait un bandeau de métal, à l'une des extrémités un écouteur. Un fil reliait le bandeau à un petit appareil fixé à sa chemise.

« Nous sommes désolées de vous déranger, professeur, dit Mlle Calicut. Nous avions une petite question à vous poser. Mais si vous ne voulez pas de visites… »

Le professeur Mayer lâcha le bouton de la porte.

« Non, entrez donc. Je ne voulais pas me montrer impoli, mais il y a eu quelques incidents ces temps derniers.

– Je sais, dit Mlle Calicut, et comme je le faisais remarquer à Laurel, c'est une honte.

– Je vous en prie », dit le professeur Mayer, qui d'un signe de tête désigna un canapé.

Il traversa la pièce à pas traînants et s'assit dans un fauteuil en cuir. Un fauteuil Windsor, Laurel en connaissait le nom, même si elle n'en avait vu que dans le livre des souhaits. La pièce sentait le tabac et le baume à la gaulthérie dont elle avait frictionné son père les dernières années. Des rayonnages couvraient un mur entier, plus d'ouvrages que Laurel n'en avait jamais vus, à part dans une bibliothèque. Le professeur Mayer tourna un petit bouton sur son appareil acoustique.

« Je n'ai pas grand-chose à vous proposer en guise de rafraîchissements, annonça-t-il. Je n'attends pas beaucoup de monde, ces jours-ci.

– C'est parfait », assura Mlle Calicut.

Elle se leva du canapé et lui tendit le bout de papier.

« Connaissez-vous le sens de ce mot ? »

Le professeur Mayer le lui rendit aussitôt et jeta un coup d'œil vers la porte.

« Quelqu'un vous a-t-il envoyée ici ?

– Non, monsieur. Enfin, Laurel m'a posé la question, mais elle ne m'a pas envoyée chez vous. J'ai pensé que vous sauriez probablement, c'est tout.

– Il vaut peut-être mieux que vous partiez, dit le professeur Mayer en quittant son fauteuil.

– C'était sur un médaillon que j'ai vu, intervint Laurel. Je veux simplement savoir ce que ça signifie. »

Le professeur Mayer ne se rassit pas, mais ne s'avança pas non plus vers la porte de sa démarche traînante.

« Ce médaillon, l'avez-vous eu au camp d'internement de Hot Springs ?

– C'est donc de l'allemand, dit Mlle Calicut. Je savais que ce n'était pas une langue romane.

– Je ne l'ai pas eu là-bas, répondit Laurel. Je l'ai trouvé.

– Où ça ? » demanda Mlle Calicut.

Laurel hésita.

« Près de la rivière, au bord de l'eau.

– Le prisonnier allemand qui s'est évadé, dit Mlle Calicut. Pensez-vous que c'était à lui ? »

Le regard du professeur Mayer demeurait posé sur Laurel. Toujours méfiant, elle s'en rendait compte, mais curieux, aussi.

« Quand vous avez trouvé le médaillon, demanda-t-il, y avait-il quelqu'un d'autre à proximité ?

– Non, monsieur.

– Le mot, demanda Mlle Calicut. Que signifie-t-il ? »

Le professeur Mayer porta une main à son front comme pour vérifier qu'il avait bien de la fièvre. Il l'ôta et fit la grimace.

« Ce que Chauncey Feith et ces gens-là prétendent, je sais que ce n'est pas vrai, assura Mlle Calicut. Laurel et moi ne ferions ni ne dirions jamais quoi que ce soit pour vous nuire.

– Il signifie la "mère patrie", répondit le professeur Mayer.

– L'"amère patrie" ? demanda Laurel.

– Non, dit le professeur Mayer, qui détacha les mots plus nettement. C'est aussi le nom d'un paquebot allemand, un paquebot qui, en 1914, est resté en plan dans le port de New York. Quand nous sommes entrés en guerre, une partie de l'équipage a été envoyée à Hot Springs.

– Mais oui ! s'exclama Mlle Calicut. Je savais tout cela. J'avais simplement oublié le nom du bateau.

– Pourquoi il n'est pas reparti en Allemagne ? demanda Laurel.

– Les Français ou les Britanniques l'auraient coulé, expliqua le professeur Mayer.

– Qu'est-ce qu'ils ont fait ? demanda Laurel. Je veux dire, pendant ces trois années.

– À peu près tout ce qui leur chantait. Ruser, le commodore, m'a raconté qu'il allait au musée, au concert, et même à des banquets. Et puis, en 1917, le bateau a été capturé et les hommes déclarés ressortissants d'un pays ennemi. »

Laurel eut le tournis pendant quelques instants, la pièce s'inclina légèrement avant de revenir à l'horizontale. Elle avait fait une longue marche et n'avait rien avalé depuis le petit déjeuner, mais la raison n'était pas là. Il y avait trop de choses à tenter de comprendre. C'était comme entrer dans ce qui paraissait un ruisselet et se retrouver brusquement sous l'eau, dans un trou qui vous aspirait toujours plus profond.

« Ça va, Laurel ? demanda Mlle Calicut.

– Oui, mademoiselle.

– Attendez, mon enfant, je vais vous chercher de l'eau », dit le professeur.

Il quitta la pièce et revint avec un verre plein. Laurel but une gorgée, puis une autre.

« J'ai dans l'idée que tu en as entendu plus qu'il n'en faut et que nous pouvons partir, dit Mlle Calicut.

– Non, mademoiselle, je veux en entendre davantage, je vous assure, protesta Laurel, qui posa le verre vide à côté du canapé. Le *Vaterland* n'était donc pas un bateau destiné à la guerre, mais plutôt dans le genre du *Titanic* ?

– Plus impressionnant encore que le *Titanic*, assura le professeur Mayer. Quand je suis monté à Hot Springs en avril dernier, les hommes m'ont juré qu'à côté du *Vaterland* le *Titanic* avait des allures de péniche. Grandiloquence prussienne, ai-je supposé, mais ensuite j'ai fait quelques recherches. C'est bien le plus grand bateau jamais construit, et pompéien dans son extravagance – rideaux de soie, tables de toilette en marbre, couverts en or, et même des bains et un jardin d'hiver. Mais c'est fini. Ce qui n'a pas été pillé a été jeté à la mer. »

Le professeur Mayer s'approcha des étagères, sortit un livre et en tira un article de journal jauni qu'il tendit à Mlle Calicut.

« Je devrais probablement m'en débarrasser. Si on le trouvait ici, cela ne ferait qu'éveiller de nouveaux soupçons », remarqua-t-il en se rasseyant.

Il ferma les yeux un instant, laissa échapper un soupir au moment où il les rouvrit.

« Toute cette histoire est d'une telle ironie ! Au départ, on m'a envoyé à Hot Springs lire des cartes postales et des lettres, pour vérifier que les prisonniers n'étaient pas des espions.

– Lis-le en même temps que moi, Laurel », dit Mlle Calicut, qui tint l'article entre elles deux.

Sous une photo du paquebot se trouvait une légende :

Fête sur le *Vaterland* au profit de la guerre.
Le paquebot géant Hambourg-Amérique
accueille un Bal Masqué
pour venir en aide aux Empires centraux.

« Ils recueillaient des fonds pour l'Allemagne, pas pour nous ! s'écria Mlle Calicut.

– Regardez la date, intervint le professeur. Néanmoins, je comprends que M. Hearst ait eu de quoi regretter sa présence en ces lieux.

– Le *Vaterland* est maintenant un bateau de transport militaire, non ? demanda Laurel.

– Oui, répondit le professeur Mayer. C'est le *Leviathan*.

– Je le savais, dit Laurel. C'est paru dans le *Marshall Sentinel* il y a un petit bout de temps. »

Pendant quelques instants, tous demeurèrent silencieux. Laurel parcourut la pièce du regard. À côté des étagères de livres était accroché un tableau représentant un ciel bleu au-dessus de collines vertes, mais les rideaux empêchaient à ce point la lumière d'entrer que le tableau était aussi terne que les rayonnages. Il semblait vraiment dommage que les rideaux soient tirés.

« Le médaillon, reprit Laurel, vous pensez qu'il appartenait à un Allemand qui s'est évadé ?

– C'est tout à fait possible, reconnut le professeur Mayer.

– Ne pensait-on pas qu'il avait fui en train ? demanda Mlle Calicut.

– C'est ce qu'on a supposé, dit le professeur. La barque qu'il avait volée a été retrouvée au pied du pont sur chevalets. Plus tard, un ouvrier de l'usine a soutenu qu'il l'avait croisé, mais les chiens policiers n'ont pas retrouvé sa trace. Bien sûr, quelqu'un a pu le capturer et décider de rendre la justice lui-même. C'est déjà arrivé. Des citoyens américains ont été pendus par la foule en colère simplement parce qu'ils parlaient allemand.

– Si, pour une raison ou pour une autre, il était encore par ici et qu'il était pris, pensez-vous qu'on risquerait de lui en faire autant ? s'enquit Laurel. Enfin, si jamais je le voyais, vaudrait-il mieux ne rien dire ?

– Bien sûr que non ! s'écria le professeur Mayer. Un homme dans une situation aussi désespérée est capable de tout, même de tuer, pour se protéger.

– Le professeur Mayer a raison, intervint Mlle Calicut. Tu n'as pas de raison de penser qu'il est encore par ici, dis-moi ?

– Non, mademoiselle.

– Au bout de deux mois, il est sûrement loin, reconnut le professeur Mayer.

– Sûrement, dit Mlle Calicut.

– Ce médaillon, qu'en avez-vous fait ? demanda le professeur.

– Je l'ai caché.

– Laissez-le donc où il est, mon enfant. Si quelqu'un le voyait, vous pourriez avoir de sérieux ennuis. *Libenter homines id quod volunt credunt*.

– "En général, les hommes croient ce qu'ils veulent croire ?" » demanda Mlle Calicut.

Le professeur Mayer sourit pour la première fois.

« Bravo. Je suis content que vous ayez suivi mon cours de latin plutôt que celui d'allemand. Chauncey Feith et ses sous-fifres ne manqueraient pas de vous accuser d'apprendre aux enfants à devenir des espions. Il vaut mieux que cette discussion reste entre nous.

– Je n'en soufflerai mot à personne, assura Mlle Calicut.

– Moi non plus, dit Laurel. Mais cet article… Si vous n'avez pas l'intention de le garder, j'aimerais bien l'avoir. Je le cacherai avec le médaillon.

– Je ne crois pas que ce serait raisonnable. Si l'on découvrait que je vous l'ai donné…

– Je ne dirai rien, c'est promis. Je raconterai que je l'ai trouvé en même temps que le médaillon. »

Le professeur Mayer hésita encore un peu.

« S'il vous plaît, implora Laurel.

– D'accord, soupira le professeur. Mais ne le montrez à personne d'autre, du moins tant que cette guerre ne sera pas terminée. »

Mlle Calicut se leva et Laurel en fit autant.

« Merci de nous avoir donné de votre temps, professeur, dit Mlle Calicut.

– Oui, merci, dit Laurel.

– Eh bien, remarqua Mlle Calicut lorsqu'elles descendirent les marches de la galerie, quel drôle d'après-midi nous avons passé.

– Oui, mademoiselle. »

Elles reprirent Lee Street jusqu'à se retrouver devant la pension de Mme Jarvis.

« Tu entres prendre une tasse de thé et un morceau de brioche ?

– Merci bien. Mais je dois retourner dans le vallon. »

Mlle Calicut lui prit la main.

« Songe à finir tes études, Laurel. Il n'est pas trop tard. Même si tu ne peux pas enseigner par ici à cause de quelques ignorants, c'est possible ailleurs.

– Oui, mademoiselle. Merci de m'avoir aidée, et pas seulement aujourd'hui. »

Mlle Calicut entra chez elle et Laurel jeta un coup d'œil à la tour de l'horloge. Les deux aiguilles étaient sur le III, pointées à l'ouest en direction du vallon. Elle ne put chasser l'idée que ces aiguilles bloquées représentaient une sorte de présage. Ce pouvaient être deux flèches arrêtées en plein vol ou deux flèches réunies dans le même carquois. Il devait y avoir un téléphone dans la pension, et elle aurait pu demander à Mlle Calicut d'appeler le shérif du comté à Marshall, ou bien encore se rendre à pied jusqu'au tribunal et aller elle-même le trouver. Ainsi, aucune foule en colère ne mettrait la main sur lui.

« Capable de tout », avait affirmé le professeur Mayer. Mais Walter aurait pu les tuer, Hank et elle, pendant leur sommeil, ou voler leur peu de biens et poursuivre sa route. Il n'était pas venu tout seul chez eux, pas plus qu'il n'avait demandé à rester. Laurel l'avait amené et Hank lui avait donné du travail. Sinon, jamais il n'aurait quitté la crête.

Pourtant il était resté, il avait mangé à leur table et dormi dans leur lit. Hank et Laurel lui avaient confié leur vie, mais Walter ne leur avait pas fait confiance, même après que Laurel et lui avaient été au lit ensemble. Même après cela. Laurel songea au matin où elle l'avait entendu parler mais avait cru à un rêve. Le rêve, c'était de penser qu'un homme sans aucune raison de le faire vienne s'égarer dans le vallon et veuille rester là en sa compagnie. Comment avait-elle pu y croire un seul instant, et d'autant plus aussi longtemps ? Pourtant il était revenu alors qu'il aurait pu prendre le train, et le seul mot qu'il avait prononcé, de tous les mots en allemand ou en anglais, c'était son nom.

Laurel passa devant la dernière devanture de magasin et bientôt il n'y eut plus que des arbres le long de l'ancienne route à péage. Si elle retournait directement dans le vallon, que ferait Hank, qui avait dit à Michael Davenport qu'il aimerait tuer une douzaine d'Allemands à cause de ce qu'ils avaient commis ? Et l'Allemand qui avait prétendu être blessé, et avait possédé Hank grâce à des paroles, en feignant d'être anglais ? Elle devrait expliquer que les hommes de Hot Springs n'étaient pas du tout des soldats, ne l'avaient jamais été, mais pour Hank cela risquait de ne pas compter. Il risquait quand même de livrer Walter à la police, ou pire. Il vaudrait mieux lui en parler après la fin de la guerre. Si Walter était encore là. Peut-être ne cherchait-il rien d'autre qu'un endroit tellement isolé que personne ne saurait qu'il était allemand jusqu'à ce que cela n'ait plus aucune importance. Il pourrait alors retourner à New York, en Allemagne, ou là où bon lui semblerait, tout seul. Il était peut-être prêt à tout pour rester en lieu sûr dans le vallon, même à aller au lit avec Laurel.

La sensation d'être un fantôme qu'elle avait éprouvée en octobre de l'année précédente l'envahit de nouveau, elle rechercha alors tout ce qui pourrait l'ancrer au monde – le contact de ses pieds sur la route, la croule d'une bécasse, le peu d'ombre qu'elle projetait sur le sol, et surtout ce qui avait attendu jusque-là pour exhiber son éclat, le sumac écarlate et les touffes d'herbe à éternuer, le galax rouge, ou bien, au moment où elle franchissait les flots d'une source, l'écorce argentée d'un hêtre. Elle passa devant un dernier champ où étaient tapies des citrouilles orange, non loin d'une meule de foin que dorait le soleil de l'après-midi. Laurel tâta l'article de journal dans sa poche, encore du réel. Elle s'arrêta et le sortit, le relut dans l'espoir d'y trouver quelque chose qui l'aide à savoir quoi faire.

> Le paquebot géant *Vaterland* reliant Hambourg à l'Amérique, resté tranquillement à quai à Hoboken depuis le début de la guerre, était entièrement illuminé hier soir lorsqu'il a été ouvert au public à l'occasion d'un concert et de festivités donnés au profit des œuvres de guerre des Empires centraux. On s'attend que 70 000 $ viennent ainsi grossir les fonds réunis.
>
> Le vaste terre-plein était encombré d'automobiles, et pour l'occasion le quai était orné de lampions et de drapeaux multicolores. À l'entrée, des employés de la compagnie, costumés, accueillaient les invités et les emmenaient jusqu'à la passerelle à bord de chariots électriques.
>
> Six cent cinquante membres de la colonie germano-américaine de New York, peut-être même davantage, accompagnés de leurs amis, ont payé 10 $ le ticket d'entrée puis acheté à bord

toutes sortes de souvenirs afin d'aider l'œuvre. Après le dîner servi dans la salle à manger grandiose, on a donné un concert dans la salle de musique sous la direction d'Otto Goritz de la Metropolitan Opera Company, un spectacle de cabaret dans le salon de réception du pont supérieur, une soirée dansante dans la salle de bal, et quantité de divertissements destinés à égayer les invités.

Les femmes et de nombreux hommes étaient déguisés et tous semblaient apprécier les réjouissances organisées à leur intention. À tribord, une partie du pont-promenade supérieur était pavoisée de fleurs et de drapeaux, on y montrait des photographies d'un voyage en Palestine, accompagnées par une musique d'orchestre, avec harpes, le tout dénommé « Au Paradis ».

La foule emplissait l'autre espace situé à l'opposé, à bâbord, où se dressait un décor représentant les régions infernales. Construit avec art par l'équipage du *Vaterland*, il était garni de petites tables entre lesquelles des serveurs costumés en diablotins allaient et venaient d'une démarche titubante en portant des plateaux chargés de verres remplis de boissons réconfortantes.

Le commodore Hans Ruser, assis à une table et entouré d'un essaim de femmes blondes, paraissait pour l'heure avoir oublié la guerre en cours. Les vice-directeurs Julius P. Meyer et William G. Siskel de la ligne Hambourg-Amérique, qui avaient mis le paquebot à disposition pour les festivités, étaient présents afin d'apporter leur soutien au commodore.

Parmi les personnes dont le nom figurait sur la liste des invités, on comptait M. et Mme William Randolph Hearst, Hy Mayer, le dessinateur humoristique, le major Hans Tauscher, Jacques Urlus, le ténor allemand du Metropolitan Opera, et bien d'autres célébrités de la haute société et des professions libérales. Les officiers et les membres de l'équipage du *Vaterland* étaient tous en uniforme de parade, et il était prévu que le dernier convive quitte ce matin le quai où est amarré le paquebot Hambourg-Amérique, à l'heure où le laitier d'Hoboken fait sa tournée.

Laurel replia l'article et le glissa dans la poche de sa robe. Le cœur malade de son père, le pouce infecté de sa mère, l'enrôlement de Hank. C'était arrivé et elle n'avait pas eu voix au chapitre. Mais elle avait choisi d'amener Walter à la maison et d'aller au lit avec lui, et maintenant c'était un nouveau choix. À l'enterrement de son père, le pasteur Goins avait affirmé que tout ce qui est humain avait été décidé avant que Dieu ne crée le monde, mais Laurel refusait d'y croire. Elle pouvait tourner les talons et sur l'heure repartir en ville. Ou feindre de ne pas savoir qui était vraiment Walter. Ou lui lancer à la figure qu'elle le savait. Mais qu'elle fasse le mauvais choix, et elle vivrait le reste de son existence en sachant que les choses auraient pu se passer autrement.

Quand Laurel parvint à l'endroit où elle pouvait quitter l'ancienne route à péage ou bien continuer vers Marshall, elle fit quelques pas sur le chemin et s'assit sur un rondin. Et si Chauncey Feith avait raison, si les hommes du camp étaient des espions et que le professeur Mayer en était un, lui aussi ? Il y avait l'article de journal, mais cela ne pouvait-il pas être inventé, être une ruse pour convaincre les gens qu'il n'y avait pas eu de bande d'espions à bord du *Vaterland* ? Elle relut l'article. On aurait dit un conte de fées, et pourquoi pas parce que c'en était un ? Pourtant, les caractères imprimés et le papier semblaient vrais, et dans l'angle supérieur les mots *New York Times* et un numéro de page, tout comme dans le *Marshall Sentinel*. Laurel remit l'article dans sa poche.

Un gland traînait à ses pieds et elle le ramassa, logea sa rondeur entre son pouce et son index. Elle se répéta que Walter aurait pu prendre le train le matin où Slidell l'avait emmené en ville, et partir une bonne fois pour toutes. Mais il était revenu dans le vallon, revenu auprès d'elle.

Jusque-là elle s'était aveuglée en s'attendant au meilleur, d'abord avec Hank et Carolyn, et maintenant avec Walter, alors que toute son existence lui avait appris à s'attendre au pire. Si vous ne pouviez pas croire que deux ou trois bonnes choses peuvent vous arriver dans la vie, alors comment continuer ? Laurel réfléchit, mais à présent elle ne s'autoriserait à penser qu'aux mauvais dénouements de ce qu'elle venait d'apprendre avant de décider quel serait le pire. Elle frotta le gland entre ses doigts, sentit sa douceur mais aussi sa solidité. Les bois étaient très silencieux, pas un souffle pour agiter les branches. Un chariot passa sur la route, une famille tout entière, d'après le bruit des voix.

Les bois avaient commencé à s'assombrir quand Laurel lâcha le gland et se leva, épousseta l'arrière de sa robe et continua à remonter le chemin. Tu devras vivre le restant de tes jours avec cette décision, se dit-elle, et si Mlle Calicut et le professeur Mayer ont raison, cela risque de ne pas être très long. Mais mourir, même si c'était dès aujourd'hui, ce n'était pas le pire. Être seule dans le vallon, comme l'hiver précédent, voilà ce qui serait le pire. Morte et encore de ce monde, c'était pire que morte et sous terre. Morte et sous terre vous donnait au moins l'espérance du paradis.

En approchant de chez Slidell, Laurel repensa soudain au sanglier. Elle venait de dépasser l'endroit où le vieil homme avait revu l'animal quelques semaines auparavant, et même tenté de l'abattre. Peut-être que la frousse avait des limites. Laurel ne s'arrêta pas pour bavarder. Elle passa sous la branche du frêne, sous ses bouteilles et ses bouts de fer-blanc, et sentit sous ses pieds le sel répandu et le verre brisé. Le chemin entama sa descente et les ombres se firent plus profondes. Laurel eut l'impression d'entrer en barbotant dans une eau sombre, sans grand-chose au crépuscule pour la rattacher au monde. Puis elle entendit la flûte, faible et lointaine, un son qu'elle avait suivi vers sa source deux mois plus tôt en remontant le ruisseau, suivi la nuit où Walter et elle avaient pour la première fois été au lit ensemble. Suis-le donc encore un peu, se dit-elle.

QUINZE

« L'envie nous a pris de t'attendre, expliqua Hank quand Laurel les eut rejoints sur la galerie, alors j'ai demandé à Walter de jouer de la musique pendant ce temps-là.

– C'est fort gentil. »

Lorsque Walter posa la flûte dans son étui et se leva, Laurel se détourna. Je pourrai pas lui cacher que je sais, songea-t-elle, même pas le temps d'un soir.

« Alors mettons-nous à table, dit-elle. Il faut que j'aille cueillir de la menthe avant la nuit tombée. »

Après dîner, Laurel ne se donna pas la peine de faire la vaisselle ni de ranger, mais dit tout simplement qu'elle aimerait un peu de compagnie. Elle prit un panier à œufs et ils partirent dans les bois, les feuilles épaisses et bruissantes à leurs pieds, les branches au-dessus d'eux, noires et désolées. Elle ne parlait pas.

Quand ils furent parvenus au ruisseau, elle posa le panier sur la rive. Même si Hank entendait un cri, il n'arriverait pas à temps. D'ailleurs elle ne crierait pas, et ne tenterait pas davantage de fuir. Elle attendrait que ça se passe. Walter s'accroupit et se mit à cueillir des feuilles de menthe tandis que Laurel restait debout derrière lui, laissant les mots se rassembler en elle, chacun tentant de trouver sa bonne place. Elle se représenta les lignes courbes et droites de chaque lettre pour rendre ces mots plus solides et plus réels. Quand elle eut sa phrase, elle parla :

« Si tu fais semblant de ne pas pouvoir parler c'est parce que tu es allemand, non ? »

Il laissa lentement tomber dans le panier la menthe qu'il venait de ramasser. Le regard posé sur le ruisseau, il évaluait peut-être sa profondeur avant de s'élancer en pataugeant pour atteindre l'autre rive et filer ensuite dans les bois, ou cherchait une pierre assez grosse pour loger dans sa main.

D'abord vint un toussotement, puis un raclement de gorge suivi d'un « Oui » éraillé, avant une quinte de toux à l'instant où il se tournait pour lui faire face.

« Il y a des gens qui disent que tu pourrais bien être un espion.

– Un musicien, pas un espion, protesta-t-il en se raclant la gorge plusieurs fois.

– Le professeur que j'ai vu aujourd'hui a affirmé que tu n'étais pas un espion. Il m'a parlé du camp, là-haut à Hot Springs. »

Il était toujours accroupi, la main gauche sur le sol pour mieux garder l'équilibre.

« Il va me livrer à la police ?

– Il ne sait pas que tu es dans le vallon. Il sait simplement que tu t'es évadé.

– Et toi, demanda-t-il, sa main libre frictionnant sa gorge comme pour en tirer les mots à force de cajoleries, vas-tu me livrer à la police ?

– Si c'était oui, je l'aurais déjà fait. »

Il se releva et Laurel lui tendit la coupure de journal.

« Je sais que tu peux la lire. »

Il étudia l'article quelques instants avant de le lui rendre.

« Comment t'appelles-tu, de ton vrai nom ?
– Jurgin Walter Koch.
– Tu croyais que je te livrerais à la police si tu me le disais, même après que j'ai été au lit avec toi ?
– Non, pas toi. »
Il ne chuchotait plus à présent, et elle perçut l'accent entre les sons râpeux et les raclements de gorge.
« Tu crois que Hank te livrerait à la police ?
– Tu crois que non ?
– Je ne sais pas.
– Je ne pouvais pas prendre ce risque. »
Pendant un moment, ce fut comme si après quelques douzaines de mots ils étaient à court de choses à se dire. Le ruisseau était bas, assourdi, pas du tout comme au printemps ou après un orage d'été. Bientôt viendraient des jours où des coiffes de glace le réduiraient au silence complet. Des truites seraient enfermées sous la glace, bougeant à peine.
« Redis-moi ton vrai nom, demanda Laurel. Je veux être capable de bien le prononcer.
– Mon vrai nom c'est Walter, et pour le moment il vaut mieux s'en tenir là.
– Comment as-tu appris l'anglais ?
– Un peu au conservatoire, ensuite sur le *Vaterland*, car la moitié des passagers parlait anglais. Le plus gros, je l'ai appris à New York. À terre, parler allemand, surtout la dernière année que j'y ai passée, c'était risqué.
– Le conservatoire, c'est là que tu as appris la musique ?
– Oui, à Leipzig. J'y suis entré à douze ans.
– Ce sont tes parents qui t'y ont envoyé ?
– C'étaient des paysans. J'étais un *Stipendiat*, mes parents n'ont donc rien eu à payer.

– Alors c'est comme ça que tu as appris à travailler à la ferme. Pourquoi étais-tu sur le *Vaterland* ?

– Mon professeur de conservatoire a tout organisé. Il voyait venir la guerre et a décidé que je serais plus en sécurité dans l'orchestre du navire. Ça ne me tentait pas, mais il a dit que je lui devais bien ça, qu'il s'était donné trop de mal pour moi pour que je devienne de la chair à canon.

– Quand tu t'es évadé, tu voulais retourner en Allemagne ?

– Non, à New York. Je pensais que je pourrais y être en sécurité. »

Laurel le regarda droit dans les yeux et se rappela la première fois qu'elle les avait vus. Du même bleu que le trou d'eau d'une rivière, mais aussi le même genre de profondeur.

« Et c'est pour ça que tu es resté ici ? Je veux dire, pour être en sécurité ?

– Au début, plus maintenant », répondit Walter, sa main cherchant celle de Laurel.

Laurel hésita, puis posa sa paume contre celle de Walter au moment où elle prenait la parole :

« Il paraît que la guerre est presque finie.

– Je l'espère. »

Pendant quelques instants ils restèrent main dans la main, les yeux posés non pas sur l'autre mais sur le ruisseau. L'eau était si claire que malgré la lumière déclinante Laurel aperçut une feuille de rhododendron dérivant lentement au-dessus du fond sablonneux. Tout savoir maintenant, sur-le-champ et une bonne fois pour toutes, résolut-elle. Elle s'efforça encore de trouver les mots qui convenaient, puis se tourna vers lui.

« Quand la guerre sera terminée, tu voudras toujours être avec moi ? »

Walter ne répondit pas aussitôt. C'était comme s'il avait attendu jusque-là pour se décider. Ne détourne pas les yeux, se dit Laurel. Quand il répondra, oblige-le à te regarder en face pour savoir que c'est bien vrai.

– Oui, dit Walter. Mais Hank, alors ?

– On ne lui dira rien tant que la guerre ne sera pas finie. Et puis ce que je fais ne le regarde pas. Pour ses projets, jamais il ne m'a demandé mon avis. »

Laurel se rapprocha et saisit la main libre de Walter.

« Je pars tout de suite, si tu veux. J'irai avec toi à New York, en Allemagne, n'importe où.

– Voyager maintenant, c'est trop dangereux.

– Alors on attendra la fin de la guerre. Où irons-nous ?

– À New York. Avant mon arrestation, un certain Goritz m'a proposé une audition.

– Le chef d'orchestre de l'article du journal. »

Walter hocha la tête.

« Alors nous irons à New York. »

Un petit bruit de feuilles froissées leur parvint de la crête.

« Ce n'est rien qu'un écureuil ou un dindon sauvage », dit Laurel.

Mais elle sentit se crisper les mains de Walter.

« On ne doit surtout pas parler près de la maison.

– Je ne crois pas que je résisterai. Écoute, on pourrait chuchoter, si Hank est dehors et nous dedans. »

Walter lui lâcha les mains et recula d'un pas.

« Non, on ne prendra pas ce risque. »

La dureté de son ton la surprit.

« L'article de journal, donne-le-moi. »

Laurel le lui tendit. Il le déchiqueta et le jeta dans l'eau. Ils regardèrent les morceaux se ramollir et couler.

« Le journal donnait l'impression que tout était tellement féerique, remarqua Laurel.

– C'est ce que j'ai fini par croire.

– Et pourtant réel, aussi.

– Oui.

– Je n'arrive pas à imaginer une chose pareille, encore moins à croire qu'une chose pareille puisse exister. Mais si tu me racontes tout sur ce bateau, j'y arriverai peut-être.

– Maintenant ?

– Oui.

– Ma voix ne tiendra jamais aussi longtemps.

– Alors décris-m'en une partie, ta préférée. »

Walter resta silencieux quelques instants. Elle comprit que dans sa tête il donnait forme à une image du navire, ou à une partie.

« L'orchestre jouait sur le pont B, alors c'est ce que je vais te raconter.

– Tout ce qui te reviendra à l'esprit. »

Tandis qu'il parlait, elle l'arrêta pour lui demander d'expliquer un mot ou de décrire quelque chose plus lentement afin qu'elle puisse l'imaginer, mieux s'en souvenir.

« Raconte encore, lui demanda-t-elle quand il eut terminé. Et s'il y a quelque chose que tu as oublié, fais en sorte de l'y mettre. Je veux connaître le bateau tout aussi bien que toi. De cette façon, il fera partie de moi, et ce vallon ne pourra plus revendiquer de droits sur moi, pas franchement, même si la guerre ne devait jamais cesser. »

Walter inspira à fond, puis souffla. Il reprit au début, ajouta quelques détails. Quand il eut fini, Laurel demanda qui avait peint les tableaux, mais il l'ignorait.

« On ferait mieux de rentrer, remarqua-t-il, tant qu'il fait un peu jour.

– Je sais, répondit-elle, mais restons encore un moment. J'ai tellement de questions à poser. Pourtant ce n'est pas tout, il me faut quelques minutes pour me mettre dans la tête que tout cela est bien vrai. »

IV

SEIZE

« T'as déjà creusé un puits ? » demanda Hank, le vendredi matin.

Walter secoua la tête et Hank lui fit un pâle sourire.

« Tu vas comprendre pourquoi on a commencé par couper du bois et condamner les fenêtres. À mon avis, s'il y a une besogne à faire fuir un bonhomme, c'est bien celle-là. »

Ils partirent à la remise et, une fois entrés, passèrent leurs épaules dans les harnais en cuir du traîneau. Les patins s'étaient enfoncés dans le sol en terre battue, ils soulevèrent donc ensemble pour les tirer de là. Quand le traîneau fut dehors, ils firent une pause pour reprendre haleine. Laurel était au vieux puits et Walter aperçut la courbe de son sein lorsqu'elle tendit le bras pour attraper le seau. Un désir langoureux le saisit en repensant à ce sein lové au creux de sa main, le dimanche matin précédent. Après, Laurel s'était levée et lui avait tourné le dos pour enfiler sa chemise de nuit. Il y avait eu dans cet instant une tristesse inexplicable, non pas parce qu'elle s'était détournée, mais à la vue de la peau blanche et violette, de sa beauté et de son aspect soyeux, à nouveau cachée.

« C'est sûr qu'un cheval nous faciliterait la tâche, remarqua Hank, mais je me dis qu'on arrivera à le hisser jusqu'à la falaise et retour. »

Ils tirèrent le traîneau au-delà de la maison et du champ où l'épouvantail se dressait au milieu de la ruine des pieds de maïs virant au gris. Ils suivirent la clôture et pénétrèrent dans l'ombre plus profonde de la falaise. Pierres et rochers ronds se multiplièrent, bientôt trop nombreux pour qu'on se fraie un chemin parmi eux. À cause des pierres tombées, ou du manque de lumière, pas un arbre ne poussait là, rien d'autre que des plaques d'herbe. Hank ramassa une pierre de la taille et de la forme d'une assiette.

« Des comme ça, c'est ce qu'y nous faut », dit-il en laissant tomber la pierre dans le traîneau.

Ils errèrent parmi les rochers et les pierres, ramassant celles qui convenaient. Plus que jamais auparavant, Walter avait conscience de l'envergure de la falaise. Il avait vu des icebergs presque aussi gigantesques, mais la solidité du granit, si dur qu'il semblait capable de se perpétuer au-delà même du temps, ne pouvait être brisée par une coque de bateau ni amollie par le soleil. Quand le traîneau fut aux trois quarts plein, Hank leva la main.

« Ça suffit. On a besoin d'empierrer les parois que sur trois pieds de haut. »

Le retour fut davantage une série de secousses et d'arrêts qu'un charroi régulier. Quand ils rangèrent enfin le traîneau à côté du nouveau puits, de la sueur perlait à leur front malgré la fraîcheur de l'air. Hank sortit son mouchoir et s'essuya le visage. Il fit signe à Walter de s'approcher du puits pour qu'ils puissent ensemble scruter son vide obscur.

« Pour moi, y a pas de boulot plus pénible, quant à savoir ce qui est pire, c'est du pareil au même que tu remontes le tonneau ou que tu le remplisses. Je sais pourtant que c'est plus dangereux d'être dans le trou. Si la corde cède quand tu montes ou que tu descends, tu t'en tireras à bon compte avec une jambe cassée. Si ça arrive quand le tonneau remonte, tu seras probablement bon pour le cimetière, parce qu'y a pas de place pour l'éviter et que t'auras le crâne défoncé. Faut que rien, je dis bien rien, tombe dans un trou qui est aussi profond. Un type d'Antioch a lâché un marteau, qui a tué le puisatier. Et y a d'autres raisons de se faire de la bile. Tes parois peuvent céder si elles sont pas d'aplomb, surtout si tu rencontres du sable, et l'air peut se charger de gaz, c'est pour ça que tu dois travailler sans lanterne. Ce que je dis, c'est qu'y faut faire sacrément gaffe, qu'on soit celui qu'est en haut ou celui qu'est en bas. »

Hank marqua une pause.

« Je t'ai découragé d'y aller ? »

Walter secoua la tête tout en examinant le treuil en bois, le tonneau en chêne aux douves cerclées de fer, et surtout la corde qui les reliait l'un à l'autre. Posée dans le tonneau il y avait une pelle, au manche pas plus long qu'une bûche à mettre au feu.

« L'hiver venu, tu seras content qu'on se soit coltiné ça, surtout quand t'auras pas besoin d'envoyer le seau quasiment jusqu'en Chine pour tirer de l'eau. »

Du menton, Hank désigna le trou.

« Tu veux que je descende en premier ? »

Walter secoua la tête.

« D'accord, dit Hank, qui se plaça à côté de la manivelle. Mets les pieds dans le tonneau, ça soulagera tes bras. Arrivé au fond, tire sur la corde et je saurai que je dois le remonter un peu pour que tu puisses creuser. Tire encore dessus quand tu auras un chargement. Je prendrai le relais en milieu de matinée. »

Walter empoigna la corde à deux mains et posa les pieds dans le tonneau. Il se pencha en arrière jusqu'à ce que sa tête libère l'espace du treuil. La manivelle grinça et Walter descendit, la pâle lumière du vallon rien qu'un cercle qui diminuait au-dessus de lui. Bientôt il ne vit plus les parois, n'entendit plus la manivelle. L'air devint humide et exhala une odeur de terre. Le tonneau continua à descendre. Walter leva la tête, l'ouverture n'était pas plus grande qu'un dollar d'argent. Le tonneau finit par heurter non pas la terre mais un tas de pierres laissé là par le dynamitage. Walter sortit du tonneau et leva les yeux vers la pièce de monnaie lumineuse. Il tira sur la corde et le tonneau remonta à la hauteur de sa poitrine.

Il se cala contre la paroi de terre et commença à remplir le tonneau de pierres détachées par l'explosion, en ne travaillant qu'à tâtons. Il flanqua un dernier caillou dedans, tira sur la corde et le tonneau s'éleva entre ses mains posées sur ses flancs de bois pour qu'il monte droit. La pelle en main, Walter détacha la terre autour des dernières pierres dynamitées et s'efforça de penser à autre chose qu'à des cordes qui se déroulent et des parois qui s'éboulent.

Il songea à Goritz, qui après le concert de bienfaisance était venu le voir et lui avait demandé où il avait poursuivi ses études. Lorsqu'il avait répondu à Leipzig, avec Herr Schuler, le chef d'orchestre avait hoché la tête d'un air approbateur. Tu gaspilles ton talent, avait-il déclaré. Tu vas auditionner devant moi et, si tout va bien, si tu le désires je pourrai te faire obtenir la citoyenneté américaine. Mais tu n'es pas encore fin prêt. Pendant les six mois à venir, travaille jusqu'à en avoir mal aux bras et les lèvres en sang. La souffrance te sera bénéfique. Un léger sourire était passé sur le visage du chef d'orchestre. Si tu n'as pas encore trouvé une femme qui t'a brisé le cœur, trouves-en une. Ce que nous avons joué ce soir, surtout Mozart, exige qu'on ait souffert.

« 6 avril ». Il avait inscrit la date de l'audition sur son calendrier, mais alors que l'hiver cédait la place au printemps les rumeurs d'une déclaration de guerre américaine s'étaient propagées. Hors du *Vaterland*, il parlait le moins possible. Le commodore Ruser n'avait fait aucune déclaration, pourtant à bord presque tous pensaient qu'ils seraient obligés de remettre le cap sur l'Europe. Les hommes parlaient du *Lusitania* et supposaient que les chances de survie du *Vaterland* n'étaient pas meilleures. Le dernier soir, alors que Walter rentrait juste avant le couvre-feu, les signes d'une guerre prochaine étaient plus nombreux. La vitrine de la cordonnerie Heinaman avait été fracassée. Des hommes se passaient une bouteille de whisky devant la brasserie Schuman et braillaient des propos sur les traîtres. Un type avait mis le feu à une affiche vantant la bière Pabst Blue Ribbon. Walter avait envisagé d'aller sans attendre retrouver Goritz, mais toutes ses économies étaient restées sur le bateau. Il avait poursuivi son chemin, croisé un ivrogne qui cherchait un bureau de recrutement, un docker traînant sur les marches d'une église, la marque d'un pouce plongé dans la cendre maculant son front. Il était déjà sur le quai quand il avait aperçu le drapeau américain sur la tête de mât du *Vaterland*, l'embarcadère grouillait de soldats et de policiers. Il avait tourné les talons pour s'enfuir, mais on l'avait vu. Il avait été capturé et poussé à l'arrière d'un fourgon de police, emmené dans une prison du Bowery.

Le tonneau obscurcit la bouche du puits, ne laissant qu'un mince croissant de lumière sur les bords. Il descendit et Walter y jeta les dernières pierres dynamitées, ramassa la pelle et commença à creuser du mieux qu'il pouvait dans un espace aussi étroit. Il tira sur la corde et le tonneau plein s'éleva. L'obscurité diminua un peu et Walter leva la tête. La bouche du puits était dégagée et l'air autour de lui semblait moins resserré. Il s'appuya contre la paroi de terre, sentit son humidité dans son dos. Le tonneau reparut, se balançant au bout de sa corde au-dessus de lui.

Il avait vu le type mort, en route vers la Caroline du Nord. Quand, en Virginie, le train s'était arrêté à la croisée des chemins dans une petite localité du nom de Damascus, Walter et ses quarante-neuf compagnons de bord étaient descendus se dégourdir et fumer sur le quai de la gare. Ils n'étaient pas menottés, mais les gardes étaient armés de matraques et de fusils prêts à l'action. Alors qu'on rassemblait les hommes pour les faire remonter dans le train, un des gardes avait signalé qu'à peine plus loin sur la ligne il y avait une attraction locale, quelque chose à ne pas rater. Il avait dû en toucher un mot au mécanicien, car au moment où un pont était apparu le train avait ralenti. Le mort était nu à l'exception d'un slip sale et d'un unique soulier de soirée luisant avec noirceur sous le soleil de la fin de matinée, le lacet dénoué. Du sang coagulait sur son visage et sa poitrine. La tête de l'homme se penchait vers une épaule, comme par curiosité pour ce qui lui était arrivé. Une pancarte pendait à son cou, le mot « Boche » carbonisant le bois. Cherchez à vous évader, les avait prévenus un des gardes, et c'est ce qui vous attend.

Au bout d'un certain temps, Hank et lui inversèrent les rôles. Remonter le tonneau avait beau être plus pénible, Walter était content d'être hors du trou. Mais la main qui manquait à Hank rendait son travail en bas difficile et beaucoup plus lent, si bien qu'après le déjeuner Walter resta dans le trou jusqu'à ce que Laurel les appelle pour le dîner. Ils étaient tous les deux si imprégnés de boue qu'elle posa des vêtements propres sur la margelle du vieux puits. Hank et Walter se déshabillèrent et partagèrent l'eau et le savon.

« On a fait une journée de boulot pleine comme jamais, remarqua Hank quand ils se rhabillèrent. Ça m'embête que tu doives passer tout ton temps dans ce trou, mais si je reste au fond Noël sera là avant qu'on arrive à l'eau. »

Hank rentra dans la maison, mais Walter s'attarda un peu. Il leva les yeux vers la falaise. Les jours étant plus courts, elle paraissait encore plus massive, réduisant la lumière toujours davantage. Si différente des ciels à l'infinité d'océan. Il repensa soudain au sextant en or du *Vaterland*. Un autre détail pour Laurel. Ces derniers jours, dans sa tête le navire était devenu plus net que jamais depuis qu'il avait quitté New York. On aurait dit parfois qu'il le voyait mieux que lorsqu'il était à bord. Comme Laurel. Elle connaissait maintenant la moitié du bateau aussi bien que lui.

Laurel sortit sur la galerie.

« Walter, on t'attend. »

Il hocha la tête et rentra.

DIX-SEPT

Ils avaient eu de la chance. Creuser avait beau être épuisant, au moins Hank et Walter n'avaient-ils pas rencontré de nouveaux rochers. Ils avaient atteint une profondeur d'une cinquantaine de pieds, d'après les calculs approximatifs de Hank, assez près du but pour que le mardi il emprunte le chariot de Slidell et aille commander la poulie. Laurel l'accompagna pour acheter la robe qu'elle porterait le jour où Walter et elle partiraient pour New York. Au moment où ils entraient dans Mars Hill, un petit crieur de journaux brandit un journal qui annonçait : « Armistice avec la Turquie », au-dessous de « LA FIN DE LA GUERRE EST POUR BIENTÔT ». Heureusement que je suis venue aujourd'hui, songea Laurel, j'aurai peut-être besoin de cette robe dès cette semaine.

« Je me dis que cette poulie neuve va nous coûter quelques dollars, mais elle tiendra encore le coup quand nous aurons tous les cheveux gris », remarqua Hank.

Laurel hocha la tête. Oui, sauf que Walter et elle ne seraient pas là pour le voir. Beaucoup de travail pour rien, surtout si Hank ne parvenait pas à vendre la ferme. Bien que, une fois qu'elle l'aurait quittée, pensait-elle, il y aurait beaucoup plus de chances de trouver un acheteur. Si la vente avait lieu, elle ne prendrait pas un sou. Cette ferme faisait partie de quelque chose dont elle voulait être entièrement débarrassée.

Hank trouva un poteau d'attache libre devant la gare et aida Laurel à descendre du chariot. Un bruit provenant de l'autre bout de la gare et qui ressemblait à des salves de carabines sonna à leurs oreilles.

« Mais qu'est-ce que c'est, bon Dieu ? » s'écria Hank.

Ils s'engagèrent sur les planches pour aller voir.

Chauncey Feith se tenait devant une tribune terminée, à part les marches et la balustrade. La Boys Working Reserve maniait scies et marteaux et, par-dessus le vacarme, Chauncey lançait des ordres.

« Ça doit être pour le grand tralala prévu la semaine prochaine pour Paul Clayton, remarqua Hank.

– Ils pourraient faire pire, je suppose », dit Laurel.

Hank hocha la tête et son regard revint vers la ville.

« Bon, moi je vais chez Lingefelt commander la poulie, acheter une corde et un seau neufs, et deux ou trois autres bricoles. Et toi ?

– Je vais seulement chercher du tissu. »

Hank tira sa montre et jeta un coup d'œil à la tour de l'horloge.

« On se retrouve ici dans vingt minutes. »

Il remonta la rue et Laurel contempla la ville qui s'étendait devant elle. C'était peut-être la dernière fois qu'elle venait à Mars Hill, sinon pour monter dans un train et quitter les lieux. Alors que son regard passait sur les vitrines des magasins puis remontait vers l'université, elle voulut ressentir autre chose que de l'amertume. Pas tous, se dit-elle. Il y avait le docteur Carter, Mlle Calicut, Marcie, et le professeur Mayer, il s'était montré aimable avec elle. M. Shuler avait été gentil quand elle avait fait du troc chez lui, et Tillman Estep, qui avait gardé les yeux rivés sur le sol tout en lui tendant un billet de cinq dollars. Pour t'aider à tenir jusqu'à ce que ton frère rentre, avait-il dit. Non, songea Laurel, pas tous.

Elle tâta la poche de sa robe pour vérifier que les trois dollars en argent s'y trouvaient toujours. Ce serait une nouvelle robe pour une nouvelle vie. Elle traversa la rue et prit le trottoir en pensant que ce serait tellement agréable de vivre quelque part où personne ne saurait rien d'elle. Les gens des villes n'étaient pas chaleureux, disait-on, mais comment était-il possible qu'il n'y ait pas davantage de sourires et de saluts qu'ici ?

Dans la boutique, un groupe de femmes se tenait près du comptoir, Mme Dobbins derrière. C'est la dernière fois, se rappela Laurel, qui prit une profonde inspiration. Quand elle entra, les femmes cessèrent de parler. Elle ne vit que le visage de Mme Dobbins, mais savait que son air revêche avait sa réplique sur les quatre autres. Laurel partit au fond du magasin et feuilleta lentement le contenu des plateaux en bois, finit par décider quel patron lui plaisait le plus. Les bretelles de la robe étaient fines et laisseraient voir la tache de naissance, mais elle ne s'en souciait pas puisque Walter ne s'en souciait pas. Elle s'avança parmi les rouleaux de tissu, regretta de ne pas lui avoir demandé quelle était sa couleur préférée. Elle y réfléchit, en tâchant de se souvenir s'il avait fait spécialement attention à sa robe bleue en vichy ou à son ruban jaune. Quoi qu'il en soit, elle ne s'en souvenait pas. Puis elle se rappela autre chose.

Les femmes s'étaient remises à parler, et, à en juger par leur ton et les coups d'œil qu'elles jetaient vers le fond du magasin, le sujet était évident. Laurel trouva un tissu rayé à son goût, mais choisit plutôt une couleur unie. Elle vérifia le patron et se tourna vers le comptoir.

« Il m'en faut cinq mètres », annonça-t-elle.

Les femmes se retournèrent d'un bloc, comme offusquées qu'elle ait parlé en leur présence.

« Veuillez m'excuser », dit Mme Dobbins, qui sortit de derrière son comptoir les ciseaux à la main.

Mme Dobbins déroula le tissu, et elle le coupait à petits coups de ciseaux nerveux quand une femme d'un certain âge entra. Elle portait un chapeau-cloche et une robe à empiècement. Un diamant brillait à son doigt et des perles aussi grosses que des billes pendaient à son cou.

« Bonjour, madame Garvey ! lança Mme Dobbins en mettant le tissu en bouchon et en le tendant à Laurel comme si c'était une lavette sale avant de filer d'un air affairé vers Mme Garvey. En quoi puis-je vous aider aujourd'hui, madame ?

– Je fais faire une robe à ma petite-fille. Une belle soie, si vous en avez.

– Oui, madame, nous avons un assortiment de crêpes de Chine ravissants. Ici, près de la vitrine. »

Mme Garvey examina la soie et Laurel s'avança vers le comptoir.

« Veuillez m'excuser une minute, madame Garvey », dit Mme Dobbins.

Mme Dobbins prit les trois dollars en argent de Laurel et les rangea dans la caisse. Elle déposa deux pièces de vingt-cinq cents et une de dix devant la jeune fille, sortit un mouchoir et s'essuya les mains. Dans la boutique, les femmes échangèrent des sourires narquois et approbateurs. Des vieilles poules qui caquettent, c'est tout ce qu'elles sont, songea Laurel. Une image remontée de l'enfance lui vint à l'esprit. Un faucon avait attrapé une jeune poule, puis avait lâché prise. La poulette blessée saignait et les autres l'avaient attaquée à coups de bec.

Parce que c'était ce que font les poules, avait-elle appris ce jour-là. Elles trouvaient l'une des leurs malade ou blessée, et à tour de rôle la piquaient du bec jusqu'à ce que mort s'ensuive.

« Six mètres de celui-ci, demanda Mme Garvey.

– Oui, madame, répondit Mme Dobbins, qui tendit la main vers ses ciseaux. Et je tiens à vous dire que c'est ce que nous avons de mieux en magasin.

– Z'avez torché vos mains, lança Laurel. C'est-y que vous me prenez pour une sorcière, madame Dobbins ? »

Mme Dobbins rougit. Elle dévisagea Laurel pendant un instant, puis se tourna vers Mme Garvey.

« Le tissu le plus beau, madame Garvey, je vous le garantis.

– Alors, c'est-y que vous me prenez pour une sorcière, oui ou non ? redemanda Laurel, assez fort pour que Mme Garvey la regarde avec insistance.

– Et après, qu'est-ce que ça peut bien faire ? siffla Mme Dobbins, qui contourna le comptoir et la frôla au passage.

– C'est que vous auriez intérêt à prévenir Mme Garvey que j'ai touché cette soie tout à l'heure. Je lui ai jeté un sort, et allez donc savoir ce qui peut arriver à sa petite-fille. »

Laurel ramassa sa monnaie et sortit. Hank attendait à côté du chariot, la corde, le seau et un bloc de sel entassés sur le plateau. Elle traversa la rue. Chauncey Feith et sa troupe travaillaient toujours à l'échafaudage, les scies grinçant au milieu de violents coups de marteau.

Hank détacha Ginny et ils remontèrent Main Street. Le soleil brillait mais un vent continu rendait l'air glacial. Laurel releva les revers de son manteau et se protégea le cou.

« C'est un tissu chic que tu as acheté là, petite sœur, remarqua Hank. Qu'est-ce que tu vas en faire ?

– Une robe.

– Elle m'a l'air destinée à une grande occasion, dit Hank, qui sourit. Walter et toi, vous auriez pas prévu de vous passer la corde au cou sans m'en aviser, hein ? »

Tu as dit assez de méchancetés pour aujourd'hui, songea Laurel, mais elle fut incapable de tenir sa langue :

« Comme tu n'as pas manqué de le faire pour moi ? »

Hank regarda les rênes fixement.

« J'ai eu tort, et tort sur deux ou trois autres affaires aussi, reconnut-il. Ce sera plus pareil. C'est déjà plus pareil. La ferme a jamais été en meilleur état. Les récoltes ont finalement été bonnes et les bêtes sont robustes. C'est la preuve que le vallon est devenu prospère. Même le père de Carolyn l'a reconnu. Et puis maintenant, moi j'ai Carolyn et toi tu as Walter, et je me dis que tout va aller de mieux en mieux, tu crois pas ?

– Si », dit Laurel.

Et elle le croyait. Sauf que ce ne serait pas ici.

« La façon dont les gens nous voient, ça change.

– Parle pour toi.

– Ça viendra pour toi aussi, laisse-leur le temps. J'ai réfléchi à ce que l'avenir nous réserve, à nous tous. Au bout d'un an ou deux, Carolyn et moi on pourrait revenir. C'est la tristesse qui l'inquiète, mais on pourrait construire une maison sur la crête, pas loin du ruisseau. En coupant quelques arbres, on aurait plein de soleil. Walter et toi vous pourriez faire pareil, laisser cette maison toute sombre aux araignées et aux salamandres. Les terres basses sont riches, papa avait raison, et elles sont restées si longtemps en jachère qu'on aurait à coup sûr des récoltes exceptionnelles. On pourrait tous bien vivre, là-bas, et toi et moi avoir enfin une vraie famille, des cousins, des tantes et des oncles. Les gens n'auront pas la moindre raison de nous éviter. »

À entendre la description de Hank, Laurel y croyait presque. C'était comme une carte déroulée comptant juste assez de points et de noms pour paraître réelle. Un dernier artifice, employé non pas par Hank mais par le vallon lui-même pour la garder, la laissant rêver à un lieu différent. Mais il ne serait pas différent, pas véritablement. Il y aurait toujours des gens comme Mme Dobbins. Et même Walter, que croirait-il, à quoi s'en prendrait-il si la première vache mourait de la fièvre du lait, ou qu'une averse de grêle battait au fléau trois mois de travail, les réduisant à néant ? Si elle tombait enceinte et que quelque chose tournait mal ?

« La robe, dit-elle, c'est une surprise pour Walter, alors garde ça pour toi.

– Promis. »

Ils étaient arrivés sur l'ancienne route à péage de Marshall et Laurel tourna ses pensées vers le pont B du *Vaterland*. Elle entra pour commencer dans le restaurant Ritz-Carlton et passa parmi les palmiers, les fleurs et les treillis dorés du jardin d'hiver, puis continua et traversa la bibliothèque du navire avec ses rayonnages vitrés, son tapis d'Orient bleu, déboucha enfin dans le grand salon, la plus vaste pièce de toutes, là où avait joué l'orchestre. Il y avait deux ascenseurs et trois escaliers tournants à rampe de bronze, des verrières encadrées de pilastres et des parois en chêne, quatre tableaux de Pandore. Une scène en demi-lune occupée par un piano à queue, et au-dessus un plafond de verre.

Tandis que le chariot cahotait sur le chemin, Laurel gagna le pont A, débuta par le fumoir et ses plafonniers en cuivre, ses vitraux, sa cheminée en pierre de taille dans laquelle, lui avait précisé Walter, un homme adulte tenait debout, et ses chenets aussi lourds qu'une seconde ancre. Le temps qu'ils arrivent chez Slidell, Laurel avait imaginé les ponts A, B, C et D tout entiers. C'était comme un puzzle dans sa tête, quelques pièces manquaient encore mais elle en avait suffisamment à sa disposition pour commencer à tout raccorder.

Slidell sortit et les aida à dételer Ginny et à la mener à l'écurie.

« Reste donc boire un coup si t'as rien contre », proposa-t-il à Hank.

Et Laurel repartit à pied vers le vallon. Elle trouva Walter à côté de la remise, à fendre des bûches pour en faire du petit bois. Elle emporta le tissu et le patron dans sa chambre, puis ressortit.

« Fais attention, dit-elle en s'approchant. Tes doigts, il faudra qu'ils nous gardent de la misère. »

Elle prit la hache des mains de Walter, se pencha plus près et lui posa un petit baiser sur la bouche.

« Allons à l'intérieur, où il fait plus chaud, suggéra-t-elle. Hank boit un petit coup avec Slidell, alors on a un moment pour bavarder. »

Mais Walter secoua la tête et l'emmena un peu plus loin dans les bois. Ils se placèrent face au défilé pour guetter Hank. Bien trop prudent, songea Laurel, mais rien ne le fera changer d'avis. Il n'avait toujours pas prononcé un seul mot sur la galerie ni dans la maison.

« Aujourd'hui Hank m'a parlé de venir vivre ici auprès de nous, avec Carolyn. Il ne lui est même pas passé par la tête que nous pourrions partir.

– Et il ne faut pas que ça change.

– Je sais. »

Elle prit la main droite de Walter, se la passa autour de la taille et se laissa aller, le dos contre sa poitrine.

« Un journal annonçait que la guerre était pas loin d'être finie. Qu'il y a eu un armistice avec la Turquie.

– Peut-être bien. Après si longtemps, c'est stupéfiant qu'il reste encore quelqu'un pour se battre.

– Quand elle sera finie pour de bon, tout ce que j'emporterai peut tenir dans un drap de lit. En dix minutes je serai prête. Je veux que nous partions aussitôt, même s'il faut aller à pied à Mars Hill. »

Laurel vit Hank descendre du défilé. Encore un bon petit moment pourtant avant qu'il arrive à la maison.

« Tu as le temps de me raconter le pont E.

– Il y avait une piscine, dit Walter, un escalier de marbre en fer à cheval qui y menait, et une statue en marbre noir.

– C'était une statue de quoi ?

– D'un ange. »

DIX-HUIT

« Y me semble qu'aujourd'hui on va atteindre l'eau pour de bon, dit Hank au moment où ils quittaient la galerie. Et on sera bien contents, pas vrai ? »

Walter hocha la tête. Jamais il n'avait travaillé aussi dur que les trois dernières semaines. Ils avaient peiné tous les jours du petit matin à la tombée de la nuit, et presque tout ce temps il l'avait passé dans l'obscurité du trou. Une besogne inutile, bien que Walter n'en fût plus aussi convaincu qu'avant. Hank décrivait un avenir dans le vallon tellement idyllique, pour eux tous, que Laurel risquait d'hésiter. Après tout ce boulot qu'ils avaient abattu tous les trois, même lui portait un certain attachement à la ferme.

Il s'apprêtait à monter dans le tonneau quand il aperçut Slidell qui attachait son cheval à la balustrade de la galerie. Le vieil homme posa deux sacs en toile de jute sur les marches.

« J'ai apporté des pommes, en plus du crin de cheval pour ta pâte, annonça-t-il en les rejoignant. Je suppose que vous y êtes presque, si t'en as besoin.

– Ça s'est mis à suinter y a deux jours, alors c'est pour bientôt. Mais le boulot a été dur, surtout pour Walter. C'est lui qui barbote en bas dans le noir et dans la boue. Dieu merci, là-bas à Balsam y a déjà un bon puits. J'aimerais autant me battre avec une harpie plutôt que d'en creuser un autre.

– Mais le mauvais temps venu, quel soulagement.

– C'est ce que j'ai dit à Walter. »

Slidell laissa son regard errer sur le pré.

« C'est pas croyable ce que vous avez fait tous les deux depuis août. Vous avez changé ce coin-là en vraie ferme. C'est bon de voir ça après toutes ces années. En tout cas, je voulais t'aviser que demain je vais me rendre à ces grands tralalas pour Paul Clayton, alors si tu veux venir avec moi t'es le bienvenu.

– Possible que je te prenne au mot. J'ai commandé ma poulie à Neil Lingefelt et y se pourrait bien qu'elle soit là.

– T'as qu'à être chez moi en milieu de matinée. Si tu viens pas et qu'elle est arrivée, je te rapporterai ta poulie.

– Si je viens, ça t'embêterait que Laurel nous accompagne, et peut-être même ce gars, là ? demanda Hank, qui se tourna vers Walter. M'est avis que la raison est assez bonne pour te faire enfin descendre en ville.

– Va y avoir foule. Y préférerait peut-être y aller quand y a pas tant de remue-ménage. »

Walter hocha la tête.

« D'accord, dit Hank, mais faudra bien que tu en sortes, de ce vallon. Sinon, les gens, jamais y te connaîtront.

– Faut que je rentre, annonça Slidell. On dirait bien que l'été indien est là, c'est une belle journée pour couper du bois de chauffage, peut-être curer ma source.

– Si t'as pas pris le petit déjeuner, Laurel peut te préparer des œufs, t'arroser de jus de viande un bout de pain de maïs.

– J'ai mangé mais je vais entrer lui donner le bonjour, répondit Slidell, qui partit vers la maison.

– Je crois qu'on ferait mieux de s'y mettre, dit Hank. Se tenir dans l'eau ça va être le pire, mais t'auras pas besoin de creuser plus haut que la taille et après y nous restera plus qu'à monter le mur. Vu la chaleur, au moins y te poussera pas des glaçons partout quand tu remonteras. »

Walter grimpa dans le tonneau et posa les pieds bien à plat au fond. Il empoigna la corde et comme chaque fois examina ses brins, à l'affût de signes d'usure. Il contempla la crête au-dessus du ruisseau. Les arbres avaient perdu presque toutes leurs feuilles et l'absence de verdure rendait la montagne plus austère, plus fermement rattachée à la terre. Les plus vieilles montagnes du monde, avait affirmé l'un des gardes, et aujourd'hui c'était bien l'image qu'elles donnaient, austères, du ton bis d'un daguerréotype. Tandis que la manivelle grinçait et gémissait, Walter regarda la ferme s'abîmer dans la montagne, la montagne s'abîmer dans le coin de ciel, et puis devant lui il n'y eut plus que la paroi du puits s'assombrissant davantage à chaque tour du treuil.

Quand le tonneau finit par atteindre le fond, le trou au-dessus n'était pas plus gros qu'un bouton. L'air sentait le moisi à cette profondeur, comme derrière la porte d'une cave restée longtemps fermée. Walter se hissa hors du tonneau et se mit à creuser. La terre cédait facilement à chaque coup de pelle. Il enfonça la pointe recourbée plus profondément, elle traversa la dernière couche de terre humide et pénétra dans une épaisseur de boue. Ses bottes furent bientôt submergées et il dut se tenir accroupi plutôt qu'à genoux. La pelle soulevée ne grattait plus mais produisait un bruit d'aspiration, suivi du claquement détrempé de la terre quand elle tombait dans le tonneau.

C'était déroutant de sentir sans la voir l'eau monter le long de ses chevilles, puis de ses mollets. Elle ne vous tétanisait pas comme l'eau d'un ruisseau, mais elle était plutôt froide. Walter progressa bien pendant un moment, mais en fin de matinée l'eau lui arrivait aux genoux. Il plongeait les bras plus profond chaque fois qu'il creusait, en tâchant, lorsqu'il la montait vers le tonneau, d'équilibrer la boue sur l'acier convexe. De l'eau se déversait sur lui dès qu'il levait sa pelle.

Quand il le hissa hors du puits pour le déjeuner, Hank estima la profondeur du trou à la hauteur de l'eau lui marquant la taille, et décréta que c'était suffisant. Il lui demanda s'il voulait enfiler des vêtements secs, mais Walter secoua la tête.

« Ouais, fit Hank, je suppose que c'est pas bien important vu qu'ils seront à tordre dès que tu seras de retour en bas. »

Laurel apporta le déjeuner et tous trois s'assirent sur l'herbe. Les vêtements mouillés collaient à la peau de Walter. La nourriture avait beau être chaude, il frissonna plusieurs fois. Hank le remarqua et proposa de descendre dans le puits, mais Walter secoua la tête, comme il le fit quand Laurel lui offrit d'aller lui chercher une chemise sèche.

« Slidell m'a avertie que la fête pour le retour de Paul Clayton c'est demain, dit-elle alors qu'ils finissaient de manger.

– Tu songes à y aller ? demanda Hank. C'est le moment de prendre un jour de congé, avec le puits qu'est presque terminé.

– Non, mais je me disais que, si toi tu y songeais, Walter et moi on pourrait partir en pique-nique. »

Hank secoua la tête.

« J'y ai réfléchi, mais l'idée de Chauncey Feith pérorant devant Paul m'en a dégoûté. J'irai voir Paul quand tout ce tintouin sera terminé. C'est là, plutôt que demain, qu'il aura besoin d'une visite. Mais allez donc pique-niquer tant qu'il fait bon, vous autres. Dès la fin de cette période de chaleur, le mauvais temps sera là. »

Laurel commença à ramasser les assiettes.

« Avant que tu rentres, ça t'embêterait de nous aider un petit peu ? demanda Hank. Je serais plus rassuré de savoir tes mains sur l'autre poignée du treuil. »

Ils remplirent le tonneau, Hank posa sa main sur le bord du fût et le poussa, si bien qu'il se balança quelques instants, un raclement à l'intérieur au moment où une pierre venait frotter contre une autre.

« Y te faut pas plus d'un ou deux pieds au-dessus du niveau de l'eau, Walter, précisa-t-il. Commence par le fond et plante tes pierres bien à l'oblique dans la boue. Ensuite l'eau les maintiendra en place. »

Walter hocha la tête.

« Et accroche-toi bien haut à la corde, à cause du poids des pierres qui sont là-dedans, ajouta Hank. Comme ça, même si un truc cède tu resteras suspendu jusqu'à ce que je te remonte. »

Laurel se plaça face au treuil, les mains déjà sur l'autre poignée. Walter tendit le bras pour prendre la corde dans sa main droite.

« C'est la dernière fois que tu seras dans ce trou, promit Hank. Tu termines, et y aura plus qu'à poser la margelle en encorbellement et à bâtir une potence. C'est de la rigolade, après ça. »

Walter mit le pied droit sur le bord métallique. Le tonneau tangua et l'espace d'un instant son pied gauche ne rencontra que de l'air. Une pierre dégringola, qu'il n'entendit pas heurter le fond du puits. Puis ses deux pieds furent réunis, ses mains tellement agrippées à la corde qu'il sentit les tortillons du chanvre, et même chaque brin, tandis que le tonneau se balançait, s'immobilisait enfin. Ce n'est qu'à ce moment-là qu'il fit entrer ses pieds dedans, les pierres se déplaçant pour accueillir son poids.

« Tu es sûr que ça ne craint rien ? demanda Laurel.

– Autant que faire se peut, surtout si tu gardes les mains sur la poignée. Prêt, Walter ? »

Walter hocha la tête et Hank tourna la manivelle dans le sens inverse des aiguilles d'une montre. Walter sentit la charge supplémentaire au frottement de la corde, au grincement plus sonore du treuil. Il resserra son étreinte pour alléger le poids reposant sur ses pieds, car ce qu'il craignait le plus c'était que le fond du tonneau ne se dérobe comme une trappe. Il ferma les yeux, pourtant même les yeux ouverts il n'y avait pas assez de lumière pour y voir. Il s'efforça de respirer plus lentement, plus calmement. Une pierre remua et il retint sa respiration.

Le tonneau finit par atteindre l'eau. La corde prit du mou et Walter y donna deux brèves secousses. Puis il la lâcha et se laissa descendre dans l'infiltration tandis que le tonneau remontait en oscillant pour lui laisser la place de travailler. L'eau paraissait plus froide qu'avant, lorsqu'il l'avait quittée. Plus profonde, aussi. Pas beaucoup plus, à peine quelques centimètres, mais assez pour qu'il le remarque. Il prit une pierre dans le tonneau, la fit passer dans sa main droite et immergea son bras et son épaule en tournant la tête vers le haut pour garder le visage au sec. Il pressa fortement la pierre contre la paroi. Il en prit une autre et recommença, au bout de la onzième il avait le premier rang. L'eau froide ne l'avait pas gêné pendant qu'il pelletait, mais à présent il avait les bras couverts de chair de poule. Il entama la deuxième rangée, sans avoir à plonger tout à fait aussi profond, même si le froid n'en était pas diminué pour autant.

Il en était arrivé à la moitié du dernier niveau quand les pierres vinrent à manquer. Il secoua le tonneau, qui remonta. En attendant que Hank le remplisse, il frissonna sans pouvoir s'arrêter. L'eau semblait plus froide à chaque seconde, et il se demanda pour quelle raison. Finalement, le tonneau commença à redescendre. Walter lui murmura de se dépêcher, mais il semblait se déplacer à travers une épaisseur d'ambre. Walter se tâta la taille, en fait l'eau était plus haute que quelques minutes avant. Il se rappela ce qu'avait raconté le garde sur les grottes et les rivières souterraines, peuplées de truites pâles et aveugles par manque de lumière. On marche sur la terre ferme, avait dit le garde, et puis soudain dans une eau si sombre et si profonde que jamais on ne retrouve le chemin de la surface.

Terminer le dernier niveau aurait dû être le plus facile, mais les mains de Walter tremblaient tant que les pierres étaient aussi glissantes que des poissons. Il en laissa tomber une et n'essaya pas de la retrouver, en prit simplement une autre. Enfin il termina la dernière rangée et secoua le tonneau pour avertir Hank. Dans cinq minutes tu seras dehors, se dit-il, mais au moment où il grimpait dans le tonneau il lâcha prise, tomba à la renverse et s'enfonça dans l'eau de la tête aux pieds. Il ressortit en crachotant alors que le tonneau commençait à remonter en ballottant. Walter empoigna le bord pour se hisser à l'intérieur, mais ses mains dérapèrent et le tonneau monta, hors d'atteinte. Aucun visage au-dessus ne sondait le bouton de lumière.

Il frissonna plus violemment, chaque respiration lui apportait moins d'air. La terre sous ses pieds paraissait plus mince, presque rien entre lui et une rivière qui l'emporterait dans un lac insondable où ne subsistait pas un éclat de lumière. Il ne bougeait pas, car un pied soulevé puis reposé risquait de plonger le reste de son corps dans l'eau. C'est tout dans ta tête, se dit-il, mais à présent il ne pouvait pas s'empêcher de penser que le sol était sur le point de céder. Une grande goulée d'air ouvrit un espace dans le haut de sa poitrine. Il releva le menton et se prépara à crier. Au dernier moment il referma ses mâchoires qui claquaient, et il ne jaillit qu'un gémissement grave et assourdi. Il respira par le nez à petits coups rapides et garda les lèvres bien serrées.

Le tonneau s'arrêta.

« Je le renvoie ! » cria Hank.

Le tonneau redescendit, se déplaçant toujours à travers une épaisseur d'ambre mais se déplaçant tout de même. Tu entendrais l'eau si elle était si près, se dit Walter, pour se rassurer. Mais pas si l'eau remplissait la grotte jusqu'au plafond. Il n'y aurait pas un son maintenant, et aucun quand il se retrouverait immergé. Il serait dans une obscurité dont on ne pouvait s'échapper et, pire encore, dans un lieu d'infini silence. Pour toujours. Walter tendit les bras et enfonça ses mains ouvertes dans la terre humide. Il les maintint là et regarda le tonneau sombrer dans sa direction.

Le tonneau arriva enfin à sa portée et il empoigna la corde d'une main et le bord de l'autre. Il se hissa à demi, se bascula à demi à l'intérieur, tint la corde à deux mains et s'activa à toute allure jusqu'à ce qu'il soit complètement dedans. Le tonneau remonta. Le trou semblait incroyablement loin, et petit, si petit qu'il ne pourrait jamais s'élargir pour le laisser passer. La corde grinçait et le tonneau tanguait à chaque tour de manivelle, le trou toujours pas plus gros qu'un dollar en argent. Walter changea de prise tout en imaginant les brins de chanvre se déroulant à chaque tour du treuil. Il ferma les yeux et pressa son front contre ses mains serrées, comme pour les étayer. L'air devint moins humide, puis il sentit la lumière se poser sur ses paupières. Il ouvrit les yeux et leva la tête, la bouche du puits avait pris la taille et la rondeur d'une cymbale. Les muscles de ses mains et de ses avant-bras étaient en feu, mais il avait peur de les relâcher ne serait-ce qu'un instant.

Sa tête émergea et la terre dodelina puis revint autour de lui à l'horizontale. Hank tira le tonneau hors du puits et Walter en jaillit. Il se remit d'aplomb sur les genoux, penché en avant pour qu'une paume repose à plat sur le sol. Laurel sortit de la maison, courant vers lui les bras tendus, déjà prête à l'enlacer. Elle se laissa tomber devant lui, les mains sur ses épaules.

À son tour, Hank s'agenouilla à côté de lui.

« Ça va ? » demanda-t-il.

Walter hocha la tête et commença à se relever, mais la main de Hank pesa fermement sur son épaule.

« Repose-toi un peu. Je suis un sacré imbécile de pas t'avoir relayé. J'aurais dû me garder de te laisser en bas aussi longtemps. »

Walter tenta encore de se relever et Hank déplaça son étreinte sur son biceps. Mais Laurel le saisit par l'autre bras et il se mit debout.

« Je vais aller en bas », annonça Hank.

Walter balaya d'un geste de la main les pierres qui restaient.

« Tu veux dire que c'est fini ? »

Walter hocha la tête.

« Bon, dit Hank. Alors je vais aller dans la grange nous préparer de quoi maçonner, mais toi faut que tu te sortes de ces vêtements trempés et que tu te réchauffes.

– Viens », dit Laurel, qui prit Walter par la main.

Ils contournèrent la maison pour gagner le vieux puits. Laurel tira un seau d'eau et apporta des vêtements de rechange, une serviette et un gant de toilette. Walter se déshabilla et se lava, enfila les vêtements propres. Laurel avait allumé un feu et il s'assit à côté de l'âtre. Elle se pencha par-dessus le dossier de la chaise jusqu'à ce que son visage vienne se plaquer contre celui de Walter.

« Dis-moi que ça va, avec des mots. Je t'en prie, j'ai besoin de te l'entendre dire.

– Ça va », dit-il, à voix basse malgré la porte fermée.

Laurel l'embrassa, laissa sa joue revenir se poser contre celle de Walter. Le feu commençait à le réchauffer. Il frissonna moins et puis plus du tout. Il leva la main et du bout des doigts suivit lentement la chevelure de Laurel cascadant depuis l'oreille jusqu'à l'épaule. Il y avait une allégresse dans ce seul contact, la souplesse avec laquelle les mèches se séparaient et se rejoignaient, et le plus étonnant c'était qu'il ne l'avait jamais remarqué. Tant de choses restent à découvrir, songea-t-il. Tant de choses.

« J'ai une surprise pour toi, annonça Laurel, ce à quoi j'ai travaillé dans ma chambre. J'allais la garder pour le jour de notre départ, mais je n'ai pas envie d'attendre. Comme il n'y a pas de boue, je la porterai demain pour notre pique-nique. »

Elle remit une bûche dans le feu, une volée d'étincelles orange s'éleva tandis que le bois retrouvait sa place sur les chenets. Elle tira une chaise près de Walter.

« Je veux t'emmener visiter le bateau, lança-t-elle. Je crois que j'en vois maintenant chaque partie. Nous avons du temps. Hank devra se laver avant de rentrer. »

Laurel commença par le *Reichskriegflagge* sur les deux têtes de mâts et passa du pont supérieur aux ponts A, B, C et D, et enfin aux quatre hélices. Elle demanda si elle avait oublié quelque chose, et Walter secoua la tête.

« À présent j'arrive à y croire, dit-elle. Il est aussi réel pour moi qu'il l'est pour toi, pourtant il y a encore une chose.

– Quoi ?

– Toi et moi. Mais je nous vois, nous aussi. Nous sommes sur le pont supérieur et tout autour de nous il y a l'eau bleue, le ciel bleu. »

Walter sourit.

« Tu vois ?

– Oui », répondit-il.

Et il voyait.

Cette nuit-là, au moment où il sombrait dans le sommeil, la sensation d'être dans les profondeurs du puits le réveilla en sursaut, le cœur battant, couché dans le noir. Pense au moment où tu en es sorti, se dit-il, pense à Laurel, et que la première chose que tu as vue c'était elle, courant vers toi, tout environnée de lumière et les bras déjà tendus pour t'enlacer.

V

DIX-NEUF

Quand on se fréquente, c'est tout miel et pissenlits, lui avait expliqué Marcie, mais quand on se retrouve tous les jours auprès de quelqu'un, des choses qu'on n'avait pas trop remarquées auparavant, la façon qu'il a d'avaler sa soupe à grand bruit ou de ne pas quitter ses chaussures crottées, ou même le plus infime détail, un air qu'il ne cesse de siffloter ou sa manière de disposer le petit bois dans la cheminée, vous asticotent comme une dent gâtée. Bien sûr, on montre aussi ses propres défauts, et il les remarque, et certains jours on va s'énerver et ensuite se faire la tête. Mais je suis contente d'avoir sauté le pas. Oh, il y a des soirs où on est tous les deux trop lessivés pour échanger davantage que quelques mots, et des fois il sera aux champs toute la journée et toi à la maison et tu ne le verras pas pendant des heures, mais tu sais qu'il n'est pas loin. Peut-être que parler du joug du mariage n'est pas la plus jolie manière de dire qu'on forme un couple, mais c'est la vérité pour moi et c'est vrai d'une bonne façon parce qu'on travaille ensemble, on compte l'un sur l'autre, et on partage le poids de la charge. Il y a du bonheur dans ce partage, comme lorsque ton petit bonhomme fait une découverte, attrape sa cuillère pour la première fois ou pousse un joli petit cri, et pour n'importe qui d'autre ça serait une bagatelle, mais pour vous deux c'est une vraie merveille, parce que rien de tout ça ne serait au monde si vous ne l'y aviez pas mis ensemble.

Oui, pensa Laurel tandis qu'elle sortait du fourneau le pain de leur pique-nique, ça ne sera pas toujours tout miel et pissenlits, mais tant pis. Le feu de la cuisinière avait tellement réchauffé la maison qu'elle ouvrit la porte. Hank avait pris le marteau pour détacher les pierres de la maçonnerie de l'ancien puits, et Walter les emportait de l'autre côté de la cour et les posait à côté du nouveau puits. Il y avait encore des moments, le matin quand elle allait au poulailler ou cuisinait, l'après-midi quand la falaise expulsait le dernier éclat de lumière du jour, où ses pensées s'accrochaient aux pires divagations – une fois ressorti du vallon et en présence d'autres femmes Walter se rendrait compte qu'il n'était pas forcé de se contenter d'elle, ou, malgré ce qu'il disait pour la détromper, il ne cherchait qu'un endroit tranquille où attendre la fin de la guerre, et le jour même où serait signé un armistice il prendrait ses cliques et ses claques, tout seul. Mais seulement des moments, ensuite leurs regards se croisaient, leurs mains se frôlaient, où le seul souvenir d'un de ces instants-là lui permettait à nouveau d'y croire.

Laurel enferma le pain dans une boîte métallique et sortit sur la galerie. Hank et Walter montaient la couronne de pierre qui formerait la partie haute du nouveau puits. Walter choisit une pierre, chercha à l'encastrer quelque part et, n'y arrivant pas, en essaya une autre. Pendant tout ce temps, Hank maniait la truelle pour maçonner les vides avec le crottin et les crins de cheval récupérés dans l'écurie de Slidell. Il y avait des haricots à lier en bottes et à suspendre et un panier de pique-nique à préparer, mais Laurel décida que cela pouvait attendre un peu.

« Tu viens nous donner un coup de main maintenant que le plus dur est fait », se moqua Hank.

Mais Walter et lui paraissaient contents d'avoir sa compagnie, et Laurel entreprit elle aussi de boucher les vides, essayant parfois une demi-douzaine de pierres avant d'en dénicher une qui loge bien. Elle y trouvait un certain plaisir, comme lorsqu'on réussit un puzzle. Le mur s'éleva avec régularité autour du trou, et en milieu de matinée il était terminé.

« Walter et moi on peut avoir fini la potence pour midi, annonça Hank, et puis vous autres vous pourrez partir en pique-nique. »

Alors qu'ils entraient dans la cour de devant, Laurel s'aperçut que plus une seule rangée de pierres n'entourait l'ancien puits.

« La vermine pourrait y dégringoler, remarqua-t-elle, vaudrait mieux que pour boire on prenne l'eau à la source du garde-manger. »

Les hommes s'en furent à la remise chercher le marteau, les clous et les planches, et Laurel tira un sac de haricots du renfoncement dans le mur et rentra dans la maison. Elle se mit à lier les haricots en bottes et à nouer l'extrémité des ficelles aux chevrons pendant que les hommes frappaient à coups de marteau sur le bois pour construire la potence. Le temps que ces haricots soient secs, on sera peut-être rendus à New York et débarrassés de cet endroit et de sa sempiternelle misère, songea Laurel. Et pourtant, elle le savait, si le vallon n'avait pas été morne et isolé, Walter ne se serait pas arrêté là pour se cacher, pas plus que sa famille ne serait venue s'y établir. Aurait-elle voulu effacer tout cela – l'arrivée de sa famille dans ce vallon et tous les malheurs qui en étaient résultés, la mise à l'écart et la solitude, ce que Jubel et les autres lui avaient fait subir –, aurait-elle voulu que sa famille soit plutôt restée dans le Tennessee, où une tache de naissance n'était qu'une tache de naissance et où le ciel se cramponnait au soleil toute la sainte journée ?

Les coups de marteau cessèrent et Laurel entendit les hommes qui se lavaient près de l'ancien puits.

« Rentre donc, moi je vais ranger les outils », dit Hank.

Walter monta les marches et Laurel se tourna vers la porte. Il entra et, tout sourires, traversa la pièce en ouvrant les bras pour l'enlacer. Non, songea Laurel, je revivrais chacune de ces affreuses journées, rien que pour cet instant.

VINGT

Chauncey avait veillé tard pour s'assurer que le train avait bien quitté Washington. Et même quand il se coucha les responsabilités du lendemain picotèrent son sommeil comme les fruits épineux de la lampourde, le faisant fuir. Il demanda à sa mère de lui servir son petit déjeuner puis son déjeuner dans sa chambre tandis qu'il se tracassait pour son discours, y apportant d'abord des changements au crayon puis recopiant à l'encre un exemplaire définitif. Quand l'encre eut séché, il se relut une dernière fois avant de sortir de son placard son uniforme fraîchement repassé. Il enfila la chemise et la culotte de cheval kaki, puis les chaussettes et les rangers, noua deux fois les lacets avant que leurs boucles soient exactement de la même longueur. Il attacha les jambières et son ceinturon Pershing Liberty destiné à recevoir le pistolet Colt. Il en aligna la boucle avec le dernier bouton de la culotte de cheval, puis décrocha la tunique de son cintre et la passa, et enfin le chapeau militaire. Lorsqu'il se campa devant la glace, Chauncey sut qu'il avait fait tout son possible. Il avait vu avec l'école primaire et le lycée où et quand interviendraient la musique et les défilés, il avait convaincu Benjamin Parton d'offrir des clous et du bois pour la tribune, et avait supervisé chaque trait de scie et chaque coup de marteau. Il avait fait en sorte que le *Marshall Sentinel* annonce l'événement en première page, et prévu point par point qui ferait quoi au cours de la cérémonie. Il avait même acheté aux garçons des chaussures neuves en cuir marron, qu'il avait payées de sa poche.

Il tourna les yeux vers la fenêtre. Le soleil brillait. Après des mois d'organisation, le jour du retour au pays était enfin arrivé, et maintenant le temps, qui avait été le seul souci échappant à son contrôle, était rentré dans le rang lui aussi. Chauncey regarda l'homme enfermé dans l'encadrement en quart de rond du miroir et procéda à un dernier examen, remonta du bout luisant des rangers en passant par le pli au rasoir du pantalon, la tunique et ses boutons en bronze patiné polis, jusqu'au col où s'alignaient le « RS » et le « US », puis au cordon centré du chapeau d'uniforme. Il n'y avait pas la moindre imperfection. Il leva le bras droit et exécuta un petit mouvement sec du poignet, répétant le salut qu'il ferait quand Paul descendrait du train. Le sergent Chauncey Feith se redresserait et, même si son grade était supérieur, il saluerait le premier le soldat de deuxième classe et garderait la position jusqu'à ce que Paul soit assis et que la fanfare se mette à jouer. Il jeta un dernier regard à la glace, prit son discours, la copie qu'il avait faite de la lettre du gouverneur Bickett, et descendit au rez-de-chaussée. Sa mère l'embrassa, lui dit qu'il était très beau, et son père lui serra la main et lui dit qu'il était très fier de lui.

Dehors, il scruta le ciel. Des nuages gris s'amassaient à l'horizon mais ils n'arriveraient pas avant la fin de la cérémonie. Pas un souffle de vent n'agitait la girouette, il pourrait donc poser sur le podium la déclaration du gouverneur Bickett, ce qui était beaucoup plus digne et plus respectueux que de la tenir à la main comme un menu de restaurant. Ensuite, peu importait si les cinq autres pages filaient droit jusqu'à Raleigh, car Chauncey n'avait nul besoin d'un discours écrit pour parler du jour où, Paul Clayton ayant demandé à entrer dans la Boys Working Reserve, il avait compris aussitôt, à son attitude, que ce jeune homme était destiné à devenir un héros, il n'avait pas les épaules voûtées, ne se dandinait pas, il s'était tout de suite tenu droit. Au bout de trois semaines à peine, Paul avait pris la tête de la troupe, et ce n'était pas parce qu'à dix-sept ans il était le plus âgé, mais parce que Paul Clayton montrait l'exemple et ne se dérobait jamais à son devoir. Le jour de ses dix-huit ans, il était au bureau de recrutement avec sa mère pour signer les papiers. Si Tillman Estep avait le culot de débarquer pendant la cérémonie, Chauncey marquerait un temps de silence, regarderait Estep droit dans les yeux et signalerait que Paul Clayton n'était pas le genre de soldat à attendre qu'on l'enrôle. Il réciterait de mémoire la liste des médailles et des décorations que Paul avait reçues. Puis Chauncey reculerait et de nouveau saluerait Paul, le sénateur Zeller aurait la parole, la fanfare démarrerait et continuerait à jouer, ensuite les musiciens et les enfants des écoles défileraient le long de Main Street, et derrière eux il y aurait Jack menant la troupe, et ils iraient ainsi jusqu'au lycée. Ce professeur entiché de boches, là-haut sur la colline, n'aurait pas à tripoter son harnachement ringard pour l'entendre, et Mlle Yount, bon sang de bois, elle l'entendrait aussi et ne pourrait pas poser un doigt noueux sur ses lèvres pour imposer le silence.

Pourtant, alors qu'il approchait de la ville et que lui parvenait le son d'une radio, Chauncey admit en son for intérieur qu'il y avait un événement, en dehors du mauvais temps, dont il avait redouté qu'il n'advienne, même si y penser maintenant lui procurait un vague sentiment de culpabilité. Il savait qu'il se montrait sévère envers lui-même. C'était humain de vouloir qu'une occasion pour laquelle on avait travaillé si dur et si longtemps soit une réussite, mais il éprouvait encore un petit remords de conscience à l'idée que, pendant des semaines, chaque fois que retentissait un klaxon d'automobile ou que sonnait la cloche d'une église, sa première pensée avait été Pourvu qu'elle ne soit pas finie. Or le 8 novembre était arrivé et la guerre n'était pas finie, mais ce n'était pas pour autant la faute de Chauncey Feith, car ce qu'il avait pu espérer ou ne pas espérer ne comptait pas. Ce n'était qu'une pensée qu'il avait eue, rien de plus, et une pensée ne pouvait changer ce qui se produisait de l'autre côté de l'océan.

Chauncey remonta Patterson Street d'un pas rapide. À l'angle de Patterson et de Main Street il s'arrêta, plaça le bout de sa chaussure droite derrière son talon gauche et exécuta un demi-tour. Il monta sur les planches du trottoir et passa devant Parton's Outdoor Goods, le café Linkletter et la pharmacie Shuler. Les trois avaient baissé leur store et accroché le panneau « FERMÉ » à leur porte. De l'autre côté de la rue, Ben Lusk fit sortir un client du salon de coiffure. Il avait ôté sa blouse blanche et tenait une clé à la main. À la Caisse d'épargne Feith les volets étaient clos, et même le Turkey Trot avait fermé ses portes ; deux ou trois malheureux ivrognes s'attardaient encore devant l'entrée. Chauncey descendit du trottoir et suivit la voie ferrée jusqu'à la gare.

Une foule se rassemblait déjà, en robe de soie et costume chic pour certains, tandis que d'autres grouillaient en salopette et blouse taillées dans des sacs à farine. Il y avait des vieillards au dos voûté appuyés sur leur canne, des écoliers braillards, des femmes imposantes sous leur ombrelle, de jeunes mères avec leur bébé, quelques professeurs et étudiants. Tandis que Chauncey s'avançait vers la tribune, tous ceux qui l'apercevaient lui faisaient un signe de tête, un sourire, ou portaient la main à leur chapeau. Des enfants se précipitaient au-devant de lui et le saluaient, et plusieurs personnes lui tapèrent gentiment sur l'épaule et lui tendirent la main. Jubel Parton avoua que Chauncey n'aurait pu choisir une plus belle journée pour un défilé, et Georgina Singleton fut du même avis et ajouta que la ville entière lui était reconnaissante de s'être donné tant de peine. Le professeur Dukes, qui avait signé la pétition et cité Chauncey lors d'une réunion du conseil de l'université traitant des limites de la liberté d'expression, dit combien il était fier de lui, et Marvin Alexander en fit autant.

Chauncey adressa un signe de tête à tous ceux qui le gratifiaient d'un regard gentil et de paroles agréables, mais sans parler ni sourire. Réagir de toute autre manière donnerait le mauvais exemple à sa troupe. Dès que Jack aperçut Chauncey, il fit former les rangs à côté de la tribune et les garçons saluèrent. Ils étaient impressionnants, chaussés de leurs souliers neufs, en chemise et pantalon lavés et repassés. Chauncey les salua à son tour et refoula une larme, parce que ce qu'il ressentait c'était de la gratitude d'avoir eu l'occasion de prendre de si braves petits et d'en faire des hommes. Il avertit Jack qu'ils n'auraient pas à former les rangs avant treize heures quarante-cinq et pouvaient rester au repos jusque-là. Depuis la visite à la bibliothèque, il y avait eu des jours où Jack avait oublié ses « sergent » et ses saluts, mais là il lança un « Oui, sergent ! » d'une voix claire et forte et fit un salut impeccable avant que les garçons rompent les rangs et partent se mêler à la foule toujours grandissante.

Chauncey jeta un coup d'œil à la tour de l'horloge et s'aperçut que la grande aiguille métallique entamerait bientôt son ascension vers une heure cinquante-cinq. Quand il tourna la tête vers la gare, il vit que Boyce Clayton était sur la galerie en compagnie de sa belle-sœur, une femme qui avait élevé un héros, et qui l'avait élevé seule après avoir perdu son mari dans un accident de bûcheronnage. Elle était assise sur le banc et les gens lui prenaient la main et lui parlaient. Mme Belle Clayton porta un mouchoir roulé en boule à ses yeux et les tamponna. Chauncey se réjouit une fois de plus d'avoir prévu de l'installer sur l'estrade et de demander à Jack de l'accompagner à sa place à côté de lui et du sénateur Zeller.

La foule s'était rassemblée autour de la tribune et de la gare, et d'autres personnes s'alignaient des deux côtés de la voie ferrée. Chauncey jeta un coup d'œil le long de Main Street, à la recherche de l'automobile amenant le sénateur Zeller, mais ne vit que Tillman Estep qui marchait vers lui. Une mère prit son enfant dans ses bras au moment où Estep approchait, et se détourna pour éviter que le petit ne voie son visage. Il se pointe pour jouir de la gloire d'un héros véritable, songea Chauncey tout en regardant Estep se frayer un chemin dans la foule, et il est prêt à se servir de son visage laid comme un masque de Halloween pour effrayer les enfants.

Chauncey entendit crier son nom. Jack, sur le quai, agitait frénétiquement les bras pour qu'il vienne. D'un pas rapide, Chauncey rejoignit la gare où Boyce Clayton désignait un papier qu'il tenait à la main. Chauncey pensa d'abord à un télégramme annonçant que le train avait du retard. Puis son estomac se noua lorsqu'il se dit que ce télégramme risquait de contenir des nouvelles qui gâcheraient tout ce pour quoi il avait travaillé si dur.

Mais lorsqu'il arriva sur le quai il vit que ce n'était pas un télégramme mais un avis de recherche.

« Moi et Ansel, on l'a vu, ce type », expliqua Boyce.

Chauncey se rapprocha en jouant des coudes.

« Où ?

– Chez Hank Shelton. Ce type-là, il vit avec eux. Slidell Hampton, un soir, il nous a emmenés là-bas pour jouer de la musique et on l'a vu. »

Linville Wray prit l'affiche et examina de près l'illustration.

« Allez, on va attraper ce salaud de boche !

– J'en suis, lança Jubel Parton. Amenez-moi mon cheval, je vais chercher des fusils et des munitions, et aussi de la corde tant qu'il en faudra.

– Moi et Ansel on est avec toi, annonça Boyce Clayton.

– Je peux partir devant et passer prendre mes chiens, proposa Linville Wray, au cas où il essaie de se carapater. »

Mais alors, et la cérémonie ? faillit lâcher Chauncey au moment où les hommes s'apprêtaient à partir chercher leurs chevaux.

« Comment ça se fait que vous avez remarqué seulement aujourd'hui que c'était lui ? demanda-t-il.

– Y avait pas beaucoup de chances, pour ce qu'on vient en ville, répondit Boyce.

– Ouais, intervint Ansel. Slidell et Hank, tous les deux, ils ont dit qu'il était de New York. Comment qu'on aurait pu savoir que non ?

– Quand, c'est pas ça qui compte, intervint Jubel. Maintenant on sait et on perd du temps.

– Vous allez prendre le commandement, sergent Feith ? demanda Wilber, planté maintenant à côté de Chauncey.

– Et comment ! dit Jack. Et nous on sera avec lui.

– Je réfléchissais qu'on devrait se mettre en rapport avec le shérif Crockett, à Marshall, dit Chauncey. Vous savez, ce genre d'affaire est davantage de son ressort que du mien.

– Eh là, une petit minute, lança Jubel, bouillant de rage. Ce salopard de boche, il pourrait déjà avoir filé dans le comté voisin le temps que le shérif débarque.

– C'est ce qu'on appelle la procédure officielle », balbutia Chauncey.

Jubel le dévisagea.

« Et moi, Feith, j'ai un autre mot pour ça », clama Linville Wray.

À présent tous le dévisageaient, et dans leurs yeux, et aussi dans ceux de Jack, il y avait le même regard que celui que Chauncey avait vu dans la cour d'école quand il était petit et qu'il refusait de se bagarrer, le même regard que lui avaient lancé des gens comme Tillman Estep et Hank Shelton, et que lui lançait maintenant un gamin de quatorze ans. Tous désireux de penser le pire de Chauncey Feith. Cette fois, pourtant, ce serait différent, décida-t-il. Il allait leur montrer une fois pour toutes.

« Rendez-vous devant le Turkey Trot », ordonna Chauncey, qui fendit la foule pour gagner l'écurie.

Les hommes à cheval se regroupèrent et Jubel sortit de la quincaillerie portant une brassée de fusils, une boîte de balles et trois cordes enroulées autour de l'épaule.

« Slidell est quelque part dans le coin, dit Boyce. J'ai vu son chariot. Peut-être qu'y peut nous aider.

– Comment qu'on sait s'il aide pas ce salaud de boche ? demanda Jubel. T'as dit qu'y le connaît. Et pis, on n'a pas le temps d'attendre.

– Allons-y », lança Chauncey.

Il agita les rênes et fit tourner Traveler. Le cheval descendit Main Street au galop, éparpillant les piétons et arrêtant une limousine Pierce-Arrow, le visage étonné du sénateur Zeller derrière la vitre du côté du passager. Chauncey passa devant la dernière devanture et rattrapa bientôt Linville Wray et sa charretée de chiens. Chauncey ralentit et lui demanda de le retrouver non pas à l'entrée du vallon mais chez Hank Shelton, puis il donna une bonne tape sur le flanc de Traveler et le cheval repartit au grand galop. Chauncey jeta un coup d'œil derrière lui et vit que les garçons et les hommes le suivaient. Il repensa à Boyce qui l'avait pratiquement ignoré trois mois plus tôt au Turkey Trot, mais, bon Dieu, Boyce et Ansel le suivaient maintenant, tout comme Jubel Parton et Linville Wray.

« Vérifiez que vos fusils sont chargés », dit-il quand ils arrivèrent devant la maison de Slidell Hampton.

Chauncey sortit un magasin de son étui à munitions, se détourna pour que les autres ne voient pas que ses mains tremblaient. Il engagea le magasin dans la crosse du Colt, tira sur la culasse puis la relâcha pour introduire une balle dans la chambre.

« Il a combien de fusils, Hank ? demanda-t-il à Boyce.

– Rien qu'un fusil de chasse, à ce que je sais. De toute façon, je le vois pas du côté d'un Allemand dans une bagarre.

– Hank et Laurel, je crois pas qu'y sachent qui c'est, intervint Ansel.

– On les arrête tous, ordonna Chauncey. Le vrai du faux, on démêlera ça plus tard. »

VINGT ET UN

Ils marchaient dans les bois et pas un souffle de vent n'agitait les quelques rares feuilles s'accrochant encore aux arbres, mais ce n'était pas le calme qui règne avant un orage d'après-midi ni après une grosse chute de neige. Non, on aurait cru que la terre s'était arrêtée, sans trop savoir si elle comptait repartir vers l'été ou continuer à s'enfoncer dans l'hiver.

« Quand on sera à New York, est-ce qu'on habitera au bord de l'océan ? demanda Laurel.

– Pas loin, en tout cas.

– Ah. Je veux regarder quelque chose dont on ne voit pas le bout. C'est comme ça, non, infini ?

– Oui. »

Ils arrivèrent au ruisseau et remontèrent le courant. Laurel glissa le vin de muscadine dans le trou d'eau, ils s'avancèrent sur le rocher et vidèrent le panier. La pierre était plus chaude que la fois précédente, plus étincelante aussi, car il n'y avait ni brume ni nuages, rien qu'un vaste ciel clair dans un azur d'une insondable profondeur. Tout en déroulant la courtepointe à carreaux, Walter l'imagina vue d'un avion ou d'un zeppelin, l'étoffe tel un drapeau affichant une revendication humaine sur cet endroit sauvage.

« J'aurais dû te demander d'apporter ta flûte, remarqua Laurel, qui sortait le pain et les confitures du panier, disposait les assiettes, les serviettes et le couteau. Mais je me dis comme ça que, même sans, c'est bien assez joli. »

Plus qu'assez, songea Walter, avec ce ciel bleu et le mica scintillant de l'eau parmi le bouillonnement et la masse de feuilles jaunes. La robe que portait Laurel était jolie, elle aussi, le tissu fin épousant les courbes de son corps, le décolleté découvrant davantage ses seins et ses épaules. Quand Laurel était sortie de sa chambre, la couleur verte l'avait d'abord désarçonné, mais il la voyait maintenant pour ce qu'elle était, non pas un présage mais une confirmation que ce qu'il avait perdu autrefois lui était enfin rendu. Ils mangèrent, puis burent le vin. Ensuite ils s'allongèrent, Laurel la tête posée sur l'épaule de Walter. Il écouta l'eau glisser sur la saillie rocheuse et s'écraser en dessous. Il ferma les yeux et sentit le soleil emporter l'humidité des profondeurs de la terre qui s'était insinuée en lui. Le bruit de l'eau, ajouté à la façon dont le rocher semblait flotter au-dessus du vallon, donnait la sensation d'être à la dérive. Il se souvint d'une chanson qu'il avait entendue dans Central Park, dans laquelle il était question de ramer dans son bateau car la vie n'est qu'un rêve.

Laurel posa sa main sur la sienne. Ils restèrent sans parler et au bout d'un moment il pensa qu'elle dormait peut-être, mais alors elle prit la parole :

« Quand tu songes au *Vaterland*, y a-t-il des moments où tu penses qu'il n'a pas existé ?

– Pas ces derniers temps. Tu y as bien veillé.

– C'est fort possible, dit Laurel, qui sourit. Il y a tant d'autres choses que je veux connaître, connaître assez bien pour ne pas oublier. L'endroit où tu es né s'appelle Narsdorf, c'est en Saxe, et le conservatoire est à Leipzig. »

Walter hocha la tête.

« Le 4 mai c'est ton anniversaire et tes sœurs s'appellent Gertrud et Lena, le nom de ton père est Claus et celui de ta mère Anna.

– Bravo ! »

Pendant quelques instants, ils demeurèrent silencieux. Le vin et le soleil lui avaient donné sommeil et il ferma les yeux.

« Si solitaire qu'ait pu être la vie que j'ai menée ici, je n'en voudrais pas d'autre, dit Laurel, parce que autrement je ne t'aurais pas rencontré. Ta vie, elle n'a pas été toute rose non plus.

– Plus facile que la tienne.

– Mais c'était dur pour toi au conservatoire.

– Pas tant que ça après les premières semaines.

– Et tu avais douze ans quand tu es parti là-bas ?

– Oui, douze ans.

– Mais maintenant ça va mieux, il n'est donc pas nécessaire que nous nous tourmentions à propos du passé. »

Laurel se pencha et embrassa Walter sur la bouche. Le baiser se prolongea et ils se déshabillèrent et joignirent leurs corps, mais dans un demi-sommeil, puis ils s'endormirent, leurs vêtements leur servant d'oreiller, la courtepointe à demi sous eux, à demi enroulée autour d'eux. Après un certain temps, ils se réveillèrent et s'habillèrent. Pendant quelques minutes ils restèrent assis là, à écouter l'eau voiler les autres bruits de la forêt.

« Je crois qu'on ferait mieux de rentrer, que je puisse mettre le dîner en route », remarqua Laurel.

Walter l'aida à se relever. Elle épousseta sa robe.

« Il faudra que je la relave avant notre départ pour New York, mais j'ai bien aimé la porter pour toi. La journée n'en a été que plus exceptionnelle.

– Oui. C'est vrai. »

Laurel rangea les gobelets, le couteau et les confitures dans le panier, mais plutôt que de remballer la courtepointe et la bouteille de vin elle trouva quatre galets et en posa un à chaque coin du couvre-pieds. Elle plaça la bouteille au milieu et la maintint au moyen d'une petite pyramide de pierres.

« Pourquoi fais-tu cela ?

– Qui sait si ce n'est pas la dernière fois que nous aurons l'occasion de pique-niquer ici ? Même si ce n'est pas nous ou Hank et sa famille, quelqu'un d'autre viendra dans ce vallon, peut-être pour y vivre. Je veux que ces gens voient que quelque chose d'heureux pouvait arriver ici. »

Walter ramassa le panier et suivit Laurel au bas du rocher et au-delà du trou d'eau où elle avait mis le vin à rafraîchir. Ils suivirent les sauts et les pauses du ruisseau jusque dans le vallon.

« Je vais peut-être préparer une tourte aux fruits pour ce soir, annonça Laurel. Ça te plairait ?

– Oui.

– Il y a les pommes que Slidell nous a apportées. Tu veux ça ou des mûres ?

– Des mûres.

– D'accord. Mais à une condition.

– Laquelle ? »

Laurel se retourna et sourit.

« Que tu laisses Hank me passer la cannelle, cette fois. »

Le ruisseau se fit plus discret au fur et à mesure que le terrain était plus plat. Le sentier vira et s'écarta de l'eau pour s'enfoncer dans les bois. Ils avaient parcouru la moitié du chemin quand ils entendirent des chiens aboyer, puis un cri.

« C'est pas normal », remarqua Laurel.

Walter posa le panier et ils s'élancèrent entre les arbres jusqu'à ce qu'ils voient la petite maison.

Hank était ligoté à la balustrade de la galerie et un homme en uniforme pointait un pistolet sur lui. Un autre attachait une corde à la potence du puits. Boyce Clayton était dans la cour près d'un homme aux cheveux roux qui tenait une laisse dans chaque main, à l'autre bout deux chiens, leurs longues oreilles traînant à terre, qui tournaient en rond et flairaient le sol.

« Ils savent que tu es ici, chuchota Laurel au moment où Ansel Clayton sortait de la maison, une chemise à la main. Viens, dépêche-toi. »

Quand ils parvinrent au ruisseau, Laurel lui dit d'ôter sa chemise. Il le fit et la lui tendit.

« Remonte le ruisseau en restant dans l'eau et ne laisse pas tes pieds toucher la rive, lui recommanda Laurel. Va à la cascade. Si à la tombée de la nuit tu ne me vois pas, retourne à ton ancien campement. Je viendrai te chercher quand le danger sera passé. »

VINGT-DEUX

Ils avancèrent jusqu'à l'endroit où le terrain entamait sa descente. Là, le sentier était pierreux et ils passèrent sous un amoncellement de fer-blanc et de bouteilles, sur le sol du sel et des éclats de verre coloré. Chauncey savait pourquoi on les avait mis là et repensa au mois de janvier précédent, quand il avait demandé à Slidell d'apporter à Laurel le télégramme annonçant la blessure de Hank. J'aurais pas cru qu'un soldat soye effrayé par des contes de bonnes femmes, avait raillé le vieux.

L'ombre de la falaise les engloutit et les hommes tout autant que les garçons furent gagnés par le silence. Désormais il faisait frais et humide. Quand le terrain fut plus plat, la falaise fendit le ciel en deux. Chauncey avait entendu dire qu'il existait dans ce vallon des endroits que la lumière n'avait jamais atteints, et qu'un homme qui s'y s'attarderait longtemps ne pourrait plus jamais regarder le soleil. Du pouce, il dégagea le cran de sûreté du Colt.

Lorsqu'ils sortirent des bois, Chauncey ralentit et laissa les autres chevaucher à ses côtés. Hank était sur la galerie, mais il n'y avait pas de fusil en vue. Même s'il en a un, d'une seule main il ne pourra pas bien viser, se dit Chauncey pour se rassurer.

« Où il est, l'espion boche que tu caches ? lança-t-il quand ils descendirent de cheval.

– Mais de quoi tu parles ? demanda Hank.

– De Walter, dit Boyce, çui qui joue du pipeau.

– Prends une de tes cordes pour l'attacher, ordonna Chauncey à Jubel. Vous, les garçons, aidez-le.

– C'est un musicien, dit Hank. De New York. »

Chauncey sortit le pistolet de son étui et en conjurant sa main de ne pas trembler le pointa sur Hank.

« Où elle est, ta sœur ? Elle l'aide à se cacher ?

– C'est pas un espion, dit Hank. Il parle même pas.

– Attrapez-le ! » hurla Jubel.

Et avec l'aide des garçons il plaqua Hank contre la balustrade, sur le côté de la maison. Les garçons le maintinrent pendant que Jubel le ligotait, laissant juste assez de corde pour nouer les extrémités bien serré autour d'une balustre en bois.

« Où sont-ils ? demanda Chauncey.

– Va au diable, Feith », dit Hank.

Chauncey entendit les chiens dévaler le chemin et pénétrer dans le vallon.

« Il nous faut un truc qu'il a porté et les chiens auront tôt fait de le retrouver, dit Boyce.

– Va chercher un truc que tu penses être à lui, lança Chauncey à Ansel, et vérifie que ce boche y se cache pas sous un lit. Boyce, va voir dans le bûcher. Jack, prends Wilber et va fouiller l'écurie, et n'oublie pas le fenil.

– Oui, sergent », répondit Jack.

Dans la cour sur le côté de la maison une potence avait été montée sur le puits, mais il n'y avait encore ni poulie ni seau.

« Tu devrais examiner ce puits, Jubel », dit Chauncey.

Jubel emporta une corde. Il gratta une allumette et jeta un coup d'œil dans la bouche du puits, puis lança la corde par-dessus la poutre du haut et fit un nœud coulant.

« Ça sera déjà ça de fait une fois qu'on l'aura trouvé, annonça-t-il. Quand il aura fini de gigoter y aura plus qu'à couper la corde. »

Ansel sortit de la maison, une chemise à la main.

« T'es sûr que c'est à lui ? demanda Chauncey.

– C'est trop petit pour Hank, remarqua Boyce.

– Quand je me serai débarrassé de ces putains de cordes, je vous saute tous dessus, bande de salauds ! hurla Hank.

– On t'en laissera peut-être pas l'occasion, Shelton, dit Jubel. Ce qu'y a de bien avec un nœud coulant c'est qu'y peut servir deux fois.

– Y a pas lieu de discuter de nœud coulant, dit Boyce.

– L'eau est pas trop claire dans cette affaire, reconnut Ansel, et on dirait pas qu'elle va pour s'éclaircir.

– Si vous, les vieux, vous avez pas assez de cran, retournez donc en ville, dit Jubel. Pas vrai, Chauncey ? »

Les hommes se tournèrent vers Chauncey, et ce n'était pas une bande de gamins attendant les ordres, mais trois hommes dont deux avaient une bonne trentaine d'années de plus que lui, et Boyce, qui s'était battu en Espagne.

« Exact, lança Chauncey à Boyce et à Ansel. Après ce que les boches ont fait à votre neveu, je vous aurais pourtant cru les premiers à vouloir nous donner un coup de main. »

Boyce et Ansel ne répondirent pas, mais ne partirent pas non plus. Quelques minutes plus tard, deux chiens de meute sortirent des bois, Linville les suivait en trébuchant, les laisses sautant et bringuebalant dans ses mains.

« J'ai laissé le chariot et les autres chiens chez Slidell, précisa-t-il, mais ces deux-là c'est les plus farauds de la meute.

– Tiens, c'est à lui », dit Boyce.

Il tendit la chemise à Linville, qui la mit en boule et laissa les chiens y fourrer leur museau avant de les lâcher. Les chiens de chasse tournèrent dans la cour jusqu'à ce que l'un d'eux pousse un long gémissement et file dans les bois, la truffe au ras du sol, suivi de près par l'autre.

« Ils ont trouvé la piste, annonça Linville.

– Wilber, prends Linville sur ton cheval », ordonna Chauncey, qui dirigea Traveler vers la crête se dressant au loin.

Les chiens et les chevaux suivirent d'abord un sentier visible dans les bois. Ils parvinrent à un ruisseau et pendant quelques instants les chiens furent désorientés. Puis ils trouvèrent la voie et la suivirent vers l'aval. Chauncey et son cheval traversèrent le ruisseau en pataugeant, puis revinrent sur la rive, en zigzaguant entre les bois et l'eau.

Jubel arriva près de lui.

« Le boche descend vers la rivière. »

Chauncey repartit en tête et peu après aperçut de l'eau derrière la masse indistincte des arbres. Soudain les bois finirent et il se retrouva sur une berge étroite auprès des chiens et de Laurel Shelton. Il sortit son pistolet tandis que le reste de l'équipe de recherches déboulait sur la bande de sable.

« Où est le boche ? » hurla Chauncey par-dessus la tête des cavaliers s'efforçant de calmer leur monture.

Laurel Shelton était acculée à un arbre, les chiens, qui aboyaient et bavaient, l'encerclaient. Jack cria qu'il y avait une chemise dans la rivière. Hommes, chiens et chevaux ne cessaient de se heurter les uns aux autres, de trébucher et de tourner en rond. Traveler perdit un instant l'équilibre et vira dangereusement près de l'eau. Chauncey eut la sensation vertigineuse d'être sur un manège de chevaux de bois et que le monde tourbillonnait autour de lui.

« Attache-moi ces foutus chiens », cria Jubel.

Linville descendit de cheval et se faufila dans un désordre de bottes et de sabots, plongea en avant, colliers et laisses à la main, pour attraper les chiens et les entraîner plus loin.

« Est-ce qu'il a traversé la rivière à la nage ? » hurla Chauncey en pointant l'arme sur Laurel, lui faisant ainsi savoir, à elle et à tous les autres, qu'il ne s'agissait pas de le prendre à la légère, ni aujourd'hui ni plus jamais.

Laurel croisa son regard et hocha la tête à l'instant même où un chien heurtait les canons de Traveler et où le cheval faisait un écart. Chauncey se cramponna aux rênes et le pistolet partit. Traveler se cabra, mais Chauncey resta en selle. D'autres chevaux hennirent et firent des écarts, la monture de Jubel manqua dégringoler dans la rivière. Les chevaux finirent par se calmer et Linville tira les chiens loin de la rive et dans les bois.

Le monde ne tournait plus autour de Chauncey. Il s'était arrêté dans une saccade, et bloqué. Le dos de Laurel Shelton était toujours plaqué contre l'arbre, mais à présent un accroc apparaissait dans l'étoffe verte couvrant son sein gauche. Elle ne semblait pas souffrir, le visage inexpressif. C'est une déchirure de ronce, pas un trou fait par une balle, se dit Chauncey. Puis les genoux de Laurel cédèrent et elle s'effondra.

Pendant quelques instants, personne ne parla. Les hommes et les garçons restèrent là à regarder une tache qui s'élargissait sur la robe. Ce fut Boyce Clayton qui bougea le premier et s'agenouilla près de Laurel. Il prononça son nom. Comme il n'obtenait pas de réponse, il lui prit le poignet et chercha quelque chose qu'il ne trouva pas.

« Tu as tué une femme, sacré bon Dieu », jura-t-il en se tournant vers Chauncey.

Entre deux sanglots, Wilber dit qu'il voulait rentrer chez lui.

« C'est un accident, assura Chauncey. Qui ne serait pas arrivé si elle n'avait pas aidé un espion.

– Et que diable crois-tu qu'il espionnait, ici, dans ce trou perdu ? demanda Boyce.

– Tout ça c'est votre faute, protesta Chauncey, à force de vous pousser et de vous bousculer. Vous auriez dû garder vos chevaux un peu en retrait. Et les chiens aussi. C'est à cause d'eux que c'est arrivé. »

Boyce prit Laurel Shelton dans ses bras. Ansel s'avança et se planta à côté de lui.

« Va donc raconter ton histoire à Hank, dit Boyce. Il te tuera pour ça.

– Mais c'est davantage la faute de Linville que la mienne, protesta Chauncey. Les chiens auraient dû rester en laisse tout du long.

– Non, c'est pas ma faute, dit Linville. T'aurais pas dû sortir ce foutu pistolet, et encore moins la viser.

– Je la visais pas. Je visais l'arbre au cas où le boche se serait caché derrière. Les chiens, c'est ce qui a fait partir le coup, et vous tous collés à moi.

– Le boche est en train de filer, remarqua Jubel. Venez. Le pont est pas bien loin en suivant la rivière.

– Moi, je ramène Laurel en ville, dit Boyce. Je vais pas la laisser là.

– Je viens pas non plus, dit Ansel.

– Je veux rentrer avec vous, chuchota Wilber entre deux sanglots.

– Moi aussi », dit Jack.

Ansel aida Boyce à poser le corps en travers du cheval.

« C'est plus rapide en suivant l'eau », précisa Boyce, qui les mena le long du courant, pour tout bruit les reniflements de Wilber.

Les autres n'échangèrent pas un mot tant que le cortège n'eut pas disparu.

« Faut que j'aille récupérer mon chariot et mes autres chiens, dit enfin Linville, mais si j'entends encore raconter que tout ça c'est ma faute je vous laisserai flairer le sol, tous les deux, pour mettre la main sur ce boche. »

Linville siffla et des aboiements répondirent, venus d'en haut. Il examina le terrain escarpé.

« La maison de Slidell est pas bien loin en haut de cette crête, dit-il.

– C'est trop raide pour les chevaux, répondit Jubel.

– Mais pas pour moi et les chiens, dit Linville. Vous autres, prenez la route du bas, on se retrouvera au pont. »

Linville et les chiens commencèrent à monter, et Jubel se tourna vers Chauncey.

« T'as rien fait que cette sorcière méritait pas. »

Chauncey hocha la tête.

« Faut qu'on passe le pont, reprit Jubel. Y commence déjà à faire noir et l'autre y se tourne pas les pouces à nous attendre.

– Vas-y, toi, dit Chauncey. Moi je retourne interroger Shelton pour savoir où est parti le boche. »

Jubel croisa longuement son regard, puis hocha la tête.

« On se retrouve de l'autre côté de la rivière. »

Parce qu'il allait sur son cheval à une allure plus lente, et seul, il remarqua combien les bois étaient silencieux. Trop silencieux. Pas un oiseau ne chantait, pas un écureuil ne babillait, pas d'autre bruit que celui des feuilles sous les sabots de Traveler, doux et voilé comme quelqu'un, ou quelque chose, qui murmure. Il passa devant plus de châtaigniers morts qu'il n'en avait jamais vu dans un seul et même endroit, d'ailleurs les chênes et les peupliers, leurs branches grises et anguleuses perçant le ciel, n'avaient pas non plus beaucoup de feuilles. Quelque temps plus tard, il passa devant des tombes qu'il n'avait pas remarquées auparavant, deux tombes. Il lui vint l'idée effrayante que ce vallon savait déjà ce qu'il s'apprêtait à faire.

Il était encore dans les bois quand il descendit de cheval et attacha Traveler à un jeune cornouiller. Lorsqu'il émergea des arbres, il était pile en face de la galerie. Hank était toujours ligoté. Comme il avait aidé à cacher un boche, il irait en prison, mais un jour il finirait bien par être libéré. Chauncey n'avait pas le choix, parce que la guerre c'était ça – tuer un homme pour qu'il ne vous tue pas. Vous ne pouviez pas lui laisser sa chance, parce qu'il ne pouvait pas vous laisser la vôtre, ce que tous les soldats comprenaient.

Mais je ne lui tirerai pas dans le dos, se dit Chauncey, et pas uniquement pour prouver qu'il m'attaquait. Je vais le tuer en homme. Il traversa la cour et se planta devant les marches. Hank avait le menton coincé entre sa poitrine et ses genoux relevés. Il avait les yeux fermés comme s'il dormait, mais Chauncey vit alors les épaules remonter pour dégager le bras. Chauncey regarda à droite, au-delà de la potence du puits, pour inspecter le chemin qui les avait amenés dans le vallon, puis à gauche, plus loin que la balustrade à laquelle Hank était ligoté, et là non plus ne vit personne. Il tira le pistolet de son étui et glissa son index dans la courbure du métal, sans toucher la détente. L'arme paraissait cinq fois plus lourde qu'avant et il fut soudain envahi par la lassitude.

C'était tellement injuste. Si on l'avait simplement laissé rester à la cérémonie, rien de tout cela ne serait arrivé. Il avait fallu que ces imbéciles de Clayton choisissent ce jour-là, après Dieu sait combien de temps, pour se rendre compte qu'ils avaient fait de la musique et la bringue avec un espion, et comptent ensuite sur lui pour venir jusque dans ce trou perdu se lancer aux trousses du boche alors qu'ils auraient dû s'en charger. Maintenant il allait devoir faire ça. Il n'aurait pas droit à une médaille, personne ne dirait qu'il était un héros comme cela aurait été le cas s'il avait agi exactement de la même façon en France ou en Belgique. Il y aurait des gens à Mars Hill qui ne croiraient pas que Hank Shelton l'avait attaqué, ni même qu'il avait tenté de s'enfuir. Ils penseraient que Chauncey avait abattu Hank alors qu'il était encore attaché à la balustrade. Parce que c'était ce qu'ils voudraient croire, que Chauncey Feith ne pouvait pas avoir agi autrement; et ce seraient exactement les mêmes qui à peine quelques heures plus tôt lui avaient tapé dans le dos, avaient mis la main à leur chapeau et lui avaient dit qu'il était un chic type. Exactement les mêmes.

Qu'ils aillent au diable, songea Chauncey, et avec eux les Clayton et les Shelton et ce prof allemand et cette mégère de bibliothécaire et Meachum et Estep et aussi ce foutu boche en cavale ! Il lui était impossible d'en satisfaire aucun, qu'ils pensent donc ce qu'ils voulaient. Il laissa le creux de son index effleurer la détente. Il n'avait qu'à la presser, rien d'autre. Va là-bas et fais-le, fais-le maintenant et tu ne seras plus par ici à la nuit noire. Il pensa aux bouteilles suspendues à la branche de l'arbre. Une sorcière, c'était ce que les gens, beaucoup de gens, croyaient qu'était Laurel Shelton. Les mêmes gens croyaient aussi qu'une sorcière pouvait semer dans un lieu toutes sortes de charmes et de sorts, qui demeuraient vivants même si la sorcière ne l'était plus.

Chauncey monta sur la galerie et pointa le pistolet sur la poitrine de Hank. Ce ne fut qu'au troisième coup de feu qu'il entendit le bruit sourd et plein de la balle touchant sa cible. Il tira les trois dernières balles du magasin, et deux fois encore entendit le métal atteindre la chair. Il ouvrit les yeux. L'odeur âcre de la cordite emplissait la galerie. Chauncey s'autorisa à regarder une planche à ses pieds, puis une autre et encore une autre, jusqu'à ce qu'il voie les semelles de Hank. Il laissa ses yeux remonter davantage et aperçut le pantalon, puis le pan de chemise qui s'assombrissait. Tout du long, comme pour Laurel, il n'y avait eu ni cri ni gémissement, rien que le silence. Il faut que tu en sois certain, se dit Chauncey, qui leva encore un peu les yeux et vit l'impact de la première balle en haut du ventre et le deuxième au milieu de la poitrine. Tu n'as pas besoin de chercher le troisième. Va simplement le détacher, tire-le hors de la galerie et va-t'en. Mais ce fut plus fort que lui. Son regard remonta et il vit l'endroit où la troisième balle avait pénétré dans la joue de Hank. Hank fixait Chauncey droit dans les yeux, d'un air qui n'était ni accusateur ni furieux, ni même triste. C'était pire. L'éclat qu'avait eu son regard s'éteignait, non pas en mourant tel un tison, mais en s'éloignant à la manière d'un train qui s'en va. Chauncey ne put chasser l'impression que cet éclat, où qu'il aille, emportait une partie de lui-même.

Il descendit de la galerie et s'approcha de la balustrade pour détacher Hank. Le nœud était serré et ses doigts tremblaient tant qu'il ne réussit pas à défaire la corde. Il tenta de se servir de son pouce et de son index, mais un ongle se prit dans le chanvre et cassa. Le doigt se mit à saigner, encore un truc qui tournait mal. Chauncey entra dans la maison et trouva un couteau de boucher. Il s'apprêtait à couper la corde quand un cheval s'ébroua.

Entre les barreaux de la balustrade, Chauncey vit Slidell Hampton sortir des bois. Cache-toi dans le noir pour voir ce qu'il fait, se dit-il. Pour ramener le corps en ville, il faudrait qu'il dénoue la corde. Après c'est la parole de Hampton contre la tienne, que Shelton a été abattu alors qu'il était ligoté. Une personne impartiale, se dit Chauncey, qui donc irait-elle croire ? Un drôle de vieux bonhomme au courant depuis des mois que les Shelton cachaient un boche, ou un homme portant l'uniforme ? Il y aurait malgré tout des gens pour vouloir qu'il prouve ce qu'il avançait, comme si un soldat devait se justifier d'avoir tué un Américain de mèche avec un espion boche. C'était un acte de trahison, et pour cette raison l'armée fusillait des hommes, et les fusillait les mains attachées dans le dos, mais en ville certains joueraient quand même les vertueux. Ils voudraient que Chauncey prouve qu'il avait failli se faire tuer avant de tirer sur Hank Shelton, une preuve dans le genre d'une balle dans la jambe ou le bras. Ou une estafilade.

Bon Dieu, eh bien il allait leur offrir ça, se jura Chauncey en redescendant de la galerie. Il leur montrerait le couteau de boucher et une blessure, puis les défierait d'affirmer qu'ils auraient réagi autrement. Il s'ouvrirait l'avant-bras, comme s'il avait repoussé Shelton. Voilà qui leur clouerait le bec. Il y aurait peut-être même une médaille, après tout. Il pouvait agir tout de suite, prendre le couteau et le passer sur son avant-bras. La lame paraissait suffisamment aiguisée pour traverser la chemise et pénétrer la peau. Mais ce serait douloureux.

Non, il allait attendre un peu, se dit-il au moment où Slidell descendait de cheval. Je le ferai quand je pourrai y voir et couper en prenant garde que le couteau n'aille pas trop loin, juste assez pour que le sang coule. Il recula encore et l'obscurité l'enveloppa presque tout entier. S'il ne m'a pas encore vu, ce n'est pas maintenant qu'il va me voir, se dit-il. Reste simplement hors de sa vue jusqu'à ce qu'il s'en aille. Il leva le pied pour faire un dernier pas en arrière, mais le sol n'était plus là, Chauncey dégringolait dans l'endroit le plus sombre qu'il ait jamais connu.

VINGT-TROIS

Walter resta au rocher jusqu'au crépuscule. La courtepointe de Laurel était là où elle l'avait étalée, et il l'y laissa, monta vers le campement. La nuit venue, il se blottit dans un terrier de feuilles, genoux serrés contre la poitrine. L'aube finit par arriver et il attendit. Par deux fois les bois s'agitèrent, des pas légers approchaient, mais chaque fois c'était un cerf, d'abord un faon, puis un mâle dont les bois ramifiés étaient une telle merveille qu'il crut d'abord à une hallucination. Ce soir-là, il descendit en bas de l'autre pente et trouva quelques pommes rabougries.

Le troisième matin, Walter fut réveillé par un coup de feu, puis un deuxième et un troisième. Il s'avança au bord de la crête et aperçut le fermier dans sa cour, le fusil à la main. Les détonations des fusils, les crépitements des carabines lui parvinrent de plus loin, puis de plus loin encore, les explosions pareilles à des pétards lancés à grand vacarme le long de la vallée. Le fermier leva son arme vers le ciel et pressa la détente une dernière fois, dégagea la crosse du canon et ôta la cartouche vide.

Ce que signifiaient les coups de feu, Walter l'ignorait, mais il pivota sur ses talons et commença à descendre la pente. À travers les arbres, il chercha des yeux de la fumée montant d'une cheminée. Ce qu'il vit le fit s'élancer à toutes jambes. C'est simplement du bétail qu'ils ont tué, se dit-il, mais alors que les bois devenaient plus clairsemés il aperçut les buses planant au-dessus de la maison. Il trébucha et se tordit la cheville, se releva et repartit. Lorsqu'il entra dans la cour, une buse, ailes déployées, sauta du haut de la galerie, se tenant brièvement en équilibre sur deux pattes jaunes et écailleuses avant de prendre son envol.

Il n'y avait pas de corps sur la galerie, rien d'autre que ce qui ressemblait à du goudron répandu. Et il n'y avait personne dans la maison. Il ressortit dans la cour et cria le nom de Laurel, qui se répercuta sur la falaise et sur la crête, puis le silence. Il appela encore et encore jusqu'à ce que sa voix ne soit plus qu'un grincement. Une heure passa avant qu'il s'en aille et prenne le sentier montant au défilé. Slidell n'était pas chez lui. En descendant de la galerie, Walter aperçut les deux monticules de terre fraîchement remuée.

Après quelques minutes, il partit à pied vers Mars Hill. Il était presque arrivé à la grande route quand il entendit des chiens aboyer. Il pensa que les hommes revenaient, alors il s'arrêta et attendit, heureux de ne pas avoir à marcher davantage avant d'en finir. Mais les aboiements s'éloignèrent. Il était étourdi par le manque de nourriture et son corps paraissait plus léger, privé de chair, rien que le poids des os pour le porter en avant. Walter poursuivit sa route. Il passa devant de petites maisons en rondins et des habitations dans lesquelles il semblait n'y avoir personne. Peu de temps après, il entendit de la musique et puis des cris mêlés à des jaillissements de feux d'artifice, des coups de feu. La route monta une dernière fois et il vit que la ville était pleine de fêtards. De petits drapeaux s'agitaient dans les poings des enfants, et des adultes poussaient des cris et des hourras. Des banderoles rouge, blanc et bleu étaient accrochées aux devantures des magasins, et des musiciens jouaient. Un homme brandit un pistolet et tira sur le ciel pendant que deux couples dansaient un quadrille. Quatre hommes passèrent bras dessus bras dessous tout en chantant de leurs voix d'ivrognes. Walter chercha des visages connus mais n'en vit aucun, et personne ne le remarqua alors qu'il marchait au beau milieu de la rue. Le chariot de Slidell était attaché à côté du saloon. Un barman franchit les portes battantes un crachoir en cuivre à la main et vida le jus de tabac. Walter le suivit à l'intérieur.

Après l'exubérante lumière de midi, la salle ne fut d'abord qu'obscurité. Des hommes avaient été en pleine conversation, mais au fur et à mesure que la vue de Walter s'adaptait à la pénombre, le son, comme par un nécessaire rééquilibrage, diminua. Verres et bouteilles apparurent au-dessus de l'éclat sourd du bar, puis le visage du barman et le dos des deux buveurs, enfin les reflets dans le grand miroir. Un des hommes était le type aux cheveux roux qui était venu chez eux, à côté de lui un autre beaucoup plus âgé. Tous deux regardaient le fond de leur petit verre de whisky. Le barman maintenait son chiffon sur le comptoir comme s'il étanchait une fuite.

« Vous me cherchiez, me voilà », lança Walter.

Des pièces d'argent roulèrent sur le comptoir, leur tintement sur le bois verni réduit au silence par une tape de la grosse main du type aux cheveux roux. Il marmonna quelque chose et se détourna du bar, imité par l'homme debout à ses côtés. Walter attendit qu'ils se jettent sur lui, mais non, ils le contournèrent, poussèrent les portes battantes et sortirent.

« Donc, tu parles. Ça faisait des mois que je me posais la question. »

Walter se retourna et aperçut Slidell, dans un coin. Sur sa table était posée une bouteille de whisky à moitié vide. Il avait les yeux injectés de sang, les vêtements froissés et sales, comme ceux de Walter. D'un geste, il désigna les portes battantes.

« La guerre est peut-être terminée, mais c'est pas malin d'asticoter des gars comme tu viens de le faire.

– Les tombes, demanda Walter. Ce sont celles de Laurel et de Hank, non ?

– Oui. Je ne savais pas trop où enterrer Hank, mais j'avais fait une promesse à Laurel. Il me semblait qu'ils devaient être ensemble.

– On les a tués parce qu'ils m'ont aidé ?

– J'en sais rien. Certains qui y étaient assurent que Chauncey Feith n'avait pas l'intention de tirer sur Laurel, mais il a tiré sur Hank, et ça c'est pas un accident. »

D'un signe de tête, Slidell montra les portes du saloon.

« Je crois que tu ferais mieux de filer d'ici, et par là je veux dire de la ville pour de bon. Ce salopard de Wray pourrait bien revenir.

– L'homme qui a tué Hank et Laurel, où est-il ?

– J'en sais rien et personne a l'air de le savoir, répondit Slidell en jetant un coup d'œil vers l'entrée. Le cheval de Feith s'est ramené tranquillement en ville il y a deux jours, mais ça pourrait bien être un stratagème. La plupart des gens pensent que son papa l'a fourré en douce dans le train, ou qu'il s'y est fourré en douce tout seul. Du coup, il peut attendre ailleurs que les choses se tassent, et puis revenir. Ou pas. Y serait pas le premier. Mais personne l'a vu monter dans le train, ou du moins personne veut l'admettre. Feith pourrait bien être encore dans le vallon. On dit que là-bas des gens ont disparu. »

Slidell leva son verre, le vida, se leva et se tourna vers Meachum.

« Combien de temps avant le prochain train de voyageurs ? »

Meachum jeta un coup d'œil à la pendule placée au-dessus du miroir.

« Vingt minutes, s'il est à l'heure. »

Slidell quitta sa table et se planta à côté de Walter.

« Il faut que tu prennes ce train.

– Je n'ai pas d'argent sur moi.

– Ton fifre et tes autres affaires, là-bas aussi ? »

Walter hocha la tête.

Slidell ouvrit un portefeuille en cuir et en sortit tout, à l'exception d'un seul billet.

« Tiens, dit-il en glissant l'argent dans la poche de chemise de Walter. Ça suffit pour t'emmener jusqu'à New York. Écris-moi quand tu arriveras là-bas et je t'enverrai tes affaires. Viens, on va prendre ton billet et attendre sur le quai. »

Walter ne bougea pas.

« Tu savais depuis le début que j'étais allemand ?

– Pas avant que je te conduise en ville, ce matin-là. Je suis passé à la gare vérifier que tu avais pris le train sans problème. Le chef de gare m'a dit qu'il t'avait pas vu. Là-bas, y avait un avis de recherche avec un dessin de toi dessus.

– Pourquoi tu n'as rien dit ?

– Ce matin-là, c'était parce que des salauds comme Feith et Jubel Parton auraient pas attendu la police. S'ils avaient su, ils t'auraient poursuivi et tué. T'avais pas fait de mal à Laurel ni à Hank et je savais que t'étais pas un espion ni un soldat. Mais après… »

Slidell fixa le sol. Il pressa l'arête de son nez entre son pouce et son index, leva les yeux et croisa le regard de Walter.

« Mais après, parce que t'étais la seule chance pour Laurel d'avoir un peu de bonheur dans la vie. Et elle en a eu, pendant un petit moment. »

Slidell eut un instant l'air de vouloir en dire davantage, mais rien ne vint. Il prit Walter par le bras et lui fit passer les portes. Ils s'avancèrent sur le trottoir à l'instant même où le type aux cheveux roux et un compagnon venaient vers eux, manche de hache et corde au poing. Celui qui menait fit un signe du manche de sa hache.

« Toi, le boche, rentre là-dedans.

– La guerre est finie, Jubel, dit Slidell.

– Pas avant qu'on sache ce qu'il a fait à Chauncey. Et cette ville aura finalement l'usage de cette tribune. »

Jubel enfonça le manche de hache dans la poitrine de Walter, repoussa celui-ci à l'intérieur.

« Repars chez toi, le vieux, dit le type aux cheveux roux avant de laisser Slidell sur le trottoir.

– Tire les volets et boucle les vraies portes, Meachum, ordonna Jubel. On se paie une petite soirée privée. »

Meachum venait de tirer les volets quand Slidell entra, brandissant un fusil à deux canons.

« Si vous croyez pas que je vais m'en servir, vous feriez mieux de retourner ça dans votre tête, lança-t-il. J'ai déjà vécu quatre jours de plus que ce que j'aurais voulu. À part Hank et Laurel, y avait plus rien d'autre à quoi je tenais sur cette terre. Ce qui leur est arrivé, vous y êtes pour quelque chose. »

Slidell se tourna vers Walter.

« Monte dans ce train. S'il le faut, tu peux en changer à la prochaine gare pour en prendre un qui va à New York. Vas-y, vas-y maintenant. »

Walter sortit dans la lumière éclatante de l'après-midi. Une bannière était accrochée à la marquise de la caisse d'épargne, dessus un seul mot, « VICTOIRE ». En marchant vers la gare, il évita un ruban de pétards ramolli, des petits drapeaux et une cartouche de fusil coiffée de cuivre. À l'intérieur de la gare, l'avis de recherche n'était plus affiché au mur. Le chef de gare lui délivra son billet et lui annonça que le train partait dans douze minutes. Il sortit et s'assit sur un banc, regarda la grande aiguille sur la tour de l'horloge faire dix modestes embardées avant que le train arrive. Le chef de train installa un tabouret en bois, fit signe à Walter et aux deux autres voyageurs de monter. Walter trouva une place libre à côté d'une fenêtre mais ne regarda pas dehors tant que les roues n'eurent pas commencé à tourner. Alors il contempla les montagnes et songea combien une vie humaine est petite et fugace. Quarante ou cinquante ans, un instant pour ces montagnes, et il ne resterait aucun souvenir de ce qui était arrivé ici.

Walter prit sa tête dans ses mains et ferma les yeux, ne les rouvrit pas jusqu'à ce qu'une voix lui demande son billet. Il le tendit au chef de train et se tourna vers la fenêtre, regarda le monde défiler à toute vitesse.

Le train était entré en grondant dans le Maryland avant qu'il ait les idées assez claires pour se rappeler pourquoi il retournait à New York. Il était plus difficile de se rappeler pourquoi cela avait un jour autant compté pour lui. Il s'efforça d'imaginer un choix, un autre lieu, une autre profession, sans y parvenir. Bon, alors New York. Quand Slidell aurait envoyé la flûte, il irait voir Goritz et annoncerait au chef d'orchestre qu'à présent ce qui avait été demandé à Walter était accompli. Il dirait à Goritz qu'il était prêt.

Remerciements

« World's Greatest Ship » : The Story of the « Leviathan », volume 1, de Frank O'Braynard et *The German Invasion of Western North Carolina. A Pictorial History* de Jacqueline Burgin Painter m'ont été des sources particulièrement précieuses pour la rédaction de ce roman, ce sont par ailleurs d'excellentes lectures pour quiconque voudrait en savoir davantage sur le *Vaterland* et le camp de Hot Springs. L'article du chapitre 15 a paru dans le *New York Times* daté du 5 novembre 1916.

Toute ma reconnaissance va à Marly Rusoff, Mihai Radulescu, Lee Boudreaux, Abigail Holstein, Tina Monaco, Phil Moore, Bill Koon, George Frizzell, Kathleen Dickel, Tom Rash, Lea Kibler, la Western Carolina University, Ann, James et Caroline.

DU MÊME AUTEUR

Un pied au paradis
Éditions du Masque, 2009
et « Livre de poche », n° 32043

Serena
Éditions du Masque, 2011
et « Livre de poche », n° 32692

Le Monde à l'endroit
Seuil, 2012
et « Points », n° P3101

Incandescences
Seuil, 2015
et « Points », n° P4311

Le Chant de la Tamassee
Seuil, 2016
et « Points », n° P4509

Par le vent pleuré
Seuil, 2017
et « Points », n° P4846

Un silence brutal
Gallimard, 2019